月白如纸

张鸿 著

天津出版传媒集团

百花文艺出版社

图书在版编目（CIP）数据

月白如纸 / 张鸿著. -- 天津：百花文艺出版社，
2023.8
　ISBN 978-7-5306-8625-6

　Ⅰ.①月… Ⅱ.①张… Ⅲ.①散文集-中国-当代
Ⅳ.①I267

中国国家版本馆 CIP 数据核字(2023)第 134077 号

月白如纸
YUEBAI RUZHI

张鸿　著

出 版 人：薛印胜
策划统筹：王　燕
责任编辑：王　燕　　**装帧设计**：彭　泽
出版发行：百花文艺出版社
地址：天津市和平区西康路 35 号　**邮编**：300051
电话传真：+86-22-23332651（发行部）
　　　　　　+86-22-23332656（总编室）
　　　　　　+86-22-23332478（邮购部）
网址：http://www.baihuawenyi.com
印刷：山东临沂新华印刷物流集团有限责任公司
开本：880 毫米×1230 毫米　　1/32
字数：200 千字
印张：8.5
版次：2023 年 8 月第 1 版
印次：2023 年 8 月第 1 次印刷
定价：68.00 元

如有印装质量问题，请与山东临沂新华印刷物流集团有限责任
公司联系调换
地址：山东省临沂市高新技术产业开发区新华路 1 号
电话：(0539)2925886　　邮编：276017

探求者的心语

——张鸿的散文集《月白如纸》

王兆胜

从"张鸿"的名字中，可见她是有个性的人，也是一个有着别样追求的人。

"鸿雁"与"鸿鹄"以及"鸿鹄之志"，带给人们多么美好的感受与向往。杜甫的"鸿雁几时到，江湖秋水多"将对李白的想望写于天地间，张鸿的散文集《月白如纸》也寄寓了一个探求者的几多心语。

张鸿读书很多，也热爱生活，更喜爱周游天下，这种"读万卷书，行万里路"的人生方式，使她的散文既有书卷气，又有生活情趣，更有天地情怀。

书卷气里有书香、金石味、素净、优雅，也有浪漫的想象与澎湃的激情，还有一般人难以理解的孤寂；生活日常充满温情、暖意、诗意，也有难以释怀的悲情；天地情怀中包含了眼光高远、浩然正气，当然也不乏对天地万物及一草一木的体察与感性。进入张鸿的散文，视域会被打开，其中有丰富多样、多彩斑斓、悲喜交集的苦乐人生，也可以跟着作家的脚步进入一个新奇甚至惊险的世界。

对女性的关爱与命运的思考贯穿张鸿散文的始终，也是最亮丽的风景线。作为女性作家写女性，张鸿自有其独到之处。一是牵扯面广，既有知识分子、画家、作家，又有军人，还有比丘尼、废品收购者以及疯子，她们几乎涵盖女性的半边天。二是形象生动，这些女性在张鸿笔下是活的，也是风姿绰约的，作家善于抓住人物的特点，特别是通过细节和矛盾冲突加以点染，给人留下深刻印象。如写当兵的女战友，两人相处融洽，亲密无间，情同姐妹；但因"我"一个玩笑的恶作剧，竟让对方磕掉两颗门牙，从此女战友再不理"我"。二十多年后，两人再续前缘，原来的不快化为乌有，但"我"心中仍不能释怀。三是有同理心、同情心，这在对伍尔夫、弗里达的描写中可见端倪。作者写道："我想这是她羽毛上自由的光辉被阳光唤醒的作用吧。""痛和美，同样要用身体和能量来承受。身体瓦解了，只能让灵魂飘摇。""我从未见过如此细腻和非同寻常的描写，似乎每一阵风都诉说着心情，每一次衣襟的摆动就是一次思绪波动。在她的世界里，有一种让人很痛却宣泄不出来的悲伤，那是一种憋闷、压抑的绞痛，那样的悲伤只能被困在风中，撞击、摇曳、呻吟着。"这是与女主人公患难与共、同生共死的感受，也是从思想深度与情感向度上切入女性生命内核的散文。四是会心之顷，一种从女性身上获得的人生智慧，特别是关于爱、理解、宽容、美好的感受。如作者写道，她在出游路上遇到一个比丘尼，因为对方话多、身上有异味，"我"对她有些厌烦。然而，当中途，"我"下车，这个比丘尼却对"我"说："心里不要有太多东西,压着不舒服。祝福你哈!"于是,张鸿写道:"站在路边,我眼泪止不住流,来接我的朋友奇怪地看着我。从那一刻起,她,一个比丘尼,扎根在我的心里。我此行的目的就在这无意之中达到了,我的愿望因一个偶遇的人而具象了。自认不会开悟的她,启蒙了我,心大了事情就小了,心小了事情就大了。'掬水月在手,落花香满衣'。"在此,张鸿获得了新的超越,心灵之花也得以绽放。

张鸿去过很多地方,东南西北中、国内国外,特别是高山大川、奇峰深谷,还有人迹罕至的边地,这就决定了其散文的新奇豪迈、光怪陆离。其中,风土人情、山川美景不胜枚举,那些纹面妇女本身就是一种文化,诗意的风光更是惹人喜爱,令人陶醉。不过,最重要的是,张鸿常常以景抒怀,表达她对世界人生的看法,从而将思想引向深入,也获得人生智慧,使散文富有穿透力与圣洁的光辉。如文中这样一段话:"街道肯定是老街。房檐上在晨风中摇曳的小草不知经历过些什么,总会有一些老的面孔消失,一些新的面孔出现。一些老的炊烟弥散,一些新的炊烟冉冉飘起。秋风一来,小草又绝尘而去,可来年他又成了一身葱绿的少年。"人与景、物、心绪、生命在进行一种潜对话,直通精神与灵魂深处,在飘零的悲感中又有生机盎然。张鸿还写道:"大地与天空使艺术家的生命保持着原始力量和激情,摄影正是一种大地上的行动。所有的艺术都有诗意的核心在里面,如果一个摄影家的内心深处没有一个诗性的灵魂,那么他永远看不清楚世界。"显然,诗心特别是天地人心之于人及其艺术至关重要。张鸿还表示:"顺其自然的生活是一种状态也是一种心态。""这是生活,是日常；也是诗歌，是美妙。海浪、河水不会停止流动，时间也是一样，它像水，但以你触摸不到的方式流淌，它可以带来一切，也会带走一切。一切都那么美好，正如我此时的心境。"在这一从容不迫中，有包容、喜悦、知足、安随，也是一种入道心省的境界。其实，用脚步行走，用眼睛观看，用双手与感觉触摸，用心灵感悟，为的就是追寻天地之道，找到开启人生法门的智慧。

在张鸿的散文中，总有充满正能量的人物书写，这里有韩愈、萨镇冰、萨师俊等人，有那些为国捐躯的将士，有蓝一苹这样的当代普通人，有梦境里的父亲，还有远在四川、西藏等地的志愿者。他们整体构成了张鸿散文的钢筋铁骨，也代表了作者的审美趣味。这也是为什么张鸿所到之处，很少去看墓地；但却崇尚那些历史名人与革命烈士。用张鸿自己的话说，不只是因为她曾是军人，更在于心中有一种对国家、民族的大爱，有对这些牺牲者的感恩与缅怀。在《新疆老张》中，作者还通过对高原烈士的缅怀，思考人生的意义，她写道："人生就是如此，因为一个事件，甚至一个细节而彻底改变对一个人、一件事的看法，也彻底改变一个人。就如，面对巍峨的大山、苍劲的江河，还有永远安眠于高原的军人，我想，那些发生在我们身边的鸡零狗碎、一地鸡毛有何意义和价值？新疆老张是很普通、很平凡的一个存在，和我一样，他一定经历过许多许多。他当年也是有过雄心、梦想，当年华老去，雄心和梦想成为奢侈品，而日常就成了可触摸的一切。于是，不再探讨虚构的人生，不再臆想主义和价值，他真实地过好每一天，自然为大，人生为小。"对于蓝一苹的塑造，凸显了张鸿积极进取、快乐自然、一派天然的人生境界。本来，被命运之船摆布的蓝一苹，由城市到乡村再到社会最底层，换作别人一定是个怨妇；然而，张鸿却发现，已九十多岁的蓝一苹，还能写文章，特别是有一颗快乐知足之心。在蓝一苹的心中和笔下，所有人都对她好，在那些苦难的年月，她身边的人都像美丽的花朵一样向她绽放，给她口粮、帮助、赞美与爱，这连她自己都不知道究竟。张鸿就以采访的方式写出蓝一苹这个"女神"般的美好形象。目前为止，中国现当代散文中还没有出现蓝一苹这样独特美好的"这一个"，她让人想到了大光照临，美好像阳光雨露、花粉一样播撒于读者心间。

张鸿散文以随笔为主，除了抒情散文，还有日记、书信、评论等多种形式。不过，无论哪一种，张鸿都是饱含深情，以曲折内敛的方式表情达意，所以能深入人心。如《给淏儿的信》与众家长的信一样，情真意切、无私奉献；但其独到之处在于，颇有见地，注重精神、心灵、品性的培育，是经过岁月磨砺后的人生净言，值得现在的孩子拥有和体味。也许，其中有些话语需要一定阅历才能懂，没关系，每个人都在成长，都有明悟的那一天。张鸿散文是自由的，像一阵风、一场雨、一个梦，她将自己的内心图景投在天幕上，很少有成规能限制约束她。张鸿心地纯良、感觉灵敏，特别是有天地情怀，所以作品真实、诚实、优雅、奔放，这是一般女性也是很多男性作家难以达到的高度。张鸿以多学科知识进入跨文体写作，又以历史深度、哲学高度、文学艺术魅力，体悟生命与人生，于是有了思想、精神、心灵的飞扬。这在《水墨影像三清山》等作品中都有体现。

在《达洛维太太的时光》中，张鸿写道："弗吉尼亚成为伦纳德·伍尔夫太太之前,得到了承诺:'我会无条件地做你想让我做的任何事。'这其中包括了保持29年没有性爱的生活。这个男人一生都没有一个情人。他欣慰的是得到了弗吉尼亚的一句:'和伦纳德的婚姻,是我这一生最明智的选择。'这个男人,他没有把弗吉尼亚当成妻子,而是把她当成了一个天才来对待。"在此,伦纳德的形象一下子高大起来,他的诚信、节制、意志、美好犹如一尊"天神",让我流下感动的泪水。在《怒放的弗里达》中,张鸿又说:"弗里达的人生,就如她的画,'有时甜美如同微笑,有时绝望得如同生活的苦难',这大概就是造物主想让她展现的生命华彩。造物主给她非常人所能承受的深重苦难,是为了激发出她灵魂最深处的渴望,让她展现出深藏在她体内的常人所没有的璀璨光芒。她的一生都在用心灵在炽热的岩浆上舞蹈着,直至再也不能承受,不能承受……而坠落、坠落……"这仿佛是张鸿与她笔下的人物以及读者在进行心灵对话,否则很难达到这样的深入骨髓、感同身受。

由疑问甚至天问,到阅读、行旅,以至于观世,然后开启智慧的法门,并从中悟道,尤其是生活之道,即那种平易近人、浅显易懂的快乐、自由、知足、幸福,这是张鸿的散文传达给我们的。就如同能感受生命四季轮回,愿广大读者可以从张鸿的散文中获得生活的智慧。

2023 年 7 月 8 日初稿,7 月 10 日修改于北京沐石斋

(作者为中国社会科学院二级教授、博士生导师)

目 录

山高谁为峰

这篇文章写好后，我一直搁着，总感觉言而未尽，有一些缺憾。

我与远在西藏日喀则帕里的贺烈烈联系上，我在那里体验生活时，一直想与他好好聊聊，但一直没有机会。

他给我发来邮件："也许给您发完这篇我这边就完全停电停网，刚入冬，10086就短信通知大家暴雪黄色预警，不知道一两周后气候会变成什么样子。不过单位的条件很好，锅炉房也运行起来，整个宿舍都不冷，制氧站每天向宿舍供氧气2小时。"

王艺儒在微信里告诉我：张老师，帕里下雪了！

虽然这两位年轻人语气里满含兴奋和知足，但我知道，下雪，就意味着给他们的工作和生活增加了很大的难度。

二〇一四年八月，我和几位作家到西藏自治区公安边防总队日喀则支队帕里边防派出所体验生活。帕里位于喜马拉雅山脉群山之中的亚东县境内，常住人口2000余人，面积361平方公里。不光是大中城市的外来人口多，就是这个远在天边的小镇，现在生活居住在此的外来人口也不少。

帕里镇最初的发展，源于移民。200多年前，位于西藏南端的帕里草原上只有几户牧民，后来从各地迁来了一批批移民，有逃来的农奴、有传播宗教的教徒，也有一些寻找商机的商贩。人多了，帕里开始有了贸易,到了二十世纪初,帕里已经发展得有些规模,成为西藏的一个"宗"(旧西藏行政区,相当于现在的县)。

帕里镇俯瞰孟加拉平原,自古为藏南军事重镇。与不丹一山之隔,扼居亚东通往腹心地区的第一道咽喉,是通往锡金、不丹、印度的交通要道。当年亚东商埠鼎盛之时,帕里成为四面八方的中转站,"帕里"的名字也随着往来的商队传遍世界,历史上就有"世界第一高城"之称。

我曾经当兵多年,与部队有深厚感情,再加上我对边防军人有一种由衷的敬慕,因此,八月二十五日,我毫不犹豫地从平均海拔11米的广州直飞海拔3650米的拉萨,第二天一早乘火车到达海拔3800米的日喀则,午饭后乘中巴到达目的地——海拔4300米的帕里镇。这种海拔高度的直线上升,我想,再好的身体也得要有一个适应期。

到达帕里的傍晚,我们已经穿上了干警们的军棉衣,窝在他们自建的玻璃阳光屋里,一动也不想动。教导员师胤嗣让我们出去看卓木拉日雪山的落日,我们也提不起精神。《解放军文艺》的副主编殷实坚持不住,发烧躺倒了,接着,《人民日报》副刊的80后小伙子虞金星也躺下了。剩下了我、《西藏日报》的女编辑杨念黎和正在西藏挂职的中国作协的程绍武。其实,我一到拉萨已经有一些不适,到了帕里就感觉很不舒服,尤其是神经刺痛。我也算是一个户外运动爱好者,有着多年的西南高原行走史,但这次需要多天居于海拔这么高的地方,还是第一次。我真正感受到了高原反应是怎么回事,胸闷、气短、呼吸不畅、失眠。在我的强烈要求下,随队医生小曾给了我一盒止痛片,几天时间里,这一盒药片被我消灭殆尽,可神经刺痛依旧。我只能无奈地对大家说:"没有办法,我就是这么一个女神(女神经病)！"

我裹着棉衣，倚在圈椅里，看着墙上官兵们自己制作的"梦想墙"，所里每一个军人都写出了自己的梦想，贴上了照片。我对名为龙熙的干警产生了兴趣。我并没有在所里看到这个小伙子，他休假回家了。在众多人中他之所以会引起我的注意，是因为他的"民族"和他的"梦想"。

"穿青"，这个族群的名称如此好听，但目前还列于56个民族之外，只被称为"穿青人"。以前在中华人民共和国居民身份证上，这个族群的人只能标以"汉族"或者"其他"，到二〇一四年的五月，"穿青"才第一次正式出现在居民身份证上。

入伍近6年的龙熙想当一名"像郑渊洁那样的作家，为孩子们的童年带去更多的乐趣"。按常理来说，这并不是一个有啥特别的理想，可常年工作、生活在海拔4360米以上雪域高原的边防派出所，在缺氧、寒冷、生活条件差、工作环境恶劣的情况下，他的这种简单而纯净的理想却显得严肃了起来。

我站在梦想墙边许久，一位一位看过去，他们有的毕业于大学中文系，有的毕业于医学院，有的是公安专业，还有自入伍就在所里工作，已经是十几年的老士官。他们每个人的梦想都那么具体和现实，"将来要陪着家人周游世界"，"要有平凡的生活有自己的小屋"，当然有这种理想的自然是女警官。几位藏族干警都有着坚定的想法："在部队好好干，学好技术，做出成绩，让家人骄傲。"我背对着众人，眼睛潮湿了。他们是军人，也是父母的儿女、妻子的丈夫。他们大多是80后、90后的年轻人。

念黎站在我身边，递过来一张纸巾。

晚上，我和念黎住在女警官宿舍，她们都回家休假了，一位是我的老乡，来自辽宁的贾琼，另一位是来自江苏的归来。归来，一个很诗意的名字。

夜已深，我听到院子里有压低的说话声，接着是车辆启动的声音。

第二天一早，起床号响起，我们应时起床，也试着与干警们一起出操，但完全没有能力绕着小院跑六圈，半圈都不可能，腿就压根儿抬不动。程绍武还不错，跑了两圈。接下来我们也只能围观他们的军体拳了。

高出地面近一米的球场的墙壁上，书写着几个金色的大字"艰苦不怕吃苦，缺氧不缺精神"。教导员告诉我们，昨晚山口有情况，有几位干警蹲守了一夜，今天没有出操。

当地人称神女峰的卓木拉日雪山就在派出所的东边。卓木拉日雪山是传说中喜马拉雅山七仙女中最小的一位，虽然海拔只有7000多米，但是由于山体险峻，岩壁几乎垂直向下，很多征服了珠穆朗玛峰的勇士都对它无可奈何。清晨，山峰烟岚缭绕。太阳升起，我们见到了据说难得一见的神女的面目。

突然一只卷毛小狗冲到我的身边，吓了我一跳。好可爱的小狗呀！女警官王艺儒一路小跑冲了过来，嘴里叫道："可可，可可，别乱跑。我得把你拴起来。"

我们的注意力都被这只小可可给吸引过去了。小王告诉我们，她托人从拉萨买回来这只小狗，狗一到帕里也有高原反应，嗅觉不灵敏了。私养宠物是违规的，但可可给大家带来了不少乐趣，所以领导也就网开一面。可艺儒感觉好景不长，很快所里领导就会要求把可可送走，因为，那个藏族小新兵索朗负责饲养的小鸡在长大，那是官兵们过年的福利，也是他的宠物。但是可可不管这一切，不放过任何一只小鸡，只要它看到了就要狂追，直到咬住、咬死为止。前几天，小索朗捧着一只死鸡来找小王："王警官，狗又咬鸡了。"

昨天，小王告诉我："你们走后，发生了很多事情呀，可可长得很大了，前一阵子被送去了亚东。不送走不行，它又咬死了几只鸡，如果再不送走，教导员和索朗都要生气了。它还把贺烈烈的鞋子给拖到了厕所，臭袜子咬到了院子里，再加上所外的野狗会窜进来咬可可。有一次它几乎就被咬死了，好在执勤警官救了它。唉，还是送它走，过好日子去吧。几年后，它如果还愿意跟我回山东，我就带它走，不愿意我也没有办法了。"小王从中国警官学院毕业后援藏，4年后她就要回山东。从到帕里的那天起，她就在警裤内加上了秋裤，她说，要自己爱护自己，一直穿到离开帕里，因为这儿不仅冷，而且是出了名的风大。这个山东姑娘性格开朗、热情，她对自己的要求是"用积极的态度对待消极的事情"。

我与她时不时地有微信联系，似乎这就与遥远的帕里有了关联。她告诉我，她也与其他警官一起出去执勤了，因为有特殊情况，必须从公路下车后，走路上山口。五公里路，一直上坡，腿似灌了铅一般重，坐在石头上就感觉屁股粘在石头上了，真是拖战友们的后腿。

我想起我们那一次与警官们去山口执勤走访牧民的状况。山坡上，牦牛吃着草，女主人在家打着酥油，普布桑珠和旺青成林与她们交流，了解情况，而我们只能通过他们的翻译才能与主人交流。这两位警官给我留下很深刻的印象，普布威严锐力，旺青和善近人，都是派出所的重点工作人员，尤其旺青还是帕里镇上唯一一所小学的法制副校长，获得过日喀则地区"优秀法制副校长"的称号。旺青与众人的装束有些不一样，与干警们极短的头发相比，他的头发显得很

"潮"，教导员说这是为了便于开展工作。

帕里派出所于一九六一年组建，其间多次更改建制，如今，这个派出所的人员既是边防武警又行使公安干警的职责。身处藏区，辖区内不是很长的边防线上有 14 条路径通往境外，情况复杂。他们还要解决当地老百姓日常生活中发生的问题，包括户籍、办证，甚至调解邻里纠纷、解决打架斗殴这样一些非常生活状况。双重身份和特殊的地理情况，这使得维护祖国统一和边境安宁尤其重要，遵守民族、宗教政策也尤为重要，同时他们还要积极帮助藏族群众发展生产，脱贫致富，解决他们的实际困难。所以，藏族干警在其中要起的作用无法量化。在帕里镇，藏族老百姓都知道，有困难找派出所，到了所里那当然要找旺青、普布他们了。在藏区，藏族干警有工作优势，但他们为了更加便于工作的开展，每周一次教汉族干警藏语，将藏语和汉语的译音写在大白板上，放在饭堂门口。我试着读，挺有趣，比如："请出示身份证"，就是"克拉给 土当 拉起 顿唐"。

殷实还真是不错，从前一晚的高原反应中迅速地恢复。我说解放军老大哥，就是不一样呀。他居然能与普布桑珠等几位干警在中国与不丹的非常规线（未划定为国境线）上巡逻，一直沿着山脊攀上了另一座山峰。而我和念黎只能站在这一座低矮一些的山梁子上，用相机拍拍野草野花，用望远镜观望山下不丹的哨所。

这是男人的舞台！

返程路上，年轻的师教导员告诉我们，干警们为了抓走私，或者其他的一些违法的人和事，经常深夜要在山口蹲守。遇上严冬就更麻烦了，虽然寒气重，可人不能动不能说话，就是咬压缩饼干也得慢慢、轻轻地咬，以免有啥动静被犯罪嫌疑人发觉，更不能让自己睡着，一旦睡着，可能就这么睡过去了。连着几个晚上这么蹲守的情况是经常发生。有情况的时候，干警要从公路那里开始一路蹲行上山，尤其是高个子，甚至要爬行上山，唯恐被发觉，打草惊蛇。这种情况时常发生，没有人抱怨苦和累。

这一帮年轻的干警，不只是能做力气活儿，所里一整套的原则、措施、制度，自然是新颖、实用、周到、人性化，无不体现着集体的智慧。技术装备、软件应用也尽可能地自我革新使用，对这一切如数家珍的是贺烈烈。我一直对这位如此用心钻研技术的贺烈烈有着诸多的好奇，这个一九九〇年年底出生的白净斯文、长着一张娃娃脸的孩子，毕业于四川警察学院侦查学专业，在广东东莞做了两个月深圳大学生运动会的安全保卫工作，获得东莞市公安局颁发的"第二十六届深圳世界大学生运动会东莞安保先锋纪念章"；在四川省岳池县刑侦大队刑事科学技术室见习，遇上过一周三天解剖尸体的任务。他告诉我，他热爱现在的这份工作！

他很实在，诚恳地说，现在找份工作很难，找一个合适的工作更难，找到一个喜欢的工作难上加难。所以一个喜欢的工作、向往的职业，条件再辛苦都无所谓了！所以，在工作中，遇到问题，一定要想方设法去解决。尤其现在，所里需要加强技术力量，可没有配备专门的技术干部，自己喜欢接触这方面，所领导也全力支持，还有战友们集思广益，更有无所不能的互联网，确实感觉到没有什么事情是办不好的。

他在邮件中很坚定地写道："有人说西藏、新疆是'异次元世界'，不适合人类生存，还说在这里躺着都是奉献，我觉得如果大多数人都躺着，那我就做一个不躺着的人，能爬、能走、能跑就是最好的。不为什么，我就喜欢这样干！我的内心告诉我，我是一个很自信的人，没有我想不到的，就算想不到也只是暂时的。而工作不能停留在按部就班上，在一个喜欢的工作岗位上，往往还需要自己去好好干，干出个人特色。

"但不是没有遇到困难，困难还挺大的，中国的大地上，没有一个职业是轻松的，所以我遇到的技术问题都得挤出时间自行去解决。

"像我们这样的基层，24 小时备勤，随时都要出动，边境堵截防控的，辖区治安管理的，有时候一周差不多 6 个夜晚都在加班甚至通宵。而且这是海拔 4300 米以上的地方，有时候受伤了，一个很小的伤口没有两个月是不能愈合的，我们却不能因为受点小伤就休息；有时候因为任务和工作，不得不奋不顾身。除非起不了床，这样的情况前段时间单位就发生过，一个强壮的战士在床上躺了两天，两天的时间，就瘦得皮包骨头，最后送去市里面救治。

今年"六一"儿童节那天，晚上我去一位小学老师家做客，估计是老师家的猫太好客，抓伤了我的手。我们镇上和县里都没狂犬疫苗，晚上又没车，而且疫苗最好要在 24 小时以内注射，在内地看似很好解决的一件事情，因为我们这里条件不好，就成了一件很困难的事情。那天我的心情就如中了 SARS 病毒一样，第二天一大早赶了一天的车才到市里面，在军医院注射了疫苗。因为要分期注射六支，疫苗必须在指定的温度保存，一路上我用冰块裹着连夜赶回单位，放进储物罐。哪知半夜停电了，第二天一早才发现，还好前几天下了一场大雪，就把积雪放进储物罐继续保存！（最后剩了一支，给王艺儒用了，她被自己的狗咬到了。）

贺烈烈是一个有想法的孩子，当我问他今后有什么打算时，他说自己很年轻，有很多东西都不会，这几年会继续留在西藏工作，把自己的事情做好，尽职尽责。现在除了努力学习，继续完成自学考试外,以后想通过一些政策性考试去一个向往的城市工作生活。

与官兵们一起生活的几天,很轻松愉快,虽然我身体一直不适,但仍感受着他们苦中有乐。

那天,贺烈烈给我们放了一个微电影,名为《蜕变》。多年前我读老舍的《蜕》时,就悟到了这词的本义:"是在昆明湖的苔石上,也许是在北海上斜着身自顾绿影的古柳旁,有小小一只蝉正在蜕变。"故有"蝉蜕"一说,还是一味中药呢。这本是一个道家哲学的词汇,由边防官兵来诠释,我很直接地就明白了他们想说什么、会说什么。

女主角的饰演者是王艺儒,男主角是由比周润发还帅的"发哥"周树润饰演,小索朗在影片里也客串了一个角色。

发哥到边防派出所来看望女朋友小王,可小王因为工作忙,业余时间还要给小索朗补习功课,无暇陪伴发哥。发哥很恼火,愤而与小王提出分手。离开时,小索朗脸上很无辜地拉着发哥说:"哥哥,不要走。"看到这里,观众因为小索朗紧张的表演、僵硬的面部表情而发出了笑声。接着,故事的情节上升到了一个高度,在高校即将毕业(我不记得是不是研究生毕业)之时,发哥与一位即将进入"世界五百强"企业的同学有了一小段对话,这自然又是笑料,可我感动了。故事的结局我已经想到了,也正是按我预想的那样发展,发哥与"五百强"一起入伍进藏,与女朋友小王成为战友、同事。也许,影片本可以就这样结束了,可有了转折,小王因为工作需要,调离了该所,她将给小索朗补习功课的任务交给了发哥。结尾,发哥和小索朗送别小王,索朗拉着小王的胳膊说:"姐姐,不要走。"我流下了眼泪,官兵们看着我,不言语。并不是因为我的泪点低,我是被一种朴素的情感所打动。即使花絮中,发哥操着他的重庆方言与说山东话的小王对台词,也没有止住我的泪水。这个影片不精致甚至可以说比较粗糙,还是用一台照相机的视频功能拍出来的,可将它放在一个特殊的背景下,一定会触动很多人。

可惜的是,自以为我看懂了这个小短片,只不过是一个爱情故事,可事实却不是如此。片中小索朗饰演的角色是真实存在的,本是一个被父母遗弃、与外婆生活的藏族女孩,是派出所的"梅朵公益行动"的扶助对象。拍此片时,恰好她在日喀则参加升学考试,无法参与拍摄,只好让出生于一九九五年、个子小小的索朗来出演了。如今这个女孩在格尔木一所学校的藏族班就读,派出所的扶助行动也延伸到了那里。

如今,在无法改变大环境的情况下,官兵们改善小环境,在上级的关怀下,他们建起了蔬菜大棚、锅炉房、供氧室。近期还建起了阅览室,虽然所配书籍不多,但年轻的官兵们业余时间可以在阅览室读书,也可以在微信朋友圈里交流自己的生活种种,几位热爱文学的官兵还办了一份报纸。

贺烈烈在邮件里给我发来了一个链接,是今年国庆假期时西藏电视台播放的一段新闻,内容是在假期中,边防官兵加紧了巡逻,在高山之上,他们想找手机信号给家里打个电话也是那么困难。我再次看到了参谋普布桑珠、旺青成林,还有其他两位小伙子,挺亲切的。

在广州,这繁华的大都市,我身边的这些孩子如果生活在艰苦的环境下,会怎样? 也许,他们也会与师胤嗣、普布桑珠、旺青成林、贺烈烈、王艺儒、周树润、康毕清、徐青、刘红卫、桑桂芳、李思润、张芸浩、袁林、陈昌荣、田浩洋、旦增索朗一样吧,环境造就人也会毁灭人。

山,就在那里,因人的仰视而成峰!

新疆老张

　　新疆,如此大的疆域,"老张"成千上万,但"新疆老张"只有一个,这是我微信通讯录里的一个名字,这个老张,是个跑旅游的司机。

　　认识老张是偶然也是必然。每年,我都跟随我的摄影导师卢海林出门走一趟长途,基本上都在四川、西藏。前年我们走了一条新路,去了新疆,遂转而从新疆去西藏。接应我们的是新疆老张和其他三位师傅,他们一直与卢老师合作。我乘的这辆车的师傅也姓张,我称他小张。

　　我们用了 22 天时间,从乌鲁木齐落地开始了行程,从拉萨登机,返回广州。我们四辆车一路从新疆往西藏走,先是到伊犁看杏花,可惜花儿没开;到了喀什,想好好转转有名的大巴扎,可新疆老张和卢老师不允许。后来,我们沿着叶尔羌河进了大同乡——塔吉克族居住地,如果不是整个行程的安排,我真想留下来住几天。我们到了叶城——"新藏线"的起点,也就是 219 国道的"0"公里起点。在这里,我们来了一张集体大合影,之后,有两辆车的朋友返程,从喀什飞回广州,其他两辆车继续前行。这两辆车领头的是新疆老张,断后的是我们这辆。

　　我不怎么喜欢新疆老张这个人。他披着一头灰白长发,看不出他的准确年龄,戴着一顶长檐帽,一取下来,头发紧贴着头皮,一点儿也不疏朗。我是没有情绪评价他的长相。他还话多，整个一个话痨，全场就他不闲着。可这人吧，也不让人讨厌，热情、细致、爱关心人，不会让人觉得他为人虚伪。我不在他的车上，自然与他的交往也不多，下了车大家也忙着拍照，基本没啥交流。

此行年轻人都在我这车上，司机小张比我小两岁，"国家地理"杂志网站的阿贵比我小5岁，南方电视台的美女阿旺那是80后了。小张感觉闷时，就会用对讲机撩拨前车的老张，让他唱一曲呀，讲几句笑话，来几个荤段子。老张随口就唱，笑话也是张口就来，讲荤段子时还是有一些顾忌，好像还有些羞涩似的。对我来说，老张只是一个同行人而已。

叶城往后，我的记忆亮点是：三十里营房、康瓦西烈士陵园、狮泉河（阿里）、珠峰、陈塘沟、日喀则、拉萨。

新藏公路全长2140公里，北起新疆喀什地区叶城县，一路向南延伸至西藏西南部——阿里地区普兰县，再向东在日喀则市拉孜县与318国道中尼公路段相连。一九五七年十月通车的新藏公路是继川藏公路、青藏公路之后，进入西藏的又一条通道，这是世界上海拔最高、条件最艰苦、路况最艰险的路段之一。沿途穿越巍峨耸立的昆仑山、喀喇昆仑山、冈底斯山和喜马拉雅山，平均海拔4500米以上，高寒缺氧荒无人烟。老张吓唬人说，新藏线上有5把"钢刀"：车祸、洪水、雪崩、泥石流和高原猝死，刀刀致命。这是一条国防线，也是一条生命线。

离开叶城，汽车驶过几十公里后，眼前便没有了南疆的点点葱绿。公路沿山谷爬升，两边山体的颜色由土黄变成铁黑，岩壁如刀砍斧削般陡立。我们开始翻越第一座达坂——库地达坂。盘山公路成

Z形攀升,急弯陡坡让车中人大幅度左右摇摆。云在脚下飘,车在云中行,万丈深渊一会儿左一会儿右,心惊肉跳,不敢正视。走了很多的搓板路、筛子路,下午2点到了另一个达坂——麻扎达坂,这是新藏线上最长的达坂。麻扎达坂垭口,实际海拔在5000米左右。麻扎在维语里是"坟墓"的意思,顺着弯道向上望去,曲折的路基宛若游龙,盘桓在如盖的穹庐之中,飞舞在寂寞的群山里。而山顶则被积雪长年覆盖,没有一丝生命的迹象。

这儿好像在施工,我们进了三间茅棚其中的一间,准备吃点儿啥,米饭不熟,来碗面吧。

只见五位军人在一张小桌子上喝酒,我们挤在他们的身边走动着,听着他们的对话。五位军人来自五个地方,其中一位刚刚探家回来。听口音有一位是我的老乡,于是,我和他们聊了起来。我拿起一个杯子,倒上一杯啤酒,为他们在如此一个常人无法想象的地方驻边而致以一个老兵的敬意。这时,新疆老张挤了过来,也倒上一杯酒说:"加上我这个老兵。"

当地流传说"库地险、麻扎长、黑卡令人愁断肠",十分形象地道出这三个达坂的特点。从麻扎达坂到我们去往今晚的宿营地有三十里营房,经过黑卡达坂旋九十九道弯。经历了险恶的"坟墓",缓缓上升的黑卡虽然回头弯较多,却也没那么恐怖。一路戈壁大漠,白云在身边飘过。雪山近在咫尺。路上,新疆老张开始与小张在对讲机里谈路况,之后撩拨小张,这会儿,我感觉新疆老张的声音还是挺亲切的。

老张一路当着导游,他车速慢下来,提醒我们看右前方的一个黄色的"小土包",说那是赛图拉哨卡碉堡,旁边还有土石结构的营房遗址。"别看碉堡小,当年它的作用十分重要。这里位于三条通道的交会处,三面都架上枪,守卫就稳了。"赛图拉是喀喇昆仑山上我国西陲领土主权的见证。早在清朝乾隆年间,就有绿营兵在此设卡。光绪十五年(1889),在赛图拉哨所以东三十里设苏盖提卡,为三十里营房的前身。解放军接管此地后,部队就迁至三十里营房驻防。

傍晚,天还亮着,于365公里处,我们终于到了三十里营房。三十里营房现在改名为赛图拉镇。历史上,赛图拉是丝绸之路的南方交通线,可直达印度,晚清时是中国通往国外最靠近边境的居民区。此地海拔3700米左右,比拉萨稍高一点儿,但四周山上寸草不生,四月的河谷还是冰雪,氧气更为稀薄。我们从昆仑山脚下叶城的春天走到了三十里营房四月的深冬。

我们住在据说是镇上最好的一家旅馆,老张告诫大家,简单洗漱、早睡、女士少喝水因为上厕所不方便,晚上听到什么动静都别开门。

离睡觉时间还早,又没有电,我们站在门口。看到新疆老张要出门,我们三个"年轻人"跟上去。镇上倒是有几家小小店面,但都关着,只是从窗户伸出的烟囱冒出黑烟,他径直走到了一间小小的超市,买了伊犁老窖、烟,还有香烛。我有些奇怪,但没有张口问他要干什么,毕竟是太私人的事情了。

回旅馆路上,他对我说:"记住,有什么动静都别开门,把桌子顶着门。"就他这么一句话,我几乎是睁着眼到天明。晚上还真有很大的动静,是当地派出所来查身份证。到我门口时,我听到老张说,这是一个女人,一个人住。一切安静下来,我才开始迷糊起来,一会儿天就开始发白。

早上,我听到门外有动静了就开门出去,看到新疆老张在刷牙,就问他所说的晚上有动静就是查身份证啊。他说:"不是啊,昨晚不敢告诉你,现在告诉你吧。你知道吗,我们的脚底下全是骨骸,是中印边境自卫反击战时牺牲的那些军人的。有很多人说,住在这里时听到有人说听不懂的语言敲门。"我愣住了,心里发毛,身上直起鸡皮疙瘩,脚走路也不利索了。不知道老张是玩笑还是说真的。

早上出发时,老张对我们两辆车的几位说:"对不起大家,我今天要绕一小点儿路,去一个地方,大家只能随我一起去。但大家可以不进去,在路边等我。"

从三十里营房出发,沿着新藏公路往西藏的方向75公里有一条柏油岔道。我们看到路牌上写着"康西瓦烈士陵园"。在大路上,老张在对讲机里问大家要不要进去,如果不进去就在路边等他。我们一致同意要去陵园。

康西瓦,维语的意思是"有矿的地方"。它位于昆仑山与喀喇昆仑山交会点的正北方向。两条山脉的碰撞在此处形成了一个海拔4700多米的达坂,因此,康西瓦也是新藏线上令人生畏的10个达坂之一。这是世界上海拔最高的陵园。

在茫茫喀喇昆仑山的一块较平整的山坡上,四周拉起围墙,正面建起大门,即为陵园。从大门望去,正中矗立着高大的黑色大理石纪念碑,写着"康西瓦烈士陵园"几个遒劲的大字,其后则是一块块墓碑。陵园背倚白雪皑皑的昆仑山,面向日夜流淌的喀拉喀什河。

新疆老张拿出早已准备好的酒、香烛、香烟走到烈士纪念碑跟前,绕着纪念碑倒上一圈白酒,在正前方点上香烛、插好,点上香烟摆在纪念碑台上,嘴里念念有词。我跟着他,听着他说:"老班长,我来看你们了,我代表你们的家人来看你们了。你们在这儿好好的哈。有机会我还会来看你们的。"我是一个泪点极低的人,看到的、听到的让我热泪盈眶。

雪域高原的早晨静悄悄,风却很大,寒气袭人。我们在静默中走在陵园里,向105位先烈们致敬。纪念碑的后方是分南北两块排列的烈士墓。一块块高出地面约80厘米的灰色水泥墓碑上,刻有烈士的姓名、生前所在单位、籍贯和生卒年月,他们来自甘肃、湖南、河南、四川、江西、新疆等祖国各地。每块墓碑的后面都有由一座高原黄土夹杂着暗红色沙砾堆成的坟茔。我认真看了一下烈士的牺牲年龄,发现相当一部分人都在20岁左右,有的只有18岁。"将军百战死,壮士十年归。"如果他们能够从那场战斗中凯旋,那么现在,他们应该是70岁左右,儿孙绕膝的花甲老人了。我看到有的墓形状有别于其他,老张说是依照个人的宗教信仰来建的。

是的,这是一场发生在二十世纪六十年代初的战争,印度军队在中印边境西段不断越线,大量蚕食中国领土,建立了43处侵略据点。一九六二年十月二十日,印军悍然在中印边界东西段同时向中国发动大规模武装进攻,我国被迫进行自卫反击作战,而这个康瓦西烈士陵园长眠着为祖国的和平而牺牲的烈士们,后来还安葬了几位在新藏公路建设中牺牲的军人。

康西瓦烈士陵园明显是维护、翻新过的。新疆老张说,二〇〇七年由三十里营房驻军重新整修过,而且还有专门的维护队。因为烈士陵园地处高原,经过多年的风吹雨打,有的烈士坟墓都成了土包,有的墓碑碑文被岁月消磨得看不见了。维修队将墓碑换成大理石碑,坟墓用砖和水泥硬化,陵园外侧修建了一道围墙,并重铺了一条通向新藏公路的柏油路。这些年老张只要走新藏线就一定要来此处凭吊,很多的司机和他一样。

我们要继续赶路了。临行前,新疆老张嘴里仍然念念有词,弯下腰,将纪念碑前的垃圾捡干净,将此前凌乱的凭吊物摆放好。他小声说着："这里风太大，所以家里也会乱，我来收拾干净，看上去也舒服。你们好好地睡吧。"

他脱下帽子，大风吹乱了他一头本来就乱的长发，右手抬起，敬了一个军礼。我站在他的身后，也抬起了右手，敬礼！

我们上了车，老张在对讲机里说，准备出发，他长鸣喇叭，起程。

从这一刻起，新疆老张在我的心中立体了起来，我尊称他"老班长"。我们常常约定要再走新藏线，可我一直无法成行。

我看新疆老张的每一条微信朋友圈，体会他的感受，也回忆那二十几天的行程故事。他的儿子考上研究生了，他很兴奋地告诉我；他要走新藏线了，我给他推荐与他合得来的朋友；我看着他拍下的美景，也回味我们在大同乡的塔吉克村民家门口拍下的合影，灰色系的衣服和笑脸很和谐。我常常会想起他讲的在少数民族区域的成长经历，似乎看到了那个受辱后攥紧拳头的少年……我仍然还会与卢老师一起虚构他与民宿女老板的故事；也不再觉得他那两条腿跳出的舞蹈有多难看，我曾戏称他有两条细如麻秆的腿；行程中我常常取笑他、贬低他，可他从没有对我有任何的不礼貌。他这人，我懂。

人生就是如此，因为一个事件，甚至一个细节而彻底改变对一个人、一件事的看法，也彻底改变一个人。就如，面对巍峨的大山、苍劲的江河，还有永远安眠于高原的军人，我想，那些发生在我们身边的鸡零狗碎、一地鸡毛有何意义和价值？新疆老张是很普通、很平凡的一个存在，和我一样，他一定经历过许多许多。他当年也是有过雄心、梦想，当年华老去，雄心和梦想成为奢侈品，而日常就成了可触摸的一切。于是，不再探讨虚构的人生，不再臆想主义和价值，他真实地过好每一天，自然为大，人生为小。

新疆老张，本名张保勇。

一九六五年生人，一九八三年兵。

在新疆生产建设兵团农六师五家渠长大。

父亲曾是国民党军队军人，进疆平叛、戍边。

在吉祥的阳光照耀下

把手挥动成风中的经幡

静默　或者飞扬

——扎西尼玛《这个夏天，神灵的队伍远逝了》

我习惯称扎西尼玛为扎西，有节奏感，爽脆脆的音律。

离开德钦的那天，下着雨，扎西尼玛带我去一家小馆吃面。

他很认真地问我有没有宗教信仰，我说："似乎离佛教近一些。"扎西说："该了解了解藏传佛教，你一定可以感受到其中的力量。"也许是一句无意的话，或许就是他内心根深蒂固的信念，让我有了诸多的思量。

扎西的好朋友马建忠曾说过，一种本民族年轻人热爱（热衷）的民族文化，就是有生命力的文化。同样意义的话，甘肃一位活佛为《藏域春秋》写的序里面这样说："当一个民族的年轻人重新审视自己民族的历史的时候，这个民族就有了希望。"

不知道扎西此时是不是又在喝酒？我一想起，他笑嘻嘻地学着一个女诗人的声音，娇嗲嗲地说"尼玛，少喝点儿酒"时就忍俊不禁。

在昆明，雷平阳听我说要去德钦，他就把扎西尼玛的电话给了我，说是他的好朋友。飞机降落在香格里拉机场，离德钦尚远，我就与尼玛联系。可彼时我对扎西尼玛这个人一无所知，除了知道他是一个诗人。扎西却要我在去德钦的路中途的一个叫奔子栏的地方下车,在那儿等他。

有时对人生有些恐惧也许是好事,即使有也很少让自己在人前表露出来。因为我认为,一个人上路就是一件愉快的事儿。

车未到奔子栏,司机就停车吃饭(可算是早饭),这时对面路上一辆车停下,走过来一个乍看看不出具体年龄的男人,他说他就是扎西尼玛,我相信。

德钦的第一个晚上,我和扎西两个人的晚餐,不久就吃成了十几个人的"流水席"。我感觉我成了一个局外人,颇有兴趣地看着这形形色色的人。扎西说:"很开心,来这么多的人,就不用和张老师两个人你看我,我看着你了。"一个直率的男人,毫不掩饰地将他的不自在直言出来,而我并无不良感觉。

也就在这个微雨的晚上,扎西让自己"喝高"了,他从周围的每一张桌上先后找来了他的表妹、叔叔、侄子,似乎,扎西的家人散布在德钦的大街小巷。但他此时还没有把我这远道来的客人给落下,把我"移交"给了他最放心的马老师照顾,说这样他才安心。而最终,我和马老师将他送回了家。可爱的扎西此时说:"不要送了,再送我要生气了!"

我至今也不能说了解藏族诗人扎西尼玛,雷平阳在我去之前告诉我,扎西是马骅的好朋友,那时起到现在,我感觉到扎西似乎和自愿在德钦当老师、后落入江中杳无踪迹的诗人马骅紧密联系在一起,而他的个人的"光芒"已然给遮蔽了。回到广州,我慢慢地将现实中的他、我想象中的他以及他人文字中的他结合起来。

生活中的私事那是他自己的事儿,我不提及,但很显然扎西是一个能担当之人,这是男人的本性。

扎西尼玛,二十世纪七十年代生人,一个写诗的公务员,卡瓦格博文化社成员,拍纪录片。他曾参与拍的纪录片《冰川》,讲的是他家乡明永冰川和明永村的事情。

扎西说,他小时家里很穷,只有父亲一个劳动力,母亲经常生病。他11岁,小学四年级就出去读书了。他是从这样一个贫苦的环境出来的,但他认为生活的气氛、生活质量很好,成就了他作为一个诗人的基本条件。

也许扎西的能歌善舞源于他的母亲,他说那时候妈妈身上带着病,虽然老是吃不饱,但是特别喜欢唱歌跳舞。她干不了重活儿,生产队里安排她做羊倌。有一天山上下雨,羊去山洞和树下面躲雨,都散了。妈妈要把羊撵拢起来,结果脚和腰摔伤了,躺了半个月。有一天中午放学,尼玛早早地跑回家,爬楼梯的时候听到有人在哭,家里就妈妈一个人。后来发现,她不是在哭,在哼弦子!看到儿子,她就把所唱的歌词说给儿子听。扎西说,阿妈没有悲伤。

长大的他在中甸读了师范,学藏语,然后参加了工作,拿上了国家工资,阿爸阿妈开心不已。

一九九九年,昆明世博会举行。远远的德钦也受到了影响,村里通了公路,游客源源不断地来到明永村,为了看冰川。在城里工作的扎西也在村口开了"明永山庄",做起了旅游生意。之后看到的许多的变化,如村民生活的变化、旅游者日渐增多,也着实让他兴奋不已了好一阵子。但到一九九九年年底,特别是二〇〇〇年开始,冰川开始消融。原来冰舌有七八十米高,现在消融了很多,冰川也往后退。

扎西说,村里靠冰川靠旅游是增加了收入,但这种情形一出现,让村民震动,哎呀,我们一定触怒了神灵。卡瓦格博雪山是我们的神山,冰川是藏族观念世界里的圣地,在藏传佛教里叫"胜乐宝轮乐园"。雪山已经给了我们太多了，我们砍山上的树木，开地种庄稼，用冰川融化的水来浇灌田地，人和牲畜喝，我们是受大山的恩宠生活着的。我们不可以再这样损伤神山了，其实，没有游客我们也不缺什么。村民担心神灵会惩罚，但不知如何来处理好这两者之间的关系。

于是，扎西在一次偶然的时机，拍了一部有环保效益体现藏民族文化的纪录片《冰川》，在国际上引起了不小的反响。他应邀去美国的大学开讲座，就是讲他的神山和他的纪录片。

谈到诗歌，扎西的话不是很多，他内心认定的是，他是一个用汉语写诗的藏族人，藏文化是他的根本。"我们要有能力感受一个民族共同的痛，并且让别人也能感受到这种痛。在藏民族历史上，没有一首诗歌能够超越'唵、嘛、呢、叭、咪、吽'这六个字。"他说的是六字真经，这是对真、善、美的祈求，也是对邪恶力量的诅咒。在卡瓦格博面前，在广大藏区，人人都能吟诵六字箴言，并且深入人心。

小学时扎西就开始写诗，那时课本上的那些诗让他感觉写诗并不难，读师范时，他开始接触到朦胧诗，让他很惊奇，诗是可以这样写的?! 于是，他沉迷进去。但他说，那时的他还是一味地模仿，没有自己的风格和个性，而且一味地唯美。他尽可能地多读书，加之工作后，生活给了他太多的历练，他开始清醒了，文字也沉稳了下来。这时，他的诗开始有了一种东西，那是"思想"。他在成长诗也在成长，他已然开始拒绝浮躁，拒绝无病呻吟，拒绝言而无物。他要让他的诗歌能禁得起高原阳光的猛烈曝晒而不减轻分量，如大山；让时间去揉捻而更加有韧性，如糌粑。

但他是清醒的，他尊崇他的民族文化，也明白让民族文化走得更远的方式和理由。

我一直认为，文字与人一样，是有性别的，但有性别并不意味着不可以相互交融。扎西的诗中充满了高原的事物和意象，从人文地理、风俗民情、男女情爱，神灵、阳光与时间在他的笔下拟人化，富有男人的血性，但同时他也写就了有着一些唯美有丰富内含的诗歌。

扎西在二○○五年发表的组诗《纳帕海的影子》中，他写道：

众神会聚
用远古的刀
指点转经的路线

我们可以感受到，神灵在上，巍峨的卡瓦博格顶上，众神照护着虔诚的转经人。

时间从雍布拉康的檐头滴下，阳光在撒拉地的左边老去。

(《瞧，空中飞翔的鼓》)让我们看到时间正将这个世界从我们的身边一丝丝地抽去。

我喜欢扎西的《梨花》。

前些年的梨花 / 雪一样白 / 雨中的梨花 / 像湿漉漉的爱情 / 蹿到面前

今年的梨花 / 第一朵白里泛红 / 最后一朵猩红 / 耀亮在梦里梦外

乡村的梨花啊 / 四月开 / 五月落

诗中色彩的感觉印证了藏民族对色彩是一个有独特感知力的民族。那乡间的梨花，粉粉地带着晨露跃动在眼前，就是一幅水粉画。诗行虽短，但可以读出中国二十世纪二三十年代文化学者的诗作的诗感，如徐志摩的《再别康桥》，戴望舒的《雨巷》。

他的所有诗在抒写他自己，抒写他的同族，抒写民族的历史，以及将这所有的书写放在一个更为广大的天地之间，那就是"自然"。他让自己和自己的书写尽可能地贴近民族史与自然，而我认为，与自然的无穷贴近就是一种宗教意味的审美，而这种审美是经典的传承。

扎西现在从旅游局调到德钦县委宣传部工作，好像是"文产办"，做一些有关文化产业的工作。我看他还真是乐此不疲，他说要好好工作，对得起这份工资，但他的工资常常无法满足他呼朋唤友。

我不知道扎西现在还会不会端着一碗鸡豆粉，站在德钦的那个三岔路口，边摆出一副"搞笑"的姿势将鸡豆粉往嘴里送？当然那天与好朋友在一起，他无所顾忌。

我还是很想念他的。有时遇到一些事情时，问问他，他会给出一些出其不意的建议。

中午时分 / 三头牛 / 站在村子上方的山坡上 / 朝着三个方向 / 回忆往事。

扎西会不会常常如他笔下的牦牛一样，在家乡明永的小山上回忆他的往事？那天我说："扎西一思考，神灵会发笑。"他说是的，诗不是像牛一样想出来的，那样的"牛想"是想不出东西的。那些句子就是在脑子里的，要出来它就出来了。

在藏语里，扎西是吉祥如意的意思；尼玛，是太阳的意思。

高佬

高佬不姓高，个子也不高，不知为啥被人称为"高佬"。

岭南人有一个习惯，称呼人时爱用"佬"这个字，比如：北佬、捞佬，这是对改革开放以来南下工作、打工的北方人歧视的称谓，高佬、矮佬、肥佬、四眼佬、胡须佬，这是从身形外观来看，劏鸡佬、收买佬、泥水佬……这是从职业身份来称呼，真是数不胜数，"大佬"应该是让人听起来最舒服的。从这些称谓里，可以听出贬义、调侃与爱意。

高佬姓杨，目测身高不及170厘米，比我年长两岁。很多年前，不知道哪一天他就出现在我们小区的门口，每天蹲守在那里，收废品，小区的本地老人常称他"收买佬"，他也不生气。后来才知道，此前一直在此收废品的那个长得很美的女人是他的妻子。

我与老杨基本上没有来往，上下班的时候，见着面我会主动打个招呼。慢慢地，我感觉老杨对我挺热情的，有时手上拿个重东西，他都会主动上来或者叫他妻子来帮我拿，甚至送上楼。这反而让人有些紧张。

第一次与老杨有直接的接触，是一天傍晚。

我发现书桌边上的一堆书报不见了，那是我的一些参考资料，还有一本签满了朋友们名字的书。我着急地问钟点工阿姨，她想了想说:"哦,是不是堆在纸篓里的那一堆东西,我以为你不要了,就卖给了门口的那个靓女,钱放在鞋柜上了。"应该是那一堆书报掉进了书桌边的纸篓里了。

我着急忙慌地下了楼,一路小跑到了小区门口,只有老杨在,他妻子不在。老杨说他妻子去做饭了,放下手上的事情问我有什么事情。我告诉他这情况,他说,今天下午的废品已经送到废品收购站了。他问我是不是很重要的东西,我说是,他边归拢脚边的废品边说:"我带你去找,我自己去也不知道哪些是你的。"

我先生开来了车,我让他上车坐在副驾驶,他摇着手说:不行不行,这么好的车,我不能坐前面,这是领导的位子。我说:"老杨,我没有这些讲究。"他小心翼翼地上了车,把一张白纸垫在座位上,告诉我们往哪儿去,就不说话了。我主动与他拉起了家常。

老杨和他妻子是湖南人,有一儿一女,都在上大学,他来这里之前在不少地方打短工,什么赚钱做什么。妻子一直要他来帮忙收废品,他觉得做这个很没有面子,没答应。为什么又来做这个了呢?他竖起三个手指说:三个原因,一是儿子说他在大学做兼职赚学费、生活费,不用他给钱了,压力小了一些;二是因为,老婆说总是有人骚扰她,很烦人,要他来陪她;三是老婆说收废品赚的钱不比打短工少。

我笑了,说:"老杨你说话很有条理,很有文化呀。"他说:"张老师,我知道你是当过兵的,是首长,还是一个很有文化的人,在你面前我很不好意思。实话实说,我高中毕业也当了兵,驾驶员,去了新疆。第二年,家里给我说了一门亲事,可是给不出 5000 块钱的彩礼钱,我爸早就去世了,老妈急得不得了,这个时候我就犯糊涂了,偷了车队的两个轮胎去卖,被领导发现了,后来我就被遣返回家了,亲事也没成。我是犯了错误，也受到了惩罚。我内心一直记着我当过兵，我曾经是一个军人。我老婆是我初中同学，她的家境比我们家好多了，人又长得好看，我们县上都有当官的看上了她，她就那么傻，偏偏要跟着我。这个女人人好看，心思也好，到了我们家，给我生了一崽一女，都蛮有出息。她还把我老娘关照得很好，老娘走的时候也是她在身边，我是要一辈子对这个婆娘好的。"

说实话，老杨的妻子我一直印象不是很好，这些年来，我看着她从不化妆变成几乎天天化浓妆，从以前的轻声细语变成总是大着嗓门说话，仿佛随时准备与人对抗，从以前的满脸笑容成为现在似乎所有人都欠了她几吊钱的表情。好在我不需要与她有啥直接接触。

听老杨这么一说，我在琢磨，是生活改变了人，还是人改变了生活。

到了废品收购站，看着堆成了山的书报纸张，只能说这怎么办？老杨问清楚最近送过来的几车是堆在什么位置后，他像一只敏捷的猴子一样爬上了小山，专找扎成了一小捆的书报。就几分钟的工夫他提着一小捆书报跑下来，正是我的那些资料。

从那以后，对他和他的妻子，我都是热情地打招呼，即使他的妻子很冷淡，我也无所谓。我也常常将家中不需要的或者是可用可不用的东西都让老杨拿走，他一定要留下相应的钱款。只要他看见我们家搬大件东西，都会马上放下手上的事情来帮忙。

一个秋日的下午，我在小区门口等人，和老杨聊了几句，我说："老杨，你不能这样天天把自己喝得醉醺醺的，对身体不好。"他说："谢谢张老师，每天收工我就喜欢喝上两瓶啤酒，轻松轻松，我会注意的。今天实在是高兴,太高兴了。他的儿子大学毕业保送研究生,女儿也大二了,有男朋友了。"

在这之后,我们交往仍是极偶然的,每天下午还是可以看见醉醺醺的老杨。突然感觉有一段时间没见到他的妻子,我问他,老杨高兴地说:"张老师,老婆去了白云区女儿家带小孩了,双胞胎,女儿两口子做电商,忙不过来;儿子研究生毕业去了非洲援外,工资很高。"我说:"老杨,我太为你高兴了。"老杨说:"我也高兴,没有给国家添加负担,儿女为我争气,我为我老婆争气,我也为国家争气。"

老杨的话,不是酒话。

大概一年过去,老杨的妻子回到小区门口,烫了一个卷发,涂抹着艳红的唇膏,抱着一个女孩儿,脸上堆满了笑容。我与她聊起了孩子,她说她负责带一个,女儿的家婆负责带另一个,女儿买了两套房子,让他们不要再收废品了,和他们一起生活。她和老杨都觉得身体还很好,可以做很多事情,不要依靠女儿生活,能为他们减轻负担就很好了。他们自己在湖南老家也盖了一幢大房子,等到什么也做不动了,就回老家养老。

时光如抽丝般,让人感觉不到就流逝了。

老杨的外孙女上幼儿园了,后来又不见了,是回妈妈那儿上学了。老杨着急的是从非洲回来的儿子一直没有女朋友,虽然有个好工作,没有一个好老婆,这个生活也不圆满。

再后来,老杨的妻子穿上了制服,成了我们那个片区的车辆保管员,留下老杨一人收废品,他仍然是每天收工后喝上两瓶啤酒。

时间不长,老杨也穿上了制服,仍然在我们小区门口,担任车辆保管员,只是他不再喝酒了,我们见了面,仍然是热情地打个招呼。

去年，老杨不见了，来了一个黑壮的中年男人，他不热情、不主动，也很斤斤计较，小区的老人对他颇有微词，都在问老杨去了哪儿。中年男人说："我姐夫换到别的片区去保管车辆了。"

这是我身边的人和事，二十年的生活，真实故事。

老杨说，也是那些老人家笑话他个子矮，叫他"高佬"，和"收买佬"一样就是个称呼嘛，他们开心就让他们这么叫。

梦境里的父亲

得知父亲生病入院的消息是二〇一六年十二月六日的晚餐时，那一天，我到新单位没多久，刚完成一个大的文化活动，在庆功宴上，母亲给我电话，说父亲住院一周了。

第二天我就赶回了家，父亲因为眼疾，自己不重视，痛得忍受不了后才要求看医生。耽误了医治，炎症侵蚀到了其他部位，将整个左眼摘除了。我知道时，他已经做完了手术。我问家人为何不和我说，可以到广州治疗。母亲说："你爸说不要影响你的工作，你才换了一个单位。"

从那之后，除了有工作安排，我在每周五晚上乘最晚班车，历时四个多小时，回到父母所在地，周日再乘最晚班高铁回到广州。其间我将父亲接到广州，在广州住院治疗，我的医生朋友说，老人的身体极度衰弱，因为在眼疾的治疗过程中过度治疗，注入了大量的抗生素，导致身体机能彻底崩溃，内脏功能极度减弱。通俗理解，就是父亲因为眼睛发炎，在治疗过程中为了消炎，在当地三家医院都注入了大量的抗生素，使得没有其他基础病的他身体机能极速下降。因此胃口不好了，他难进食，更无法服下大把的药片，只好不断地进出医院，寻求保守治疗，以求他内心的安全感。

整个过程，我见证了两地医院和医生的态度，但我无奈，我完全不懂这一行，而只有在医院，父亲才内心感到安慰，这是一个多么大的矛盾。

十个月，几乎每个周末我赶去他所在的医院陪护他，或者他在广州的医院时我每晚陪着他，他睡着了，我就看网络小说，他醒了，我就给他喂饭喂水，随时与他说说话，为他唤来护士换针剂。我感觉到，他内心对我的强烈依赖。

我与父亲的关系很有意思，他从来不夸我也不打我，我小的时候，因为不会做数学作业，他只是急得敲过我的脑袋，这是唯一一次，他对我"武力"相加。哥哥高中时，父亲批评他上课看小说，说："你是理科生，先好好把你的专业课学好，看小说，那是你妹妹以后干的事情。"他不知道这一句话，让我决心从此走向文学之路，那时我上初中。

母亲说，父亲在我和哥哥的成长过程中没起多大的教育作用，我不知道哥哥怎么看，但我还是很接受父亲这种放养方式的，也许他只是不知道应该怎么教育培养我们吧。

与我而言，父亲给予我最大的帮助是不管我，包括我的婚姻，让我自己拿主意，同时父亲也成就了我，他帮我养育了孩子，是的，是养育。我是三十"高龄"怀着孩子读的研究生，研一的寒假我生下了我的儿子淏，我父亲从孩子半岁后接手，一直陪到孩子上四年级。而这些年，我有了足够的时间来发展我的事业，出差、采风、写作，出版著作，评高级职称。淏就是在他老人家的陪伴下，健康成长。

父亲不善言语，淏也生性敏感，他俩在一起也会闹别扭，甚至两人都哭了，然后打电话给在外地出差的我告状。我着急的同时也感觉很好笑，他们知道只有我能解决他们的矛盾。

老爷子从不夸我，他就根本不会夸人，但我总会感觉到他的认可。有一天，我们一家四口（我们一家三口和父亲）晚餐，我说了句台式电脑不好用，太旧了，我写作不顺手，先生说那就抽空换一台。第二天下午我下班回家，我书桌上立着一台台式电脑，是父亲买的，他说是让店里的销售人员选的，他也不懂，让我试试好不好用，不好用就去换一台。

二〇一七年春节，除夕夜，我俩在病房。那天他精神还不错，说话还有气力。我们看着外边高高燃爆的烟花，有一句没一句地聊着。

我提起他在《羊城晚报》上发表的《往事并不如烟》，他写的是抗美援朝停战那一刻的经历，写了敌我双方在大草坪上联欢的场景。他带笑地抬起手腕，说："那个黑人士兵看上了我腕子上的手表，非要拿东西和我换，我才不换呢。"接着说："不过呢，中国人还是不好意思，外国兵都在跳舞，我们就不好意思一起跳，后来还是美国、英国的兵拉着我们，我们才加入了那个圈圈舞。"我深知，这些过往是他常常回忆的，也是最愿意聊的话题，我从小就听他说起。我说："有女兵吗？"他说："第一线怎么会有女兵，你个小傻瓜。"

父亲在广州时，一次急诊入院，我先生出差了，急诊室人满为患，他的高高的窄窄的床与旁边的同样大小的床之间无法挤入一个站立的人，他要小便，又不让我帮忙，护士也顾不过来，他下也下不来，憋坏了。我几乎失控，到处找医生护士，最终医院顾及是一位80多岁的老人，给了一个高收费的正常床位。我给他拿来便壶，他尿不出来；我去买尿不湿，要给他穿上，他坚决不要我来，我劝说了他许久，终于穿上了，他还是尿不出来；他坚持要去卫生间，我举着输液瓶,半夹着已经很瘦小的他,进入男卫生间。他那么倔,我很生气。他不敢和正在生气的我说话,静静地坐在病床上,我扶着他躺下,我俩看着高高的窗子外的天空,从黑变白。

我知道他会离开我,但没想到那么快,那一刻的感受,是极度的茫然,彻底的无措。似乎是手中的那把沙子控制不住地漏了出去,抓紧不行,放松了更不行。

那几天,我休年假,陪着在老家住院的老父亲。

二〇一七年九月二十八日早晨,我与老爷子说着话,他说鑫鑫昨天来看他了(我哥哥的儿子),他还说小杜(我先生)来时让他带几块柿饼,他想吃,然后又说,肚子痛还不能吃柿饼。他还和旁边床上的陪护说,食堂在下一楼,在那个停车场那边,饭票是要充值的。

9:30,女医生急速地走了进来,说要腾出病床,让我父亲转去ICU,我说为什么要去ICU,他现在情况稳定呀。没有任何解释。我坚决不让转,说要等我的母亲和哥哥来,11:35,父亲边和我说着话边被推进了ICU。

二〇一七年九月二十八日13:14,父亲离世,享年八十三岁。我摸着他的脸,让他醒来,他的脸和手还暖着。他的右眼,流下了一滴泪。

我知道,是老爷子放弃了这个世界。

父亲的追悼会来了很多人,对他的评价很高,但这些对我对他都没有意义了。我只是盯着不停播放的父亲的生平照片,穿着军装的他、穿着便装的他、穿着毛背心夹在裤子里的他(我曾和他开过玩笑,说鲁迅也有一张这样装束的照片)、和孙子外孙在一起开怀大笑的他。我的泪没有停歇。于我而言,他就是一个浪漫的、随和的没有原则的、不善交际的老张头。

我看着他被推进炉火中,我的同学春燕和我一起跪着,让我大声地不断地喊:"爸爸,你安心去,不要回头。"没有想到的是,一个半小时后,我是如此冷静地面对父亲的骨灰,就是那么灰灰白白的一具收缩了的身形,我没有眼泪,心也没有波澜。我的父亲变成了灰,还有几片烧不化的弹片。哥哥让我捡两块骨殖放进盒子里,我没有动手。

父亲离开后的那几个月,我无法与人正常交流。

父亲也频繁出现在我的梦境中。

场景一:那是一片废弃的工地,瓦砾遍地,父亲躺在一副担架上,穿着军装的哥哥坐在担架旁边,像一位刚下工的农民工一样。我问哥哥为什么把父亲安置在这里?哥哥说:"被医院赶出来了。"我就醒了,于是哭一场。

场景二:我敲门,一个穿着很潇洒的白衬衣的男士开了门,我叫他"爸爸",他不发出任何声音,被我追着往后退,靠着墙。我哭着出了门,遇到了一位我很信任的大姐,我告诉她,我父亲不理我,大姐让我描述了情景,她说:"那是你父亲年轻的时候,他不认识你呢。"于是,我醒了。

生活中确实有这么一位睿智的大姐,她常常给我指导,我和她讲这个故事,她说:这故事有意思哈,梦中梦,而且很有文学感觉。大姐推荐我去找一位寺院的住持,把自己心里的话都倒出来,让大和尚开解我,老这么下去,人会废了。

我完全不顾形象,鼻涕眼泪直流地向大师父倾诉,他安静地听着,时不时递纸巾给我。俟我说完,他说:你已经对老人家尽了心,做得很好,不要找一些自己认为做得不够的细节来为难自己。即使这些细节不存在,你还会找出别的细节让自己内疚、负罪,放下放下,老人已经走了。即使你做好了所有,难道老人家就不走了吗?就可以永生吗?

父亲离世的那一天,是我儿子淏在美国留学开学的第一天,他发来微信的时候,正是我要告诉他老爷子离世消息的时候,儿子说他胸口痛,很痛。寒假他就返回国内,给姥爷扫墓,1 米 85 的小伙子,在姥爷墓前,直直地跪了下去,泪流不止,咣咣咣地磕了三个头。

时间消弭一切。

现在我可以正常地和母亲、丈夫、儿子讲着老爷子的笑话,怎么回事呢?这几年我怎么梦不到我爸了,应该是我爸忙得很,顾不上我了。

我仍然会想他,想他,看着他的照片说一会儿话。也想写下一些有关他的文字,但一直没有动笔。一个偶然的机会,我写下了我人生的第一首诗,是给他的。

> 你的最后 一滴泪,
> 我的第一首诗。
>
> 我是一个丧失了文字的写作者,
> 无法记录下与你的不再相见。
> 最后那一天,

天擦亮，我还是下楼去买你爱吃的早餐。

你已不能入食。

还买来了剃须刀与甲钳。

眼蒙，夹下了你干枯手指指尖的一小块皮，

你说：痛。我吹吹你的手指。

轻拍你刮好了胡茬儿的脸：帅啊

你说：老了。

中午，你被推进了重症监护室，

大门重重关上。

你这个固执、和善的小老头啊，

我们就隔着一道重重的大门。

你这个帅气、浪漫的小老头啊，

我们就隔着这一道重重的大门。

那个最理解、宽容人的小老头啊，

你在门里，我在门外。

犹如那个除夕，病房中我俩静静相对，

却是两条河流的流动或者风中的两棵树。

不敢摇动你的身体，

害怕灵魂不能安然离去。

矮下身，我跪在床边，

轻轻呼唤着，抚摸着仍有温度的脸

拉着你的手，放在我的脸上

央求着看看我，看看我。

你闭着的眼睛,流下了泪,一滴泪。
一滴泪,我第一次和最后一次
见到的,你的泪。
流在我的食指上。

你的新家离高铁轨道不远,太闹。
旁边有人说:人死了啥也听不到了。
可我觉得你听得到呢,
就如战争过去几十年,
你仍然说能听到战场上枪炮声的节奏
朝鲜大妈的爽朗笑声,还有
停战那一刻的寂静与突然爆发的欢呼,
你希望能用文字记录下来。
此刻,这所有
于你我而言,归于寂静。

任何有关"父亲"的文字和歌曲
都能触动我的心和泪腺,
那有着相像身形的老人
也让我想起你。
这一刻,才认识到
你是我的过往也是永恒
成了真理,不可改变。
而生活,
还是照着老样子,

步履不停。

一片树叶
我参与了，飘落。

郁孤台下一萍飘

　　赣州予我的印象是片断的。一口冬天氤氲的古井，一架岁月流经的浮桥，一段写满故事的老城墙，一位踯躅独行的谦和老人。赣州，安稳、淡定，似乎是一位睿智的长者，站在那城边不高的贺兰山上从容四望，有郁孤之高却无孤郁之气。

　　在赣州，我认识了一位老人。不对，应该说早在到赣州之前我就认识了这位老人，她是我的一位作者。九年前的一个春节过后，东莞的一位朋友发给我一篇散文稿，说是一位年近九旬的老人写的。正因如此，我更加认真地读这篇文章，但有好多处我没有读懂，于是我问那位荐稿人，这些我弄不明白的是什么语言？他说也没有读懂。想了好一阵子，我料定这文是以客家方言来写的。我找来一位客家人朋友，让他帮我读几个段落。哈哈，这文写得野趣十足，极有味道。我对这位老人感兴趣，指不定我能培养一位"老作家"。在二〇一三年第五期的《作品》杂志上，我将她这篇文章编发出来，标题是《夏夜》，作者是蓝　苹。

　　世事无巧不成书，六月我就到了赣州。与赣州本土作家简心一提及这位老人，她居然与老人相熟，于是，当晚我们没有与老人联系就去拜访她。老人住在福利院，她似乎预感到有朋友来访，很晚了也没有休息。她说：我怎么也不想睡，感觉会有人来看我。

　　老人名为"蓝一苹"，可现在成了"兰一萍"，我问为何？她告诉我，她当时迁入户口时，办事人员说：怎么会有这样的姓，肯定不对，于是就成了"兰"。办事人员还说："苹"写错了，应该是"萍"。于是，一个极雅致的、爹妈给的名字"蓝一苹"就成了今天身份证上的"兰一萍"。

我惊奇于生活在赣南腹地的蓝阿姨为何操一口京腔，韵味儿十足？

蓝阿姨的祖上是满族，爷爷是宫里的太医，生活在北京，所以她出生于北京。她的童年一直跟随着爷爷和大爷（大伯）生活。大爷聪明，多才多艺，手也巧。她跟着大爷学了不少好玩的东西，还学了英语。

她小时候没有玩伴，只能自己和自己玩儿，现在老了还喜欢玩玩具和各种小玩意儿，基本上都是自己动手加工改造。她回忆起小的时候，妈妈扔几块布、几个烟盒子让她自己玩去，无聊了她就去爷爷书房里看医书。爷爷那里有《本草纲目》，还有好多线装书，有字有图，很好看，就那样她就开始认字了。爷爷很奇怪，这么一个小孩子怎么就认得字了呢。识字一多她就爱看小人书，有《儿童时代》《小朋友》《小学生》，有商务印书馆的《东方画刊》，有丰子恺的画集，还有叶浅予的画。有一回她对大爷说那个姓叶的画的美女呀，手指翘翘，多柔软呀，实在是喜欢。大爷就拿起一支笔手把手地教她画。多少年后，她一家子在"文革"中下放到于都县，没有纸也没有笔她就用卷烟纸和木炭画下了当时住地门口的一个场景，两个小桥呈丁字形，一个土坡子还有一棵大树。孩子们一看可惊奇了，原来妈妈还会画画呀。

她下放的那个地方缺水，村民家家一样穷得叮当响。可老百姓对她好，好得让她受宠若惊。阿姨对几个孩子说，如果她去世了有抚恤金的话就要给那个小学建一个图书室。那里的孩子多纯朴哟,天老爷呀,吃到嘴里的东西都会拿出来给她吃。那些孩子教她发了工资不要乱用,去买锄头时喊上他们,他们带她去那个好的地方去买,不要让人骗了钱。她被请去村民家吃茶,有果子、点心吃,都是村民自己种植的农产品,小孩子在外面就告诉她要多吃花生、吃米果,不要吃芋头干、萝卜干。阿姨说着说着声音哽咽:"我只是在那里做一些极简单的农活儿,百姓照顾我不让我做。在那里我享受了最高的待遇。到那里的第一天,正逢上农民收割,分给我三百斤芋头,三百斤番薯,我不敢要呀,他们说我命好正碰上收获,我是毛主席的人就是他们的客。后来我就把六百斤芋头、番薯放在大队部,大队开会时就让他们吃。这样一来,村民就对我们更好了,还分了我们一块地种菜,他们常来帮助我们种菜。每一家杀猪我们都有肉吃,每一家扎米果我们都有米果吃。现在的农村是变了,但还没有离开根本。后来我上调回到学校以后,做回了我的本行。他们还是会来看我,来城里赶集赴墟的时候总会放把菜在我门口,我也不知道是谁放的。是一大早菜新鲜的就送来了,而不是傍晚卖不掉的给我。我下了课一看门口放了一大堆菜,眼泪都止不住,感觉自己像犯了什么错误似的,委屈。我真是感动,受之有愧呀。"

阿姨说她曾经写过一篇有关农村妇女生活的文章,感慨于她们怎么那么能干呀?她隔壁的一个妇女,将有毛的芋头放在门口的一个石臼里,脚穿草鞋,顺着石臼用脚踩芋头,手上用锅刷子刮芹菜叶,用竹匾托着,五分钟都不用,芋头也没毛了,芹菜叶也刮好了。再过一会儿端来碗米汤,米汤上漂着芹菜叶子,又香又好喝又好看,真是做梦都会想起这个香味。她们搓麻织布做蚊帐纳鞋底,那个能干哟,城里妇女绝对无法比。一分钱不花,就可以把所有的农产品都做得好吃，吃了还想吃。不是为了吃，而是佩服得五体投地。停顿一会儿后，阿姨接着说，想想我自己，有一点不如意还很不耐烦，看看人家。

那时候，蓝阿姨下放地的隔壁大队也有一户下放的家庭，夫妻两个都是工程师，过年分一斤花生一斤油。可蓝阿姨，老表家分多少她就分多少，一大锅的花生油，抬都抬不动，只好全家一起出动。哪怕是当种子用剩的花生，他们也同样给她一份。阿姨也不晓得他们为什么这么好，她一直在强调"真的不知道"："他们的生活也那么困苦，可他们对外来人还那么好，我承认要是我我做不到。"

说起老人住在福利院，我有些不好启口，她感觉到了。她说现在的人的观念要改一改了，住在福利院、养老院没有什么不好。她爽朗地笑着说："我愿意住在福利院，我把这小屋子收拾得干干净净，我不愿意别人误解是我的孩子们没有良心，把老娘搁在福利院；我不愿意让人误解我是一个没人要的老婆子，所以我一天到晚开心得很，哈哈大笑。我在这儿经常有好多大朋友小朋友来，小朋友一来就喜欢我的小玩意儿。我就给他们出题目，答对了就给他们一样小奖品。我在一元店里买好多这样的小玩意儿。没答对就让他们趴在床上，把屁股撅起来，打他们的屁股。"老人开心地笑了，笑出了眼泪。

老人送我一幅小木刻画，是她在一个小店里看到的，喜欢就多买了几幅。她说，这是你家乡的景致吧，白桦林。我告诉她，我的家乡在北方的海边，没有白桦林，但这幅小木刻我很喜欢。老人说，白桦树，北方人也叫它"老等"。这个掌故我第一次听说，我内心生出了一些苍凉之感。

酷暑之下，老人的房间没有安装空调。我问她热吗？她说不习惯空调，尤其是不喜欢关门关窗。这引发了她的许多话语，阿姨说她不怕冷,孩子们小的时候家里穷,没鞋也没有袜子,当妈妈的自然也不能穿,所以养成了穿得少的习惯,就是现在的冬天她也不穿袜子。再冷也不用电热毯也不用厚被子,两床薄薄的被子就过冬了,但不感觉冷。把身体的热保护好了就行了,穿得多并不一定就暖,越怕冷就越冷。阿姨生过九个孩子,也没有什么坐月子吃什么补品,虽然与日子穷有关系,但主要还是观念问题。她开玩笑说:"你看那野生动物有公费医疗吗? 小兔子小麂子病了还不是自己弄一些草药就治好了自己? 母猪生崽它哼哼了吗? 这就是一个感觉,你认为疼就疼,你认为不疼就不疼,不去想就没有感觉,这叫自愈能力强。"

当然这与身体素质有关。在北京的时候,家是四合院,她还很小,冬天,爷爷早上五点让她起床,站在院子里吃半斤肥肉喝半磅牛奶,坚持了几年,所以现在练成了老人的好身体。说到子女与父母的关系,老人说:"儿子的钱我从来不要,寄一千还一千五。我一辈子独立,老的不赖小,自己想怎么样就怎么样,自在多好。年纪大了,牙口不好,不想影响孩子们的工作和生活。换位思考大家都好。"

蓝阿姨的爷爷是晚清时的太医,医术精湛,兴趣广泛。爷爷对她的教育方式很冷静,从不打骂瞪眼,也不娇惯溺爱。蓝阿姨五岁时,他们一大家子到了晚上就开家庭音乐会。爸爸拉小提琴,叔叔吹笙,大姑吹箫,小姑姑弹风琴,老爹(最小的叔叔)弹月琴。爷爷规定天天晚上要演奏《满江红》《苏武牧羊》。吃完饭,爷爷咳嗽一声,音乐会开始。开始她听着也没啥感觉,听的时间一长,就懂了一些,会哭。爷爷就问她,怎么了? 她告诉爷爷,苏武好可怜,那么老,一个人待在那么一个地方,没有人说话,又冷又饿,为什么呀? 爷爷就会咳嗽一声,音乐会结束了。现在想想,爷爷其实是用音乐来进行家庭教育。蓝阿姨从来没有见过哪个家庭是这样的教育方式,太特别了,而且这种教育决定了她的性格,再也改不了,那就是绝对不会做汉奸叛国。后来爷爷做了汉口市市长吴国桢家的家庭医生,一家子搬到了武汉,大爷去了吴佩孚那里做事情。这一生,因为爸爸是会计在另一个地方工作,顾及不到她,所以爷爷给她的影响最大。她的一生就这样一直处于动荡之中,有现实的动荡也有内心的动荡。

蓝阿姨说起她曾经在吉安生活过,十几岁时,给苏区的一个刊物投过稿也发表了,但是标题给改掉了,她很不满,就找到那个编辑部去理论。当然,改是改不过来了,他们鼓励她继续写,写出好文章。蓝阿姨说当时她还见到了那个刊物的主编,据说是一个很有名的共产党的人,可惜的是那人的名字她没有记住,后来也再没有再见过。

日本鬼子来时蓝阿姨已经结婚了,她和婆婆逃到会昌。有一天外面敲锣,她在楼上往外一看,有一个木笼子,上面挂着一个人头,长头发,脸惨白,眼睛闭着。她彻底吓蒙了,对她刺激不小。

蓝阿姨继续说着,断断续续。她说起大爷离开吴佩孚部队,应该是参加了共产党,可至今音讯毫无,她说起她的小叔叔为了信仰离家出走,音讯全无。"那天,小叔叔去参加聚会回来,竹白色的衣服上沾满了鲜血,他说是那些高挂的共产党员的头颅滴出来的血,滴在他们的身上。他在家摔东西,和爷爷奶奶发生了争执,然后就走出了家门。其实他是不明白不理解爷爷呀。"

话题有一些沉重,老人眼里满含泪水,我也一样。我转移了话题,仔细观看老人房间里的小摆设,这都是她收集来的漂亮的废品,然后把它们拾掇设计成一些艺术品,将它们送给朋友或者去交换其他的小玩意儿。老人的柜子门上贴着一张航母的照片,她连连说太好了太好了,为祖国的强大而自豪。

这周遭许多的小物件,使得整间屋子显得温馨,有着小女子的温婉之气。老人听我这么一说,哈哈大笑,说起了她家的一个故事。她大儿子处了一个女朋友,要上门来看看。家里只有极简单的床和桌子凳子这些东西,要给女孩子留下一个好印象怎么办呢?她就到合作社求着售货员卖给她几尺绿布,给桌子凳子做了罩子,贴上小花小动物,还用黄泥巴塑了球王贝利的头像,涂上颜色。哈哈,姑娘可喜欢了,兴奋地说这些她都喜欢。她的儿子后来对她说:"妈,这个媳妇是你骗来的。"

我们的交谈是愉快的,后来我略知老人的些许情况,她早早地失婚,一个人苦累拉扯大了八个子女,如今,个个生活还都不错,有自己的事业。临别,我抱了抱她,说:"好好活着,我还会来看您。"我们下了楼,天大黑,她的剪影印在二楼,一直印在那里。

老人蓝一苹的一生到底有怎样的经历,我不清楚,我也不必清楚。我只希望老人如她所言,平安、快乐地生活于这一安稳的小城。

每位老人都是一部书,有厚有薄。有的可为历史经典传承于世,有的可为家族记忆,成为小历史,都有其在的价值和意义。

我们曾经谈到了她的那篇散文《夏夜》,一个北方人用客家方言写的文学作品。我们回想着那布满星空的夏夜里,风轻吹,水静流,生活继续,一切都如青萍之末。

也拉曼的艾斯肯

　　面对着陪伴了艾斯肯三十年的木帐篷、六十年的捕鹰杈、七十年的牛皮公文包,我在平静老人的脸上寻找密密乍乍的生活痕迹和历史故事。

　　能够发现艾斯肯的存在,首先要感谢生活在也拉曼村的金斯金,那时我已经住在他家好些天了。一天夜里,炉火正旺(十月份以后,也拉曼的牧民就把炉火移进了屋子,火炉里燃烧着牛粪块,暖暖的,滚着一壶开水),我总觉着这大山脚下的小山村里也许藏着许多我不知晓的秘密,除了牛羊的生长,大山的沉默。看着我不停地发呆,聪明的金斯金半天不出一言,只等着我习惯性地向他发问。

　　"也拉曼有什么好故事?"我问。

　　"什么好故事?很多。你是想听关于牛羊的,还是想听关于草原的?"金斯金问。

　　"关于故事的故事,也就是关于人的故事,越老越好,你知道的,最古老的故事,哪怕就是一个也行啊。"我说。

　　"比这个村子还老吗?"金斯金问。

　　"当然。"我答。

　　听了我的话,金斯金对着炉火也开始发呆,手里握着烟卷,烟灰从空中飘下来,落在炉火前。我感觉,金斯金正在穿越,在沉默里回到了他出生的那一天,然后,是他在炉火前长大,会说话,听到各种各样有关村庄的故事，他要从这些故事里搜索出我最想要的那一个。金斯金重新点燃一根烟，想了想，说："走，骑摩托车走，到庄子前面的那个人家去，他们家嘛有一位老人，是村子里最老的老人，我认识的，你去看看有没有你想要的故事嘛。"

坐在摩托车上，我真实地体会到了凛冽的滋味，风把耳朵都要吹走了，面部强烈地皱着的褶皱里，风把细沙打进去，又抽走，生疼，皮肤上起了一层层的鸡皮疙瘩。摩托车在积着厚厚的雪的泥地上跟跟跄跄地行走，高大挺拔的金斯金几乎是用脚支撑在地面让车往前挪，我在车后座前仰后合地配合着。就这么一步一挪地走了近二十分钟，金斯金的摩托车停在了半山坡上一个十分破旧的土院子前，土院子外面，用几根长长的铁丝围了起来，对着马路的一扇旧得失去了颜色的木门被一把大大的铁锁锁住了。

随着一阵狗叫声，一个年轻的哈萨克族妇女从屋子里走出来了。

"谁嘛？"她扯着嗓子问。

"来看你们的人。"金斯金回答道。

妇女笑吟吟地过来给我们打开院门，看到我，她用流利的汉语说："哎哟，这是谁嘛？该不是政府派来的人吧？自从十几年前政府派人来送过两袋大米外，政府就再也没有来看过我们嘛。政府都把我们忘记了嘛。"她的幽默感，一下子就把我们逗乐了。

进到帐篷里，抬头一看，真是吃惊不小，原来这个帐篷是哈萨克族人搭建的木帐篷，这种纯木搭建的帐篷，别说是布尔津县，就是整个阿勒泰地区也是罕见的。由于生活习性与汉文化的不断相融，现在，这种用纯木搭建的木帐篷几乎是没有了，我们看到的这个木帐篷，至少也有三十年的历史。

在金斯金说明来意后，年轻的哈萨克族妇女快步走到门口，用哈萨克族语大声叫喊着："阿塔——阿塔——"不一会儿，一个老人进来了。这一次，又把我惊着了。大皮帽下，白发、白胡、白眉，老人无牙，瘦，长马靴，弓着腰，走路慢而迟疑，一双典型的哈萨克族男人的眼睛深陷在眼眶里，笑的时候如果不用力就像是阳光刺着眼睛了一样有点睁不开的困惑。年轻的哈萨克族妇女冲着老人的耳朵用哈语大声叫道："阿塔，他们是来看你的。"说完，又笑着回头对我们解释道："阿塔的眼睛不行了，看不清楚，只能感觉光；耳朵也不行了，听不见，要大声叫，他才能听到我说话。我们的阿塔，他老了，老得不行了，已经 91 岁了。"

91 岁的艾斯肯老人当年是"新疆王"盛世才的部下。熟悉中国历史的人都知道，当年盛世才在新疆的所作所为，自然让他留在大陆的部下，最终都没有好的生活状态。当年，艾斯肯与大批的军人在盛世才随蒋介石去了台湾之后，就被共产党接管的当地政府"退役"了，他退役时军衔为上尉。多少年来，艾斯肯就过着我无法用语言言尽的苦难生活，熬了这么多年，仍然坚韧。看着老人那深邃的却几乎看不见物的眼睛，我问那位妇女一个很苍白无力的问题，老人这么多年生活得好吗？他听了她的翻译后激动了起来，说了一大段话。那女子笑着对老人说："阿塔，慢点说，我记不住了。"原来，这么多年来支撑他挺过来的是一个信念：他是一个爱国的军人，也参加了抗日战争，他不是反动派。因为身份的特殊，他一直没有任何待遇和福利，直到二十世纪九十年代末期，他才获得了由中华人民共和国国防部、中国人民解放军新疆阿勒泰军分区司令部专门为他补发的退役证书。自发了退役证后，老人才开始享受参加过抗日战争的军人补助费，一个月领国家津贴 189 元，直到二〇〇五年之后，每年开始向上浮动一些。

在老人去取他的宝贝的时候，年轻的哈萨克族妇女介绍说，老人名叫艾斯肯，是她的公公，她叫古丽巴合提·拉孜汗，是艾斯肯老人的儿媳妇。老人一共有八个子女，四个儿子，四个女儿，古丽巴合提·拉孜汗嫁给了老人最小的儿子别尔克波力·阿斯布后，老人就一直跟着他的小儿子生活了。我们看到的这个木帐篷，是艾斯肯老人60岁的时候搭建的，所有的木头都是老人从山背后的林子里亲自砍好背回来的。当时的年月，老人的儿子们要娶媳妇，没有住的地方，老人就搭建了这个木帐篷，用来给儿子们娶媳妇，儿子们成家了，过好了后都分出去住了。到了小儿子娶媳妇的时候，艾斯肯老人家里有了新修的土房子，这样，艾斯肯老人就独自住在这个木帐篷里。小儿子现在在县城里打工，本来媳妇也要去的，但为了照顾老人和孩子，她就留在家里了。

和艾斯肯老人一起生活在这个木帐篷里的，还有安安静静地待在角落里的一个上了小锁的皮制公文包，里边放着跟随他几十年的永远无法抹去的那些珍贵记忆与珍藏品：一九九八年的退役补发证一本，中国人民抗日战争胜利60周年纪念章一枚，新疆退役军人特殊津贴证书一本，一九四九年出版的阿勒泰地区哈文版《少数民族抗日战争回忆录》书籍一本，二十世纪四十年代部队军用水壶一个，这个真皮包是七十年前部队统一发放的行军专用背包。我能明白，它们对于老人来说有多珍贵。它们，被老人颤抖着的双手从牛皮背包里掏出来，摆在我们面前，每拿出一样，老人就努力用语言描述着当时的情形。那本哈文书籍里，记录着当年毛主席为纪念参加中国抗日战争的少数民族军人们亲自题写的感谢词，那些少数民族军人的名录中，就包含了哈萨克族退役上尉艾斯肯的名字。据艾斯肯老人的回忆，一九二○年出生在阿勒泰地区的艾斯肯老人，由于家境贫寒，16岁时就参加了革命成了一名骑兵，于一九四五年跟随地方部队与苏联红军一起，共同参加了抗日战争。

艾斯肯老人回忆说，那时候的骑兵就是没日没夜地跑，主要是负责前期的侦查工作，了解作战的地形地貌，为后防部队打响战斗做好地理环境的定点和定位。这样一来，军用水壶和牛皮包是离不开的，水壶里装着活命用的水，牛皮包里装着救命用的枪、子弹和干粮。说这些话时，艾斯肯老人热泪盈眶地抖动着双手一遍遍地抚摸他的牛皮包。我还看到了一小沓人民币，我说：还有钱。老人的儿媳笑了，说那是政府发给老人家的所有补贴，他一分也不用就藏在包里。"是他的他就留着，我们不要。"她转身对着老人说了几句什么，老人笑了起来，阳光下，老人的笑容灿烂。

这时，儿媳古丽巴合提·拉孜汗会迅速地将放在桌子上的那把小铜锁套在牛皮包的锁扣上将包锁起来，然后，将钥匙交回给艾斯肯老人自己来保管。"他不放心别人，他也不放心我们，这个包，他平时从来不打开，只有来了人，要看看他的军功章时，他才舍得把包打开。这是他活了一辈子的命。"儿媳古丽巴合提·拉孜汗半是抱屈半是认真地拍拍牛皮包说。

"老人现在身体怎么样？"我问她。

"好呢，好得很，他没有什么病，就是牙不好，耳朵不灵，吃饭还可以嘛。"她说。

"那老人还干活儿吗？"我又问。

"干，闲不住，院子里有些小活儿，羊圈里嘛也有些小活儿，他都帮忙干的。有时候嘛，也帮我们看看孩子，怕孩子乱跑嘛。"她回答道。

话说到这里，艾斯肯老人忽然抬起穿着长马靴的双腿，费了点劲地爬上炕（他不让人扶），从墙上取下一个油光发亮的驯鹰杈。老人似乎已经忘记了他还穿着长马靴，直接站在炕头上，用手举着驯鹰杈继续回忆起来，一直说着说着。原来，部队解散时，政府将艾斯肯安置到了布尔津县，直到结婚后，他才搬到了远离县城的也拉曼村。那时候，家里孩子多，吃不饱，老人便想到了自己当兵时练习过射击，用训鹰的办法到户外狩猎动物，这样，孩子们就可以增加一点肉食。说到这里，老人的眼睛里流下了两串亮晶晶的泪水。这是一位老兵的泪水，令人唏嘘感叹又倍加尊敬，我陪着他流泪，恍若他是我的父亲。

临走时，艾斯肯老人握住我的手，一直不让走，说我来看他，带了这么多好吃的还给他钱，陪着他说了半天的话，还没有尝尝他亲手晒的醺马肉，一定要吃了醺马肉再走。他拉着我弯腰走进木帐篷，让我看高处两条绳索上挂满的风干的或者熏制的牛羊马肉和血肠，老人咧着嘴笑。虽然天还蒙蒙亮着，但也接近晚上12点了，金斯金握住艾斯肯老人的手说："明年她还来的，你嘛，等着。"老人这才松了手，嚅动着嘴角算是答应让我们离开。

出了院门口，金斯金的摩托车发动了，我又跑回到院子里拉住古丽巴合提·拉孜汗的手，也拉着老人的手，向她交代："照顾好你的阿塔，明年我会争取再来看老人的。"走出大门口，我向着往我这个方向"看"的老人敬了一个军礼！古丽巴合提·拉孜汗也像一个军人一样回礼，笑着说："我会像照顾自己的眼睛一样照顾他老人家的。放心。"

我这个军礼，是我这个曾经的军人向老军人艾斯肯表达的敬意，而这是老人最应获得的也是他乐意接受的。而长期生活在老人身边的古丽的这一个不标准的军礼，是生活给予艾斯肯老人最好的敬礼！

这是一个远在阿勒泰山脚下的名叫"也拉曼"的小山村的一位老军人的故事，所有乘车去喀纳斯旅游的人都可以看到这一个路牌，它在前往喀纳斯方向的左手边。人在，故事在，泪水在，荣誉在，就让这一切的存在述说也拉曼的岁月吧。

海霞

　　洞头，现在是温州的一个区，大多居民祖籍是福建，说的是闽南语，敬的是妈祖。

　　也许知道这个地方的人不是很多，可我一说电影《海霞》，一定会有许多人还记得。二十世纪七十年代中期，除了电影"三大战"（《地雷战》《地道战》《南征北战》）和八大样板戏，给我印象最深刻的就是电影《海霞》。它的情节惊险、女主角漂亮、风景优美，还有电影插曲《渔家姑娘在海边》，好听，它一直流传下来，甚至现在还有很多人会唱。当然那时我还小，可这些电影和样板戏伴随了我那几年的成长，成为一辈子不会淡忘的记忆。

　　电影《海霞》改编自老作家黎汝清的长篇小说《海岛女民兵》，是以当时的"洞头先锋女子民兵连"的排长汪月霞为原型，主演是上海姑娘吴海燕，还有青少年时期的蔡明。这是一部很经典的反特故事。

　　如今，虽然女子民兵连还在，但"海霞"已不仅仅只是女民兵的代名词，在洞头这个百岛县就有海霞妈妈义务服务队、海霞电力服务队、海霞村、海霞中学、海霞军事主题公园等。就如藏族姑娘都被称为"卓玛"，白族姑娘都被称为"金花"一样，洞头的妇女们都被称为"海霞"。

　　我在这儿发现一个颇有文学实力、频出佳作的"海霞女子散文社"，自然这是一群舞文弄墨的女子聚在一起谈文论字的小社团，女作家施立松带我参加了她们的一次聚会。有趣的是，一位爱写散文、本名叫陈海英的"海霞"不仅是一位专业美甲师，还是一位渔民画画家。获得过"全国农（渔牧）民画大赛"金奖的海英给我看她手机中一幅幅的画作，那鲜艳的色彩和鲜明的主题，着实让我一震。我的兴趣迅速地从文学延伸至美术。

虽然是一位妩媚女子，她的几幅画作的气势却体现出一种男性的力量，描绘了渔民讨海的艰辛，也展示了如今的和谐生活。但细节处却可品味到女性的细腻，有趣的是，画作中男人高举的那尾大鱼的鱼鳞却不是一片一片的，而是由一尾一尾的小鱼构成的。海英说是一个很偶然的机会让她接触到了渔民画，与一班同好跟着文化馆的苏老师学画。

第二天，我见到了这位苏义怀老师，也见到了一班年龄跨度很大的女画家"海霞"。

吴秀云奶奶正贴着画板在画画，有眼疾的她已经82岁了。她的画作画风极为细腻、温暖，色彩极绚丽，她也获得过国家级的农民画创作奖。只上过两年半学的吴奶奶以前当过村干部，还是人大代表，57岁从供销社退休，然后就和老伴儿一起参加老年大学学习书法和绘画，总也没啥感觉。听说文化馆办了一个渔民画培训班，就兴冲冲地参加了。起初连设计稿都不会画，她只能将自己的创作思路告诉苏老师，然后由苏老师一步步教她构图、画设计稿、改图、按比例扩大，如今她已经有了十年的创作经历了。平日里，她和老伴儿带着两个孙子，只能利用中午晚上孙子睡觉的时间画上几笔，但每一次采风、每周三到文化馆集会这些机会她绝对不会错过。奶奶说，她的画里表现的都是"国泰民安，风调雨顺"。

吴奶奶旁边的一位年轻女子正在画洞头七夕的民俗，画面上，孩子们围绕着红红火火燃烧着的七星亭，身边摆放着的供品挺有讲究：七样干品、七样熟食、七双筷子、七个酒杯、七盏茶叶、七朵指甲花、七盒胭脂粉、七根针线等。

这位女子名叫王洁灵，20岁出头，是一位幼师，"七月初七天门开，七仙娘娘坐莲台，有花有粉请你来，保佑孩子快快长大免祸害……"她诵读着这首在洞头广为流传的童谣给我们讲述了迄今已有300多年历史的"洞头海岛七夕节"的习俗。以前洞头人都靠打鱼为生，风波浪里乞食，随时有生命危险，而且海岛又与陆地海天相隔，医疗条件落后，一旦生病只能祈求神明保佑，所以人们在"七夕节"做成人礼。一来是祭拜神明祈福保佑，二来也是让家中男丁早早成人，承担家庭责任。没有真正的渔村生活经验的她，要用画笔描绘她心中的、年轻人心中的海岛生活，自然，这将是风格趋于现代的渔民画。

画作布局绵密、笔触成熟，一看就有一个完整的故事。这幅画的作者是67岁的叶爱珠，她从小生活在海边，哥哥是船老大，她经常在船上摸爬滚打。性格开朗的她16岁时曾经参加红卫兵串联到了杭州，最终也没能去成北京。前几年，她从医院退休，孩子们都工作了，家中只剩他们夫妇二人，于是，闲不住的她开始跟着苏义怀老师学画渔民画。从开始学画起，小时候渔村的生活经历在她脑海里浮现出来，那么鲜活，她一心想要将它们表现出来。于是，她认真地、积极地学习，很快 幅幅富有海岛特色、想象力丰富的写实渔民生活场景浮现于画纸上，出现在大型农民画的展览和比赛上。她说获奖就是对她的鼓励，让她更积极地创作。她告诉我她正在创作一幅渔村娶亲图，展现的将是她曾经当过伴娘的一次婚礼。她喜悦地用手在画板上比画着，这里将会有一群女子出现在船头上，最前面的是新娘子，肯定是穿着大红色的衣服，岸边有许多接亲的人，接亲船的船头和普通的有些不一样，是闽南独有的一种船头模式。画面的四角是一队队的鱼群还有丰饶的海产，随着她的比比画画，我似乎已经看到了一幅精致美丽、生活气息浓郁的画面。

这一幅构图极夸张、视觉感强烈的是《鱼跃浪头兆丰年》，还有这幅《五岛联桥》都是许爱花的作品，这位阿姨喜爱跳广场舞，在当地小有知名度的。陪着我的陈海英说："她是我姨妈。"

旁边默不出声的是和丈夫一起学画才三个月的詹海萍，她的画还没有完成，可以看出画的是"七夕节"的内容。苏老师却很看好这位不爱言语的学生。

我很好奇，一九八八年毕业于温州师范学院师范美术专业的苏老师是如何调教这么一批年龄、教育背景、生活经历差异如此之大的"海霞"？

苏老师的专业是油画，大学毕业在一所中学教美术，调到文化馆后经常去渔村、海岛画海、画船、画造船工人，他更爱画渔民的生活生产和各种民俗、民间传说。因为从事文化艺术普及工作，他就琢磨要举办一个培训班，让更多的人来画画。目前这个培训班已经举办了多期。第一批招的20多人，几乎都是没有任何美术基础的女性，可喜的是，这一批有12人坚持下来，并都获得了很好的创作成绩。她们很短时间就能上手画，创作无局限，想象也无拘束。他教她们如何关注、观察生活的细节，还有人物丰富的表情，并从最基本的打草稿开始教她们，带她们出去采风、写生，让她们展开想象，想象美好的事物和生活。几年的艺术实践，"海霞"们的创作个人色彩深厚，辨识度高，她们无从借鉴也无从模仿，从自己的感觉和生活及社会现象出发，渐渐地从外部的观赏转化为对内心的观照，开始从自己的内心感觉和情感表达上尝试创作。如此一来就形成了如今构思巧妙，造型大胆夸张，色彩强烈，装饰性强，意境雅拙率真的洞头渔民画特质。

任何年代，人的物质欲望都不能拥有至高无上的价值，于是有哲学家提出：我们把世界上的人欲望无法抵达、不应该亵渎的价值，称为神圣。不是每个人都有机会邂逅神圣，尤其是艺术家。当然，洞头画家"海霞"们还没有世俗观念的成名成家，可她们的成长也是付出了种种代价的，更有价值的代价是她们面对神圣时的谦卑和敬畏；是对个人内心生活无比关注，是让自己的作品与营造的气场相通。而这一切没有高低贵贱之分，只有最终的与神圣相遇。

有人说渔民（农民）画粗拙，没有其他学院派、专业画家的作品精巧。我却不以为然。曾国藩说过一句话：天下之至拙，能胜天下至巧。也许"海霞"们的作品缺乏更多的专业性的画法和技艺，可我们看到了生活的真实不藏拙，看到了她们完全融于生活，这种真实也许眼睛不一定能看见，但能叩动灵魂。对的，就是这样，以一种有人认为的粗拙手法却体现出了生活的或精致或雄阔，或妩媚或阳刚，或直白或羞涩，你能说这不是好的艺术作品吗？手里的画笔成为平凡的"海霞"们唯一能传达能量的工具，于是她们用它来赞美造物主、赞美生命，不考虑什么是现代的、古典的、抽象的、写实的，她们拥有的是她们"自己的"方式方法。

我羡慕这些"海霞"，羡慕的是她们沽跃丰富的内心还有那充沛的精气神，这已经是很多人缺乏的了。

奔子栏的此里卓玛

我一直毫不怀疑地认为,她就是在那儿等着我飞奔而去!

不知道,有多少人会关注地图上如此之小的一个地方——奔子栏,它位于四川、云南的交界处,再往上,就进入了西藏。

我从小就喜好读地图,常常会顺着一条路线下去,去认识那一个个地名。地名的后面,就如时空隧道一般,层层推进、推进,经纬度、厚实的高山大川脉络、地质构造……地图就像隐含了别致的风土人情的图画。

最喜欢的是,用一支彩色笔将喜欢的地名圈出,将我已经去过的和想要去的地方用线连起来,那是怎样的曲线啊!每一条都是回忆和梦想;每一条,哪怕很短,都包含着生命和关于生命的许多故事。这些地名都是土生土长的本地人赋予的,就像给自己的孩子起名一样,既亲切,又传神,还寄托着美好的愿望。尤其在边地、在民族地区,他们选择的往往是他们的语言中音韵动听、意蕴优美的词,有的前面还意犹未尽地加上了浸润着诗情画意的比喻。

当我决定要去梅里雪山之时,我就一直在看丽江往上走的方向,那一个个大大小小的地名,给我无限的新奇。

很清楚,此行我要从香格里拉往上,经过纳帕海、尼西、伏龙桥、奔子栏、白茫垭口到德钦。但我没有想到我与"奔子栏"结下了不解之缘。

原本是直接去德钦,可在路上,我的朋友扎西说他要到奔子栏办一些事情,那我就在奔子栏下车,在那儿会面。

我很喜欢"奔子栏"这个名字,它透出的是勃勃的生机。

奔子栏在金沙江上游有很高的知名度,作为滇藏茶马古道上的咽喉重镇,奔子栏有着辉煌的历史与繁荣。它地处金沙江西岸,自它山之石以上的金沙江怒涛滚滚,汹涌奔流,以下一段江面则豁然开阔,江水平静。奔子栏的历史可追溯到吐蕃王朝时期,吐蕃大军曾在此驻扎又通过。奔子栏藏语意为"金色的沙坝",是德钦升平镇之外的第二大市场,过去也是古代"茶马古道"的一大商埠。

奔子栏渡口为滇藏"茶马古道"上的古渡口,也是"茶马古道"由滇西北进入西藏或四川的咽喉之地。从这儿往西北即可进入西藏逆江北上,即是四川的德荣、巴塘;沿金沙江而下,就是维西、大理;往东南走,则是香格里拉及丽江。

一路上听着车里放的不知听了多少遍的《卓玛》,我已经能随着哼哼了:"啊,卓玛,啊,卓玛,草原上的姑娘卓玛拉……"

上午九时许,我所乘的大巴车过了伏龙桥,桥的那一边就是四川的德荣,这一边就是云南迪庆的奔子栏。一路上,从德钦驱车往下走的扎西电话告诉我说要到一个叫"醇香园"的地方下车,去找一个名为强巴的"税官"。

我下了车,进了安静的"醇香园",有两个女子和两个小小的女孩在,一个女子很热情地迎了上来,我说要找强巴,她告诉我他在楼上睡觉。我在餐厅待着,心定了下来,一个人坐着看电视、吃面,等扎西或是那个强巴来。突然想起,多年前看的一部影片《从奴隶到将军》中就有一个农奴的名字叫强巴。

那个热情女子和我聊了几句,就不见了。不久,她头发湿漉漉地,还滴着水,走到我的身边。她邀请我和她一起到门口去晒太阳,她说刚洗了头,有点儿冷,我婉拒了。过不多会儿,她和一个穿着税务制服的人走进门来,这个人就是强巴。此时的强巴正大着嗓门和那个女子争执着,一看到我就说:"我说了是一个婆娘而不是姑娘吧,你还和我争!"可那女子说:"你看她好年轻,我就感觉她是一个姑娘。"我笑了笑,说出了自己的年龄。这时我知道这个女子名字是此里卓玛,藏语意思是:永恒的度姆,在汉语中,度姆为"菩萨"之意。她是那么有激情,有活力。

卓玛告诉我,强巴是她的表哥;扎西是她的中学校友,她可能会在扎西拍的片子里扮演一个角色;而我只比她大两岁。她一直不停地在说话,口沫乱飞,我将我的椅子与她拉开了一些距离。

她从紧紧地扎在腰间的腰包里掏出了一堆杂物,是化妆品。当着我和强巴的面化开了妆。先是画出两道弯弯曲曲的眉,再描出两圈黑黑的眼线,接着她拿出一块破旧的很小的镜子对照着。放下镜子,她又掏出一瓶护肤霜,重重地用手指抠出一团,狠劲地双手揉搓之后,搽在了脸上,可想而知,是不可能抹匀的。最后一道程序,她将口红拿了出来,先是涂在了嘴唇上然后又当成了腮红擦在了脸上。我转过了头,不忍心看。边化着妆,她还不停地说着话。

突然,她拿起那一块不完整的镜子,说她喜欢我要送给我。我略觉尴尬,还是收下了,之后,放在了面前的小桌子角上,不准备带走。

那两个小姑娘热热闹闹地过来了,卓玛告诉我,这个酒店的老板是她的侄子,那个在厨房里忙的是她的侄媳妇,这个小姑娘名字达娃,是侄子的女儿,自然就是孙辈了。那个小姑娘是这儿的一个服务员的亲戚,是白族。她笑得很大声地说,小孩子们都喜欢她,因为她有钱,常常给他们买好吃的。她随手就从腰包里掏出钱包,拿出一元钱给了小达娃，五角钱给了"小白族"。之后，又从强巴买啤酒找回的钱里拿了两元钱放在自己的钱包里，说从来也没有拿过表哥的钱呢，又拿了五角给了小达娃。

放好了化妆品，她又掏出了正在钩编的东西，嘴不停手也不停。她告诉我，她有许多的田地，还有很多的房子，这些都是钱呢；她还有很多的表哥，都很有钱，路边上那个大大的加油站就是表哥的；她早几年离了婚，儿子跟了前夫，前夫上了别人家的门；她在拉萨待了两年，去叔叔那儿做生意，现在累了，回家来享受生活。她还得意地告诉我，中甸的很多当官的都是她爸爸家的亲戚呢！

听着她不停在说话，强巴喝着酒，一言不发。而我想出门走走。于是，我问强巴，可不可以到金沙江边去？强巴还没开口。我就被卓玛拉上出了门。

她看到了我的相机，说要拍照，我就说到门口拍几张吧。可是，这一大两小背上了我的摄影包，拉着我，就说要去她的家，她要换上好衣服。

半推半就，我和这三位就沿公路而走，顺山势往下，到了一个小村子，在村边的一所两层楼前驻足，卓玛打开了院子门。卓玛说，公路要改道，她的这栋房子就要被征用，可以向政府要100万元呢！这院子中间有一棵正开着几朵花的石榴树，从小小的院子往一楼看过去，杂乱，脏衣服和两只张着嘴的鞋子在那儿扔着，一张破沙发看上去已不能坐人！我们上了二楼，角落里有一间用木板隔出来的小小的房间，其余的空地上摊满了枯草。卓玛说没有钥匙，从小小的窗子爬了进去，动作有一些滑稽。门开了，里边只有两张挂着蚊帐的床。

卓玛指着放在床上的一只小小的箱子，说这是她保管着的儿子的东西。打开箱子，里边有一套男孩子的藏袍，一把小藏刀。

她带着两个孩子兴奋地试着她儿子的藏袍,为一条腰带发生了争执。

我走出房间的门,站在二楼往外看去,院子的外面挂着几条经幡。右边稍远一点儿就是金沙江的一个拐弯处,江面宽阔,水流不急,江岸种着一大片麦子;左边,是顺势而下的浑黄的河水;对面就是一座大山,那儿是四川。两山相伴的是我们的母亲河。

突然,我有一种虚幻之感,不由自主、身在其中。

每一次旅行中都隐藏着另一次无形的旅行,它需要被唤醒,需要被塑造,需要以心诚实地面对。

个子小小的她穿上了她儿子的藏袍,戴了一顶毡帽,她一步一步地、袅袅娜娜地下楼来,而我不停地拍着,两个孩子也凑着热闹。

她说,她很想在江边的那块大石头上去拍照,多年前,她曾在那儿拍过一张她最喜欢的照片。读书的时候,她很喜欢在那块大石头上,对着金沙江朗读和唱歌。她从木屋旁边的火塘石屋的佛龛边取出一个黑黑破破的小笔记本,拿出一张照片,送给了我,我很仔细地夹在笔记本里。

一路上,她欢跳着,路过了许多人家,用藏语大声和人打招呼。路过小学校,她和几位老师打着招呼,然后把她们介绍给我,说是她儿子的老师。她大声说:对呀,我就是想做一个导游呀,我随便就可以说几句英语呢!她摇着手中的一条彩色围巾,大声地说:Hello! How are you?

而我,却似乎听命于一种原初之力的调遣,急慌地参与到一件事情之中。

白晃晃的阳光下,她摆出各种姿势在摆渡船上拍照,穿着还是厚厚的藏袍,汗水从脸上流了下来。

之后，她脱去藏靴和藏袍，只穿着内里的衣裙，快乐地在金沙江边的沙滩上放声大唱，她连翻筋斗，一个接着一个。她坐上那块她极喜欢的大石，盘腿而坐，闭上眼睛，沉静了下来。我不由自主地屏住了呼吸，感觉卓玛在纯粹的任性之中听到了神谕，她是否在天马行空的幻觉中找到了一个通向其虚妄的自由的道路？

风起，扬起了金沙江边的沙，迷了我的眼。

扎西回来了，狂打我的电话。他很奇怪，这一个城里来的人怎么就这么地进入了"民间"。当我和卓玛、两个小姑娘气喘吁吁地从江边爬坡上到奔子栏的公路上，他和其他人奇怪地看着几乎累瘫了但却兴奋的我，我、卓玛、扎西等人呈一个三角状站立着。我看到卓玛的脸上有着无数条沟壑，那是被汗水冲刷掉的脂粉，而眼睛已是黑乎乎的一大块，那是眼影，我的沉重的摄影包把她身上的衣服全拧乱了。

我坐下来，卓玛放下摄影包，一言没发走了。从德钦返回时，我在奔子栏停留，我想过去找她，但最终没去。

当地人告诉我，她是一个疯子。

我想起黑格尔曾说过："人的目光是过于执着于世俗事物了，以至于必须花费同样大的力气来使它高举于尘世之上。人的精神已显示出它的极端贫乏，就如同沙漠旅行者渴望获得一口饮水那样在急切盼望能对一般的神圣事物获得一点点感受。"不论世俗与神圣，那时的她是快乐的，我也是快乐的，这种快乐无可言说！

这一切过去了几个月，但一点儿也没淡忘。我一直想用文字留下一些什么，但无法动笔，总感觉有一些思绪在脑子里飘浮，就是无法落到实处。

我与扎西通了电话，告诉他我的困惑。扎西讲了一个故事给我听：有一名大活佛每年都去宾川鸡足山的竹圣寺朝拜。那一年，他带着徒弟们经过大理的下关，看到热闹的集市中，一个挥着大砍刀的女屠夫，他赶忙走上前，拜倒在她的脚下。他的徒弟不解上师的举动，但还是跟在后面纷纷拜倒，活佛告诉他们，女屠夫为菩萨的化身。

　　我明白了扎西想表述什么，他也明白了我在想什么。我们同时进入了一种语境，就如当时我和卓玛的情境。

牙香街的女儿香

"这是一个快乐的果林，飘溢着香料的香气。"这是首北翁布里亚人写于一三二五年的诗 *Cursur Nundi* 中所描写的天堂景象的诗句。产自于东方的香料，西方人认为是生长于天堂之物，甚至被认为是接近福音真理的东西。

在东莞寮步，这个馥郁之地，我不是寻找那不切实的天堂，只是要找到牙香街，找到传说中的女儿香。

女儿香，是莞香的一种，她的词面就很香艳。而莞香是以地域的一种沉香木，沉香又有一个名"牙香树"。沉香的用途广泛，它的树脂可制成香料或供药用，木材可制线香，树皮可用来造纸。女儿香是莞香中的极品。也是种香人家的女孩儿在晾晒香木时，选中一些精细靓纹香木，切割成小块，或藏香于衣袖，或挂于胸前，香木浸透女儿之体香，而油亮浓香。香农家的女儿把自己珍藏的香拿到墟市换来喜欢的物件，从而引来那些追香慕名的男儿以重金购之，于是便有了"女儿香一片万钱，香价与白金等"的历史记载。

莞香莞香，自然是以东莞之地名命名。东莞寮步，古称香市，是因早在宋明时期，久负盛名的"莞香"集散于此。明末诗人屈大均所著《广东新语》卷二"四市"记载："东粤有四市……一曰香市。在东莞之寮步。凡莞香生熟诸品皆聚焉。"（寮步香市与广州花市、廉州珠市、罗浮药市被誉为广东"四大名市"）。那条史上有名的专事买卖莞香的街市自然就命名为"牙香街"。

当年各路香商、药商、香客、文人雅士、才子佳人慕香而来,云集牙香街,整条街终日人声鼎沸,香气缭绕。而今,外地人来要找到牙香街,不是一件容易的事情。

我们终于找到了这一条安静的,空空小街。小街狭窄弯曲,只容三人并排行走,约100米长。

在牙香街的一间小院里,我们见到了一位已经80多岁的老奶奶。她正在院子里吃饭,一椅一凳,凳子上放着一碗菜。我们和她聊起了莞香,老奶奶指着院门口说:"现在牙香街已经没有香卖了,几十年前,可热闹了。那时来买莞香的人多,村民挑着大担大担莞香来卖,巷道两旁摆着满满的都是莞香。那些卖莞香的人一边烧莞香,那时的牙香街真是好香。"老奶奶家原来也是来这儿卖莞香的,她小的时候,也会帮父亲卖香,识得什么样的香是好香。后来父亲就在这街上买了这间屋,一直住着。现在她和儿子一家住,儿子一家几个都不卖香了。

老人身上挂着一块香木,油亮油亮,我们问老人是不是莞香,她说是女儿香,一直挂在她身上已经快七十年了。她自言自语道:"这是不卖的,是我老豆(父亲)给我的。"她用布满岁月的手细细地摸着香块,眼神飘向了远处……

现在真正有莞香卖的地方已经不在牙香街了。走出牙香街,在街口的塘边市场,我们见到了香佬李和他的女儿。香佬李是电白人,采香制香卖香已经四十多年了。他曾经在东莞市区、茶山、樟木头、大岭山等地销售莞香,今年专程来寮步老街卖,主要考虑寮步香市有着悠久的历史,寮步人有烧香的传统。他的三个女儿两个儿子,全都上了大学,参加了工作。他的几个孩子都会加工莞香。在店里,李家的大女儿给我们点燃了一小块莞香木，还端出了他们自己研发的莞香茶。

李家大女儿是学法律的，在北京读的大学。工作几年后，她发现还是喜欢和父亲一起"侍弄"莞香，于是放弃了工作，来到了寮步。每天，对着这些香木，她开心，看到父亲采回来的新香木，她兴奋。她着力于"香佬李"这个莞香品牌的推广，自如地应对各方媒体的采访，对莞香的历史侃侃而谈。她告诉我们，一定要有品牌意识，但又一定要立足于民间，这样才能发展得更快更好。她借助互联网、媒体来宣传她的父亲："父亲就是我们家的品牌，是莞香的品牌，是我们的莞香茶的品牌。"她热情地再为我们续上莞香茶，她问我们有没有品尝出茶的那种特殊的味道？她说这茶不光好闻好喝，还有一定的药用功效，有保健作用。

我们看到她的颈项上也挂着一块莞香，她大声而娇嗲地对着父亲："阿爸，他们问这个。"然后，很羞涩地说，这是父亲为她挑的一块好香，不卖的。

女儿香在清朝时期，是专供皇帝的贡香。而今，女儿香在民间氤氲。一代代莞香熏陶的女儿，再没有生活在"兰馥易迷蝴蝶梦，脂浓深透鹧鸪斑。一炉领略绕滋味，几净窗明好伴闲"的情境之中。她们活跃在香市寮步这个生机盎然的地方，点缀生活也推动生活，她们不虚妄和空乏，她们品香论道，读书论画，她们安然而知足地面对所有。

手捻一香，"窗延静昼，默坐消尘缘；将无限意，寓此一炷烟"。

文面的喃奶奶

当我哭泣没有鞋子穿的时候，我却发现有的人没有脚。

——题记

二〇〇六年的八月，我一个人来到独龙江，进入深山时的我是轻松快乐但懵懂的，而走出大山的我，沉重了不少，但思想轻盈了。至今，我仍然常常会想起那些场景。

独龙江的神秘，不仅因为它四季不变、清澈、碧蓝的江水，还因为两岸浓得化不开的绿色植被。由于峡谷深窄，河床南倾，使得独龙江水流湍急，落差极大，远望河水来处，疑似从天而降，激浪拍岸、白浪滔滔，浅水缓流地带清碧见底，深潭处却似颗颗翠玉，尤其那不同于许多江河、瀑布所发出的清朗朗的水声，令人久久回味。

更让我回味的是那些深山之中我的独龙族朋友，他们有着大山一样的宽厚，有着独龙江的清澈。

从大山出来，我发短信告诉我的好朋友：这是一次痛苦的精神之旅，但我一点儿也不后悔。这种痛苦并不是仅指身体上的辛苦，而是一种成长的痛。

我将我拍的喃奶奶的照片作为我电脑的背景图，经常可以看到远在独龙江生活的已经 87 岁的她。

我在出发前对那一带的了解来自于洛克出版于一九四七年的《中国西南古纳西王国》一书中写道："怒子，……女孩在 10 岁后，脸上刺龙、凤及花纹。"洛克在中国西南做生物以及做人类学社会学考察时，曾到过怒江流域，但据他的日记及资料记载，他并没有到过独龙江流域。他在怒江流域考察时，对当地的生物及民族还有宗教有一些文字记录。如，他文字中所说的"怒子"是现在的怒族，但不是独龙族。历史上独龙族自称"独龙"，"迪麻"，史称"撬""俅""俅人""俅子""洛""曲洛"等。一九五二年，依据本民族的意愿，正式定名为"独龙族"。当地小学校长李文华告诉我，至今仍没人能考证出独龙族的来源和他们在此生活的确切年代，但从亲缘关系及 60% 的语言近似中，离独龙江最近的贡山怒族似与之同宗。远古，一支生活在怒江上游的，青藏高原的怒族原住民由迁徙和流动进入独龙江之后，便被江河绝岭封闭在了这遥远的角落。很奇怪，我进独龙江之立脚点并没有很迫切地想找"文面女"，以前看过她们的照片和相关纪录片。

我沿着怒江坐了一路中巴车到了贡山。我住了一晚，一早出去找早餐。路口停着一辆改装过的吉普车，师傅小杨是傈僳族，他准备拉一车人去独龙江旅游，可今天奇怪，一个人也没有。于是，我一个人包了他的车，吃完早餐就出发，去独龙江。96 公里的崖壁路，走了 8 个小时，下午 5 时，我们进了孔当村。途中艰险，不多说。

一进孔当村，还在村口的桥上，我们就迎面遇上了一对背柴的老夫妻，那个老妇人是一个文面女，但面上的图案已经很淡了。小杨师傅说我很有福气，别人还得费力去找，而你迎面就遇上。

第二天，司机师傅小杨在孔当遇上了他的朋友李校长，小杨很积极地说我想去看文面女，拍一些照片，我反倒有一些不好意思，怕让他为难。校长正在放假，很爽快地答应了。我们立即出发，往献九当去看那儿的两个老人。

李校长在当地是"著名的"文化人，他对独龙江的历史了然，甚至对许多家庭的情况都很熟悉。他知道哪家有文面老人，老人有多大年纪，还有他们的身体状况。我很幸运能遇上他，让我的独龙江之行变得更为有意义和价值，这一次的行程只是从一个突然决定变成了一个有目的的田野调查。他告诉我，我们这次去献九当在他的朋友家吃午饭，他朋友的奶奶就是一个已经80多岁的文面女。

我在此之前并没有有意识地了解有关独龙族文面的情况，于是，我把所有的疑问堆给了李校长。校长说，文面习俗主要盛行于独龙江北部接近西藏察瓦龙地区的一、二、三村即龙源、迪朗、献九当和孔当。在独龙河谷里，男子是不文面的，而女孩子长到十二三岁，就需要文面。先用竹签蘸上锅底的烟灰，在眉心、鼻梁、脸颊和嘴的四周描好文的形状，然后请人一手持竹钏，一手拿拍针棒沿纹路打刺。每刺一针，即将血水擦去，马上敷上锅烟灰汗，过三五天，创口脱痂，皮肉上就呈现出青蓝色的疤痕，成了永远也擦洗不掉的面纹。独龙语称之为"巴克图"。

所文的图案也会因为地方的不同有一些不同。独龙江上游是满脸文面，即鼻梁、两颊、上下唇均刺花纹，但是在下游四乡及三乡地区大多只文嘴唇下部的下巴部分，像男人的胡须一样，纹条成上下线形；也有部分连鼻子下人中部位的左右都文上了。有些老年妇女不但满脸面纹，连头发也剃光，只剩额前小小的一撮，很像汉族农村小男孩的发型。从不同的文面图案，当地人一眼就能看出这个妇女居住的地方，是哪个部落的。

快下午 1 时,我们到了献九当村。一坐下,几个人就开始喝酒,我也没有见着老奶奶。过了一会儿,李校长告诉我,老奶奶的孙子叫福林,老奶奶和儿媳妇(福林的妈妈)上山干农活儿了,很快就回来。

我和他们一起喝着他们自酿的米酒,这酒不如我们汉农家酿的甜,还是有一些酒精度的。于是,我就一点儿一点儿抿着酒看着他们说话,只能看着,我听不懂。

一会儿,老奶奶和一个中年妇女回来了,我们站起身扶她,她不让扶。老奶奶坐在火塘边床上,她的床上有一块已经看不出颜色的破烂的毯子。而她的身上也穿着一件条纹的衣服,原本该是白色的,不知来到她手上是否就是现在这种色泽呢?!因为,李校长告诉我,独龙江由于生活习惯和交通障碍,从前是不穿衣服的,只披一块用麻织成的独龙毯。现在的衣服尤其是中老年人穿的衣服,大多是国家民政部门收集的捐赠衣物。年轻人呢,有的还会趁出山的机会,逢年过节买几件。

我将自己手中的米酒递给老奶奶,老奶奶笑了,喝了一口,又回递给我,我喝了一口,又给她,她很高兴地喝了一口,笑出了声。福林说我是一个好人,很可能就是说我是一个城里人,但没有嫌弃他们。我的眼睛有一些湿润了,我知道我不会嫌弃他们,我也知道随着时间推移,会与他们越来越近。因为,我和他们是一样的人,只不过我的生存空间与他们不同。年龄的增长和不断的行走,我更加平和地对待事物,能更自然地为他人设身处地地着想,这就是一种成长。

李校长告诉老奶奶,我是从大城市里来看她的。老奶奶只是一味地笑。我问福林,可以和老奶奶合影吗?校长说,独龙乡现在有一个"约定俗成",就是给一个文面老人拍照,必须要给她 50 元人民币。我说:"好的,没有问题,我会这么做的。"福林连声说:"不要了,不要了。"福林告诉我，他奶奶的名字是"喃"。

我的司机兼导游小杨就问老奶奶，为什么要文面呢？我感觉唐突，但也正是我想问的问题。福林将他奶奶的话翻译给我听，他用一种听来还是有一些费力的汉话说，奶奶说的自己文面就是因为小的时候，自己的爸爸妈妈听了一个"神婆"（我无法用相应的汉字记下来他们对这一个词的发音）的话，说："布谷鸟叫了，姑娘长大了，要文面了。"然后，她的阿爸说："蝴蝶飞来了，阿细来了，文面吧。"李老师接话告诉我，独龙族认为，世间有生命无生命的东西都有灵魂，一个是生魂"卜拉"，一个是亡魂"阿细"。"阿细"是人和动物死后出现的第二个灵魂，他们认为漂亮的花蝴蝶就是妇女们的"阿细"变成的，红、蓝、白色的蝴蝶是男人们的"阿细"变的。蝴蝶死了，人的灵魂也就永远不存在了。所以，许多文面女脸上都是似蝶状覆于面上的花纹。独龙族曾禁止捕杀彩色的蝴蝶。

我们一边喝着酒，一边"啃"着烤熟的苞谷，一边说着闲话。福林告诉我们，老奶奶已经87岁了，和他的爷爷结婚之前就已经嫁过了人，就是福林爷爷的哥哥（按我们的亲族关系来推算，应该是堂兄弟），后来她丈夫去世了，她就嫁给了福林的爷爷。

对这个问题我有一些好奇，独龙族女人与其他民族的女人在婚姻上有一些什么样的不同？李校长说，汉族女人要是离婚改嫁就会让人感觉她"是一个不好的女人，可能有什么问题，不干净"，可独龙女人不是这样的。独龙族的女人是没有嫁不出去的，即使离过婚的女人也如此，而且找上门的更多的是从未结过婚的小伙子。独龙族社会对于寡妇也并不歧视，她有改嫁的权利，但改嫁的对象必须是依转房制嫁给男方家族中同辈弟兄，只是在没有适当人选后，才可转嫁他族，此外还不得返回娘家。另外一种"非等辈"婚让李校长这个接受汉文化教育的人也有一些看法,就独龙族有不同辈分的男女之间的婚配形式。这种具有群婚制遗迹的对偶婚只是排除了亲生父母和亲兄弟姐妹之间的性关系,除此之外是不分辈分老少的。中华人民共和国成立以后,随着《婚姻法》的实施,独龙族社会的婚姻习俗已逐步接近外部社会轨道。但老文面女们的婚姻像人类历史上"婚姻史上的活化石"似的仍留存在封闭的独龙江峡谷。

我问福林,老奶奶的名字有什么讲法吗?他笑着看着校长,校长告诉我说,福林只读过三年书,他不知道这些。校长猜测,老奶奶的名字可能与她小时在家的排行有关系。

独龙人的姓名也是十分奇特的。按照独龙族的古老习俗,男孩出生七天命名,女孩出生九天命名。独龙人没有姓氏,一般用家庭的名称(也是地名)加上父名、爱称及本人排行,就是这个人的名字。如某男名为"孔敢·朋松·阿克洽·顶",那么"孔敢"就是家庭名,"朋松"是父名,"阿克洽"是爱称,"顶"就是排行,意为意四,简称"孔敢·顶"。如果是女子,除了加父名以处,还需加上母名。不过,我在独龙江结识的许多朋友,他们除了独龙族名字外,还有另外一个名字。他们照汉族的习惯,给自己取了姓氏。这姓来源于村寨的名称,如马库寨的就姓马,齐当寨的就姓齐,孔当寨的就姓孔,和我们汉族百家姓没有丝毫关系。"马库"是指森林多的地方;"孔当"意即一块宽大的坝子。

老奶奶不知道她还在独龙江的深山里能好好地活多少年,我也知道我很难再去看望她了。离开喃奶奶时,我拿出300元钱,放在她的手上。一边福林直拉我,说不要给了,我们已经是朋友了,但我坚持让老人家收下,老奶奶将手中的钱转身给了她旁边的儿媳妇。

徒步回孔当的路上,我下了一个决心:"今后,我一定不再去买无谓的奢侈品！"我不知道能否做到,但在喃奶奶家的这一日,让我的生活习惯改变不少。

那天,看到一本书上有这么一句话:"一个人来到这个世界就开始朝着某一种既定的结局走去。一个人朝着既定的结局走去却并不知道自己的最终结局。"说出了我这一路的所思,降生于什么样的家庭我们没有选择权,能过上什么样的生活却并不是能由主观决断的,客观条件有时起的作用远远大于自己的努力。

从贡山乘车往六库去,车上有一个带着孩子 30 来岁来自福州的男人。车到一个村镇,正逢赶集,路上人多,车走不了。这时,他将他没有喝完的可口可乐丢了出去,一个孩子拾了起来,放在了嘴边。福州男人很惊奇地大声说:"这个地方的人素质太差了,看到车来也不让,连可口可乐也没喝过!"我忍了许久,因为我不敢想象一个受过教育的人,带着孩子,居然能说出这样的话。当他再说这种话时,我接上一句:"如果,那个孩子是你的儿子? 如果你就生活在这个地方,会怎么样?!"

寂静的房子

　　这所寂静的房子,不是土耳其作家帕慕克用笔建造出来的。它坐落于广东高明的一个小村子——西梁村。

　　八月酷暑,行走在高明的村落之中。龙岗山下,绿树成荫。典型的岭南民居风格的房子,坐东向西,水磨青砖墙体,挤在一群民居中间,逼逼仄仄,其貌不扬。一间堂屋、一间书房、一间卧房、一间厨房,面积不大,小巧精当,妥妥帖帖。

　　它的主人是梁发,中国第一位传教士、中国报业之父。他在这所房子里出生、成长、结婚、生子,他67年的生命中有一半是在此度过。这所房子,经历了喧嚣和隐藏的历史,也曾为混乱的声音所淹没,可贵的是它曾经充盈着暖暖的爱。

　　混乱的社会背景下,一座老宅子,无法保持它的安详。

　　这所原建于清代,毁于民国年间,现照原样复建的房子里似乎还回荡着母性的声音,"月光光,照地堂,年三十晚,尽欢堂……"袅袅绕梁。

　　多年前,我记住了《中国新闻通史》中的梁发。此外,我还记住了他,是因为在广州,我居住地的附近有一个叫凤凰岗的地方,不知是否当年有凤与凰栖息,但历史上在那儿有一个墓,是梁发的。后来墓被岭南大学(现中山大学的一个学院)首任华人校长钟荣光迁至怀士园内,钟荣光生前曾有遗愿,要求死后葬于梁发坟墓之旁,与之结伴为邻,这便是历史上著名的"岭大双坟"。根据《梁发传》记载,"岭大双坟"位于草坪中央,四周有石栏,南面是怀士堂,北面是珠江。如今,怀士堂成了一个小礼堂,小礼堂的北面确实是一片宽阔的草坪,但是已经没有丝毫坟墓的痕迹。

此时,我在高明,这站得高望得远的地方,这梁发的故乡,再一次记住了梁发。

在《中国大百科全书》新闻出版卷中,专门有一词条:"《察世俗每月统计传》,十九世纪西方传教士出版的第一个中文刊物,历史上第一份中文近代报刊,创刊于马六甲。英国基督教(新教)传教士马礼逊和米怜创办,梁发作为传教士米怜的重要助手在马六甲参与创办并身兼刻版和撰稿人二职。"于是,梁发成为中国近代第一位报人。

梁发由于当年传播基督教而受到清廷追捕和驱逐,儿子又为鸦片战争的英方担任翻译,所以他一直背负着"洋奴"的指责。历史上,唯一对他著书立传的英国传教士麦沾恩借助曾在广州传教之便,搜集梁发材料,写了一本《梁发传》,并于一九三〇年在广州出版。他写此书是因为这位在国外有着赫赫声名的中国第一位传教士的身世鲜为人知。

历史,常常在伸手覆手之间将一个人的命运玩弄于指间。历史,亦如一张硕大无边的棋局,将无数人的生命任意摆放在某一个角落。一不留神,便被岁月蒙上灰尘,湮没于历史的荒冢古道。在历史落幕的 100 多年间,在高明,有谁会记得有一位堪称历史功臣的生命曾遗落其间?没有人会记得,当林则徐在虎门升起猎猎销烟风旗的时候,在这之前,早有人将鸦片丢弃在中国人性解放的黄榜上。"苟利国家生死以,岂因祸福避趋之",当后人声情并茂地吟咏林则徐的经典格言时,他们却怎么也没有想到,一个关键的人物被他们从意识里除名了。这个人就是——梁发。

白云苍狗,时代风云际会。在这酷暑之时,游走于旧人的故所,一种幽然的历史凄楚感却扑面而来,令人在这炎炎之日沉湎于历史的种种纠结和感人之处。所幸,今日,梁发,一个在中国被埋藏了200余年的名人,已被列为"岭南109位先贤"之一。于此非常之时,遥想当年长者遗风、缅怀历史往事,也就显得箭在弦上不得不发了。

梁发,生于乾隆五十四年(1789),卒于咸丰五年(1855),原名梁公发,世称梁阿发,简称梁发。清嘉庆五年(1800),梁发11岁,进村私塾读书,15岁辍学,只受过4年的私塾教育。一八一〇年,梁发在高明同乡于广州开办的雕版印刷厂工作,四年时间,他成为一名技艺精湛的印刷工,还练就了一手好字和通畅的文笔。这些都为他以后传教和成为一位报人打下了良好的基础。经广州十三行"东印度公司"华人蔡卢兴推荐,认识马礼逊,这成为他人生的大转折。梁发为马礼逊雕印《四福音合参》《使徒外传》及保罗书信手稿,接触的是耳目一新的基督教思想,开始受到熏染。然而,促成梁发对这一宗教思想形成信仰的应该是马礼逊的助手米怜。他使梁发戒除一切陋习,如聚朋豪饮及赌博等,得到了一种向上的引导。

因为清朝政府对米怜的禁止居住,梁发跟随米怜到了南洋马六甲。两人惺惺相惜,梁发协助米怜创办了中国近代第一份中文报纸《察世俗每月统计传》,一八一八年又在马六甲创立第一间中英文学校——英华书院,因为梁发熟读四书五经,成为学校的中文教师。在马六甲期间,梁发还为米怜雕印了中文版耶稣传《救世者言行真史记》。一八一六年十一月三日,米怜以基督教的仪式给梁发施洗,从此梁发成为真正的基督教徒。之后,梁发回到家乡,与黎氏结婚,次年为妻子施洗，黎氏成为第一个受洗的中国妇女。因为散发福音小册子，梁发被捕入狱，后因为马礼逊的出面干预才得以释放。随后梁发又回到了马六甲。

起初，梁发协助米怜在马六甲创办的是《察世俗每月统计传》中文版，后来增加英文版、马来文版，梁发在排版过程中，接触并掌握了西方标点符号的运用。梁发又把这些标点符号运用到中文期刊中，这是一个极其重要的革新和创造。《察世俗每月统计传》停刊后，他还参与出版了《特选撮要每月统计传》《天下新闻》《东西洋考每月统计传》。十多年后，梁发因派书传教受挫而再次漂泊到马六甲后，他又为在这里传教的牧师麦都恩创办的中文期刊《特选撮要每月纪传》供稿，并与之一同编排。也正是因为梁发在开拓中国报业的重要贡献，他以"中国报业之父"的身份被载入中国新闻史册。

一八二二年米怜去世后，梁发又回到中国，带着他在马六甲写成的布道书《救世录撮要略记》去广州十三行拜见马礼逊，马礼逊非常欣赏他的认知和书中通俗易懂的语言，决定印刷出版200本。这部书被认为是中国人所作所印的第一本布道书。此后，他在马礼逊身边从事传教工作。一八二三年，回到马六甲的他帮助出版了马礼逊和米怜翻译的首部完整版中文圣经（《新旧约全书》）。同年，马礼逊为梁发3岁的长子梁进德施洗，且在澳门，马礼逊回英国探亲前，亲手按立梁发为宣教士，梁发从此成为一位华人神职人员，领差会工薪达30余年。

与此同时，梁发也开始撰写书籍和小册子，向人介绍基督教信仰。最为著名的当数一八三二年出版的《劝世良言》，此书共九本，内容有信仰教理、圣经注释、宣道讲章、护教辩道等章节，洋洋洒洒10万字。这书是专门写给那些到广州参加科举考试的秀才看的，在秀才之中，就有洪秀全。

一八三六年，洪秀全再次到广州应试名落孙山时，邂逅了一位传教士在传布福音，得到几本一套的小书，题为《劝世良言》。这部著作对洪秀全的未来起到决定性作用。洪秀全更是按照《劝世良言》所言，自行"以水灌顶"，作为洗礼的决志，承认自己是耶稣的门徒。此后，洪秀全创办"拜上帝会"，在今广州花都乡间聚集信徒，一八五一年建立太平天国。《劝世良言》无意识成为一本影响近代中国的著作，梁发富有中国色彩的神学思想也由此传播开来。

研究太平天国革命的中外学术界人士都非常重视梁发当年的《劝世良言》对洪秀全萌生创建拜上帝会的思想，以及后来太平天国运动的唤醒作用。

在十九世纪的中国，外来传教士本质上的错综复杂，使得人们对与之常交往的梁发众说纷纭，历史评价难以定夺。但任何事物都具有两面性，后人们是否应该以历史唯物观来对其的历史价值予以考证？中国从封建社会迈向近代化的趋势迎合了外国传教士来到中国传播西方资本主义文明，兴医办学办报纸，引进先进文化技术。但是侵略者的立场意在建立殖民地统治，压榨中国民众，纯粹唯利是图，变本加厉，所进行的是强盗性的践踏与掠夺。这一切是不争的事实。

在这种背景下，后人研究梁发，不应局限于他从事的宗教神学方面，而应看到他给中国带来的是促进了中西方文化交流，兴医办学办报纸，促进了文明进程。中国的近代史可以不写梁发的名字，但不能不写上梁发所著的《劝世良言》，在发展融入大世界的今天，更不能忘记梁发所开拓的放眼看世界的思维模式。

当时清廷禁教，皇帝颁诏禁止中国人信仰基督教，并且严禁印刷和分发基督教书籍。一八三四年，在清政府的严格监控下，梁发的信教传教，印刷基督教书册等都要冒极大危险的。而当时中国人又"人心傲倨"不愿信教使得梁发的布道极为艰难。

为了躲避追捕，梁发曾数次逃亡，最后他带着儿子梁进德逃到马来西亚和新加坡。在这段流亡南洋的生活中，梁发看到不少华人吸食鸦片的惨状，写成《鸦片速改文》，印成单张派送，宣传戒吸鸦片，指出鸦片的危害，还呼吁在华的外国朋友写信回国，劝说国人勿再参与鸦片贸易，杜绝毒品根源。面对自己经历和看到的一切，梁发沉静地在书信中写道："我知道传扬我主耶稣基督福音的人必然要经受逼迫，尽管我不能与保罗和约伯相比，但我却愿意效法先圣，让我的内心常存平安。"

一八三九年，来广州禁烟的钦差大臣林则徐因身体不适岭南气候，到梁发工作的博济医院看病。梁发在做翻译的同时，与林则徐聊到了禁烟，并把自己两年前写的《鸦片速改文》呈给林则徐。林则徐喜出望外，并采纳了文中禁烟的建议。后来，梁发把曾给英国人当翻译的长子梁进德推荐给林则徐当翻译。梁进德此时的工作非常重要，不仅每天要为林则徐翻译中国澳门、印尼、马来西亚出版的英文报纸和商务信函，还翻译一些世界地理、科技文化资料，让林则徐对国外的国情有了更多的了解。《四洲志》《海国图志》就是梁进德受林则徐之命翻译国外书籍、资料编著而成的。梁发多次被林则徐召见而成为幕僚，他们父子利用一切能想到的社会关系，为林的禁烟献计献策，出钱出力，希望偌大中国不要为鸦片所戕害。

我们清晰地知道，梁发理应是中国禁烟倡议第一人。

在英国大兵压境，准备发动鸦片战争前，笃信基督教的梁发依然恪守"国家兴亡，匹夫有责"的古训，不忍见双方干戈相向。于是到十三行找到马礼逊的儿子——时任英吉利国驻广州领事的马儒翰。当时，还是清廷缉拿的在逃"要犯"，梁发冒着生命危险和儿子梁进德向马儒翰苦苦谏言，希望他能尽一切努力说服英军统帅义律不要发动这场战争。他曾对马儒翰说，如果英政府派遣军队到中国来，杀害中国人，那么中国人此后再也不会接纳圣经和英国传教士了，但他们面对的是帝国的强大的利益，最终是未能阻止这场战争爆发。

林则徐禁烟，世人皆知，可其中，仍然没有梁发和他的儿子梁进德的名字。

梁进德对世事失望了，他失望的还有心中的上帝。

鸦片战争后，一八四三年，英华书院随伦敦会宣教中心迁移到香港。梁发父子也迁居香港。时梁进德任英华书院校长理雅各助手。他在鸦片战争中尤其目睹外国某些传教士直接参与战争蹂躏中国人的罪恶。这个第一位受洗礼的中国婴孩从此开始怀疑基督教，进而，梁进德开始彻底脱离基督教。以后梁进德协助总税司设立中国海关，受任潮州分卡秘书长及代理卡长直至一八六三年去世。

梁发，他一定没有想到他的思想和行为直接影响了如此多的人，洪秀全、林则徐、魏源、容闳等。此外，这个名单是可以加上孙中山、詹天佑等人的。也许，我们可以说，在某种程度上，他的作为直接影响了中国近代史的书写。

我也因此沉郁，梁发，一个对中国近代史有着如此影响的人物，一个推动了中国近代的文明进程的人士，一个有着爱国心的知识分子，为何会落得一个鲜有人知的场面？ 即使在故乡，也是知者甚少。据西梁村的一位86岁的梁姓老人说，因为怕受到牵连，当年，村里都不希望梁家人回乡，甚至，只要他一回来，就有人报官，他们一家人只好漂泊在外。十几年中,他辗转马六甲和港澳,在这些地方坚持办期刊,影响民众。

斯人已殁,风范犹存。陶渊明说:"死去何所道,托体同山峨。"当我们还在为某个人的际遇唏嘘不已之时,历史已经湮没于滚滚的尘埃之中。对于历史的沉疴,凭谁也无法改观,江河东流亦是历史必然。只是,我们站在历史的某个节点,站在过去与未来之间的今天,扶手往昔之时,是否能还原一个真实的生命脉络?

还是在高明。此时,我看到的一座教堂的废墟,这是一八二八年梁发和赵天青开设的第一所基督教的私塾,既是小孩子读书的学校,也是早期的新式教堂。

"滚滚长江东逝水,浪花淘尽英雄。"梁发是否是英雄,这有待历史的公论。时间能证明一切,但历史要禁得住时间的考验才行。

好在,好的时代能让一座宅子焕发生机。

如今,在高明,这思想解放的"高明"之地,准备兴建梁发纪念馆,让他的后人、传人们可以到西梁村"寻根",让名声行走在欧美大地上的梁发魂归故里。

时逢盛世,"要光就有了光"。

正如,基督教布道书有句名言:"早晨要撒你的种,晚上也不要歇你的手,因为你不知道哪一样发旺;或是早撒的,或是晚撒的,或是两样都好。"

寂静的房子。

种子发芽,开出馥郁的玫瑰。

女兵阿珊

阿珊很美,尤其穿上军装。

她白皙的皮肤似乎吹弹即破,牙齿精致整齐。她来自闽南,操着一口不标准的普通话,人称"地瓜国语"。

在我们这一批女兵中,她来得比较晚。那时新兵集训,她背着背包一进到宿舍,我们顿感一片光亮,我们经过苦训之后,一个个都是黝黑黝黑的了。

阿珊刚来时,第一次端着脸盆上洗漱间,正好一个男兵刚洗好脸,收拾好用具一转身,就看到阿珊了,愣了一小会儿,便冲阿珊一笑。其实那笑是很单纯也很友好的,只是一时走了神,滑倒了,狠狠地摔了下去,脸盆抛得老远,新发的盆就那么崭崭新地掉了一大块瓷。男兵在哄堂的笑声中,脸红红地爬了起来。而阿珊却愣在那儿,摸不着头脑。

阿珊很美,也很温顺,很有心计却又啥也不明白似的。

新兵连时,阿珊睡在我的上铺,她最怕的是紧急集合,而训练又很严,冷不丁就来个紧急集合。于是,她经常睡觉不脱衣,把作战帽往外衣口袋里一塞,把挎包放在枕头边,还扎着武装带睡。她睡上铺,班长不易觉察,于是,每次她只需要穿上鞋、打背包、背挎包、边跑边戴帽子就行了。每次她都比我们动作迅速,得表扬。排长表扬她时,她就只会低着头,没有一丝一毫的骄傲。我悄悄地贴近她说:"心虚了吧！"

终于有一天，事情败露了。

那天晚上，我总感觉她摸摸索索地不睡觉，过了一阵子，我的床就开始摇动，不知道她在干啥。不一会儿，紧急集合的哨声响起，阿珊已跳下床，穿上鞋，冲了出去，总共才不到一分钟。

偌大的操场，就排长、副排长和阿珊莫名其妙地对立着。

从此，班长每天睡觉都去查她的铺，再不许她全副武装地睡觉了。我很得意地对她说："被胜利冲昏了你的小脑瓜！"

新兵集训后，我、阿珊，还有其他六个女兵分到了疗养院。放着舒适的兵种她不去，非要和我一起。就这样，我俩来到了最前沿阵地——疗养科。每日，我们闻号起床，一点儿也不敢耽搁，协助护士给疗养首长配药、量血压；傍晚，放下手中病房的报夹伴着夕阳走进饭堂；晚上，我看书，阿珊就在那儿织毛衣，我们的日子就这么一天一天过去。

不久，院里看我能写作，就把我抽调到政治部，特别给我一间小小的房间，让我好好地为院里写新闻报道。我软磨硬缠地让政治部主任同意阿珊也搬过来。从前四个人，现在只有我们两个住了。她一来，就将这间原来是一个军需志愿兵住的小房间打扫得干干净净，还挂上了浅蓝色的窗帘。

阿珊是个心灵手巧的姑娘，父亲早逝，家里有三个姐妹，她是老大。在家，她包揽了家里的家务活儿，让体弱的妈妈能多休息。她的叔叔在部队，是我们上级单位的政治部主任，对她们家很关照。于是，她来到了部队。她很喜欢画画，常常会拿着我写的东西边读边画。

我们俩的家，由她一个人主事，叠被、洗被，打扫卫生，全是她一个人。每月津贴一发,买好一个月的饭菜票,剩下的我就买书,来的稿费我就交给她。于是,在我每次通宵写材料之后,总会有夜宵等着我。长此以往我知道连她剩余的钱也贴了进来。她说,她的叔叔让她多跟我学,能学到有用的长本事的东西,我听了这话,心里那个美呀,那个得意呀!于是,我就送了她一句话:"阿珊,你就是一个柔美似春月、娴静如秋水的人呀!"她说要记下这几个字,她喜欢。可我没有告诉她,其实这是我在一本书上看到的,不是我的原创。那时,我就坚定决心,我要保护她,不能让那些男兵欺负她,不辜负领导(她叔叔)的期望。

疗养院每年的四月至十一月工作,其他时间就是冰天雪地了。一般在这个时候,院里的医生和护士就下山分散到其他医院去,只剩下我们守院。每周两次,我们要分组出动巡视疗养房和别墅。女孩子巡视偏僻的,没有人迹的病房,就连我这"贼大胆"也害怕。

一九八八年一月的一天,这一天让我无法淡忘。已经不在疗养科工作的我陪阿珊去巡房,我们一起从科里出发,去林彪曾住过的1号院,这是一个结构很复杂的别墅。到了门口,阿珊说忘了带钥匙,让我在门口等等她,她回去拿。她走后,我将手插进口袋取暖,发现钥匙在我的口袋里。我开门进去,躲躲风。坐在第一间警卫房里等来等去等不来阿珊,于是,我突发奇想,要吓唬吓唬她。

我快手快脚地将单人床上的军用大衣塞在铺开的被子里,露出毛领,就像人的头发。然后把那双床边的拖鞋很随意地扔在床边,把床边床头柜上的茶杯打开盖,扣在边上。我躲到了隔壁的房间。不久,阿珊来了,我心跳加剧,兴奋得小便都要出来了。门是虚掩着的,我听到她叫我的名字,我没有答应她。突然,我听到"啊"的一声惨叫,再之后就听到"叭"的一声。我冲了出来,看到阿珊趴在大门的门槛上,满嘴是血,她一口血水吐出来,把上门牙吐出来了。这一下子我害怕了,左哄右哄,阿珊只是哇哇大哭。从那天起,阿珊再不理我了,过了几天她搬走了,回到疗养科的卫生员宿舍。

后来,我们政治部主任陪我去疗养科当面向阿珊道歉,她仍是一字不说,我低着头小声地说:"那就把我的两颗门牙也拔了,行不?"我们主任和疗养科主任大笑了起来,阿珊还是不开口。

两个月后,我离开了疗养院,去军校学习。临走时,我把装满了我俩照片的影集送给了已装上了假牙的阿珊。半年之后,阿珊要退伍了,她寄给我一本根据我的文章内容所画的大本子,没有留下一个字。

后来,我知道退伍后的阿珊,回福建后不久嫁给了她一个在台湾的远房亲戚,生了一个像她一样美的女儿。接着又听说她去了台湾,成了过海媳妇,当了三个孩子的妈妈,在家相夫教子。

我真的很想知道她是不是还恨我?我不知道她还记得新兵连时,她在上铺打翻了茶水,我大叫:"上面的,你尿床了!"在台湾的她什么时候能再看到庐山大雪,厚厚的、软软的。

前几年,我们的一个战友,在东莞开厂的凯伦,他是阿珊的老乡。有一天,他给我发来了阿珊的联系方式,说阿珊从来没有忘记过我,当然,主要原因还是那假门牙。我胆怯地加上了她,不敢主动说话。阿珊语音中,爽朗地笑着说:"我替你高兴,你嫁出去了,我一直担心,你这种性格怎么会有人敢要啊。"我愧疚地说:"谢谢你的大度、宽容,几十年来,这一件事情是我心里的一根刺,一碰就会痛。"

凯伦调侃我道,阿珊这么精明的人也会栽在了傻乎乎的我的手上,但这么多年,她没有记恨我,一直会和她密切的朋友说我的好,她说最大的收获是从我这儿学会了好的阅读方法,也学会了动手写文章,她把学到的东西教给孩子们。

　　台湾媳妇阿珊,已年过半百,一直从事两岸的文化交流和家族贸易,生活充足和丰盈,她说疫情过后,能正常来往了,就回来看我,带着她想回大陆考文学博士的女儿回来。

漂亮女孩

"接着，在二〇一一年第一节口语课上，我戴着牙套对我的美国外教 D 说，我叫 Betty。"

白琳（Betty）在她的一篇文章中写了上面那句话。我记得那个场景，我在场。

二〇一一年的九月底，北京还没有供暖，秋寒，对我这个来自南方的北方人来说，也是很不好受。那些天我一直傻傻地仰头看着教学楼后高高的柿子树上几颗红红的果，几只鸦已经将果肉掏空了，空留柿子皮透着光。

白琳和我一个班，鲁迅文学院青年作家英语班，她靠着窗坐，我和孔亚雷、艾玛前后左右居中，对了，还有孙频。白琳很羞涩，因为她戴着牙套，可我觉着那很可爱，很孩子气。

我记得她准备考博，而我那时已经停止了这个行动，我以一种过来人的眼光看着她。她从北京的几大图书馆搬来一堆一堆的美术评论、艺术史的资料，我也借机复印了其中几大本，这些资料对我后来的写作给予了很大的帮助。白琳低语浅声地和我说话，我夸她是一个"尊老"的好孩子，每次上课，她都是一个谦逊的姑娘，要知道她是英语科班毕业的。

同学期间，我没有读过白琳的文字，我不知道她的文字是否也如她本人一样羞涩？

前一阵子她发来几篇作品，这些文字基本都写于我们同学时的那一段时间，我慢慢地读，感受到了一种新的东西，当然，于我而言是新的东西：白琳不是一个羞涩的人。她的柔软之下，隐藏着一颗敏感坚定的心，有一针见血的生猛，也有文火慢炖、渗透理性的力量。她以一种似乎很超然的视角展开独立的省察，但却身居其间进行着温存的关怀。

　　这纯粹是文字给我的感觉，她以一种略痞的语气书写着生活给她带来的一切，包括沉闷，包括无聊、包括常常成为她的写作主题的浅层次的"痛苦"，因为，这所谓的"痛苦"最终只是成为她对生活的调侃，而不是深入她内心的、足以改变她的那些玩意儿。她笔下的种种生活中的纠结出现在每个人物的身上，真实、可靠、现实，只是因为这些纠结适合被个性化描述，适合被省力地制造出美感。而要达到预期的写作目的，不容易。阎连科近期获得了卡夫卡奖，他说"黑暗不仅是一种颜色，而且就是生活的本身，是中国人无可逃避的命运和承受命运的方法"。所以，白琳笔下那小小的"黑暗"，难道不是生活的本身吗？

　　如此一来，我面前的白琳是矛盾的。

　　她身材纤瘦，学生气十足，但她的文字却有棱角、有张力、有刺。我不知道是否是我对她的误读，以至于这些天一想起她，我就想起一首歌。

　　　　我要从南走到北　我还要从白走到黑
　　　　我要人们都看到我　但不知道我是谁
　　　　假如你看我有点累　就请你给我倒碗水
　　　　假如你已经爱上我　就请你吻我的嘴

我有这双脚　我有这双腿

我有这千山和万水

我要这所有的所有　但不要恨和悔

要爱上我就别怕后悔

总有一天我要远走高飞

我不想留在一个地方

也不想有人跟随

我只想看到你长得美　但不想知道你在受罪

我想要得到天上的水　但不是你的泪

我不愿相信真的有魔鬼　也不愿与任何人作对

你别想知道我到底是谁　也别想看到我的虚伪

…………

　　我还记得，我们那个可爱的外教老头，常常从我们这里了解他想要了解的"中国"，话挺多，和我们也聊得来。有一天，他很认真地对全班说："Betty是一个漂亮女孩！"我与他有同感。

塔什库尔干的夕阳

到塔什库尔干的时候是下午,我一个人在干净的小城里走着。

随手拍下夕阳透过高大、笔直的树林洒下的光,放学的天真可爱的孩童,还有路边餐馆门口摞着放的大大小小的馕,以及女主人正在炒制的油汪汪的手抓饭。

我将这一些照片发在我的微信朋友圈里,惹来众多朋友的反应。突然,我看到她在我发的街道风光的图片下跟帖:熟悉的地方。在小餐馆的图片下,她连续发了几个"垂涎"的图标,还发了两个字:馕啊。

我立即私信她:想吃吗?

她回复:想。不要洋葱、葱。

我回复:知道了,地址发来,立即。

我问另一位与她相识的朋友,她为何会熟悉塔城?朋友告诉我,她当年陪伴丈夫在塔城生活了4年,然后,去了乌鲁木齐。我恍然大悟,于是,迅速地买了12个大馕、12个小馕赶往邮局。可惜的是,我赶到邮局时已是下午的4:25,十分钟前,邮局下班了。

我拎着两大袋馕站在塔城美好的夕阳下,琢磨着该怎么办。于是,我决定打一出租车,让司机帮助我找一家快递公司,将馕快递去九华山。我刚一上车,告诉司机意图,他就指着斜对面说那里就有。

在快递点,我用了超出馕的总价两倍的运费,将这一大堆馕交付了出去，顿时心里轻松了。我走在路上，想象着她当时生活在塔城的情景，她那时就开始写诗了吗？我不知道。

我想起与她的相识。第一次见面我们是在乌鲁木齐，那天还有另一位女作家陈茉在场。我吃着椒麻鸡，听她们聊着天，知道她信佛，是虔诚的佛教徒。我与她们过了好一会儿才熟络起来。过了不到一年吧，有一天，黄礼孩来到我办公室，拿出一袋东西，说是她送我和其他几位朋友的礼物。是她出家前给朋友们留下的最后的礼物。我愣住了，没有迟疑地我打电话给陈茉，确定她真的上了九华山。我接受不了这个事实，陈茉对我说，既然是朋友要理解她的选择，接受她的选择。我说，是的，我们祝福她吧。

后来，我们联系上了，知道她的孩子先于她在九华山出家，师父说这孩子理应是佛家之人。她也留在了山上，有几年她只是在庙里做事情，并没有最终出家。

二〇一四年年底，那时她已经剃度出家。我和战友方圆开车从南京到了池州，告诉她我们要上山去看她。她可高兴了，说让我们顺便从山下把另一位师父的快件捎上去。第二天，我们乘缆车上了山，步行到了山顶，再向南下山，她当时所在的庵堂在山南。

我们吭哧吭哧地上山、下山，有一只小黑猫一直跟着我们。山的北坡冰雪晶莹，台阶上冰硬着呢，一到山南，阳光和煦。

这是我与她的第二次见面，与以前我对她的印象相比，她的气色很好，肤色健康。她带着我们去佛堂上香。她一个人守在庵堂，其他师父都下山去治病的治病、办事的办事，还有一位从浙江来的女居士也住在这里。

我们坐在阳光下喝茶，她用粗糙的手在围裙上蹭蹭，拎来了一热水瓶开水。她说最好的山泉水泡最好的茶叶，这是多美好的生活。

话音还没有落，几位来帮工搭蔬菜大棚的民工来了，她又赶紧带着他们到菜地，自己跟着动手搬石头、搭架子，把几架大棚整好了。

中午时节，我和方圆协助她做午饭，可真插不上手。她手脚极为麻利，我们在边上还有点儿妨碍了她似的。

很快饭就做好了，她一碗一碗盛好，那位居士也从房间出来了。真是很好吃的一顿饭，我们一直夸她。她告诉我们，因为屡次犯错误，她是被师父赶出原来的庙堂，她只好到了这家庵堂，好几个月了。也许，她改正了，师父会让她回去的。小和尚（她对儿子的称呼）去年被他爸爸带回了家，在家里上学了。她说："他最终还是要回山上的。"

饭后，我们帮她洗碗，她用的是自己发酵的酵素来作为洗洁精，还可以用来洗菜，制作过程很有趣，别的庵堂的师父都来向她学习取经。

我们继续在阳光下喝着茶，并聊起了小和尚。其实我不知道该如何称呼那位出家的孩子，一个对佛教音乐有着极致天分的少年。她和我们讲到有一天，她做完午饭后，在灶房休息，替师父管家的11岁的小和尚来到灶房，巡视了一遍，看了看她，然后说了句："你还是那么安静啊。"转身就出去了。那时，她说，小和尚不再是自己的儿子了，她必须接受这个事实。

她和我们说着山上的事情，但不愿意听我们聊一些山下的人和事，她说只关心当下。

为了赶上16:30最后一班缆车，我们得赶紧返程。她送我们到庵堂的路口，我说有空再来看她，她说也许再来，她可能就回本庙了。从此，我们再也没有见面，但一直保持偶尔的联系，以至不联系，只读她发在朋友圈的师父的文字。我知道她回本庙了。

我离开塔城，一路往西藏去。第六天，我收到了她发来的微信图片，她收到馕后，就供了佛，师父也吃了，很喜欢。"师父说你是有心人。"

　　去年年底，我在广州见到了她的前夫，小和尚的爸爸，他说，去年春节后，孩子没有和他打招呼，一个人悄悄地回到了九华山。难道有感应吗？第二天，她给我发来一张照片，13岁的小和尚跟在师父的身后。随着图片，她发来几个字：小和尚回来了。我能体会到文字背后的欣喜。

　　我偶尔会读一读网上她以前的诗作，看到仍然有那么多人喜欢那些有力量的字词，甚至可以在微信里看到有人对她以前诗歌的夸赞。她在九华山上，体会着四季带来的风霜雨雪，我不能完全了解和理解她，也正如她也理解不了现在的我一样。可我知道，什么样的生活都是生活，每个人的选择都自有道理。

　　正文师，祝一切好！

太姥散章

萨公岭

去福建宁德,拍摄霞浦的滩涂,上太姥山实为无意之举,没想到,此地如此之胜景。

朋友邀请上太姥山之时,我想当然地以为是天姥山,就是李白老先生那"天姥连天向天横,势拔五岳掩赤城"这首诗,有多少人烂熟于心。心里没底,赶紧百度,好在没有脱口而出,要不然贻笑大方了。

太姥山三面临东海,位于福建宁德的福鼎,说是北望雁荡,其实我感觉它应该是与雁荡山同一个山系,与南雁荡相连,地质构造相同。与雁荡山相比,太姥山多了一些灵秀、幽静,"山前湖水抱烟村,湖外山光隐若存"(宋·王之道)。

从地理位置来看,太姥山北望雁荡,西眺武夷山,三者呈鼎足之势,但雁荡、武夷地处通衢,声名远扬,而太姥僻居海隅,知之者鲜。历史是后人写就的,太姥山的传奇也自然如此,说是尧时老母种兰于山中,逢道士而羽化仙去,到汉武帝时,派遣了侍中东方朔到各地授封天下名山,太母山被封为天下三十六名山之首,并正式改名为太姥山。闽人称太姥、武夷为双绝,浙人视太姥、雁荡为昆仲。那我们就信之。

大自然的造化,云雾、奇石、山洞、变幻的光线给太姥山增添了无尽的隐秘，"随人意所识，万象在胸中"。有关太姥山的传说数不胜数，崖壁上刻着的"萨公岭"三个字引起了我的兴趣，这内里一定有故事。我喜欢人中有景，景中有人的现实存在。

蜿蜒而上的萨公岭长约 1500 米，是上山的必行之路。萨公即中国近代海军之开创者萨镇冰，福州人。一九二九年，他 70 岁时游览太姥山，感觉上山之路陡险崎岖，行人行走不方便也不安全，便募捐经费，倡修这条石级步游道。之后，他也再没有来过。为了纪念他，从此，这一段宽为一人通行的曲折小路，就成为民国诗人卓剑舟笔下的"雁影白横天际路，日光红涌海门潮"。

说到萨公镇冰先生，故事就要一直往前回溯。清末时乱世，清军不惜重金置办的"新武器"——海军，船炮是"师夷长技以制夷"，第一批海军人才也是送到海外培养出来的。出生于一八五九年的萨镇冰就是首批海军留学生，他出身于著名的福州萨氏家族。萨氏家族是中国的一个名门望族，来自遥远的西域，元代史籍称他们为色目人，根据色目人的源流，不少学者将萨氏当作回族，但萨氏在元代已经蒙古化。

光绪六年（1880），萨镇冰从英国学成归国，在"澄庆"舰担任了一年的大副后就到李鸿章在天津创办的北洋水师学堂担任教习，他刻苦、严格、自律，坚守不贪财的立场，他曾说："人家做船主，都打金镯子送太太戴，我的金镯子是戴在我的船上。"

可惜，清朝的海军强国梦经过甲午海战一役就破碎了，就连好不容易培养出来的一干将领也不得"善终"，朝廷把福建籍的海军将领全部革职遣返。很快，随着西方列强一次次展示何为船坚炮利，清朝终于还是认识到没有海军是万万不行的，于是在戊戌变法之后开始重振海军。萨镇冰复职启用，被委任为筹备海军大臣和海军提督。

雄心犹在的萨镇冰决定利用自己的所学大展拳脚好好整治海军，对所辖海军进行大刀阔斧的改革，建立起统一的指挥系统，统一官制、旗式、军服、号令，还两度游历欧洲，订购新舰。这是中国近代第一次用比较完整和科学的方式组建和管理海军，大大提高了海军在清朝军队中的地位。

世事的发展由不得萨镇冰控制。一九一一年十月十日武昌起义爆发，时任海军提督的萨镇冰奉旨前去布防。起义军民作战勇敢、不怕牺牲以及百姓积极配合的场面，极大地震撼了他，他说："自从当兵以来，没有见过如此壮烈的场面，可见大清朝廷已经失去民心很久了！"此后，曾是萨镇冰学生的革命军总督黎元洪给他写了三封信策反，虽然萨镇冰在回信中以共和政体不适合中国国情为借口推脱了，但是明确表示了不忍心见到同胞相残，不愿与革命军为敌。是忠于朝廷还是体恤百姓？他在挣扎，很快萨镇冰做出了独自弃舰出走的决定，出走之前他用灯语示知停泊的各军舰："我去矣，以后军事，尔等各船艇好自为之。"紧接着，他的麾下宣布起义。

萨镇冰的弃舰出走以及他所辖海军的起义对清王朝的打击是一记重锤，这对中国历史的走向也产生了不容忽略的影响。很快，旧王朝结束，新的时代开始。民国时期，萨镇冰出任过海军临时总司令、海军总长以及福建省省长等职。一九四九年新中国成立前夕，蒋介石邀请他逃往台湾，年届91岁高龄的萨老拒绝了，他留在了大陆走上和中国共产党合作的道路。

美景看在眼里，故事记在心上。这一条小路，与萨镇冰人生所走的路是一致的，虽为曲径但实为通幽，温和、亲民，才是萨公为人处世之原则。

福建人、著名诗人汤养宗在他的有关太姥山的诗中所写："天下最有硬度的汉子们,在苍穹下/站成了各自的位置,像在服从/一次集体的命/又毫无知觉地/放弃了作为肉身的念头,一场哗变之后/变成一种陡峭,成为白云的遗言。"这是太姥山巍峨的山石的写照,也是闽地代有人杰的写照。

绿雪芽

我家先生爱茶、藏茶,我是他的追随者。他所有的茶中,除了熟普,我独喜欢名为"白牡丹"的白茶,其名雍雅,其味淡雅。

到了白茶之乡福鼎,听着一位位茶人说着茶的故事,白毫银针、白牡丹、贡眉、寿眉,感觉到白茶的学问很深,要透彻了解不易,我就了解白牡丹就够了。茶人张恒峰以不同的白茶品种给我讲解:以大叶种为原料的,外形毫心肥壮,叶张肥嫩,呈波纹隆起,芽叶连枝,叶缘垂卷,叶态自然,叶色灰绿,叶脉微红,夹以银白毫心,呈"抱心形"的就是白牡丹。白牡丹冲泡后,汤色杏黄或橙黄清澈,碧绿的叶子衬托着嫩嫩的叶芽,形状优美,还有"红装素裹"之誉。传统采摘标准是春茶第一轮嫩梢采下一芽二叶,芽与二叶的长度基本相等,并要求"三白",即芽及二叶满披白色茸毛。夏秋茶茶芽较瘦,不采制白牡丹。喝茶,不易,采茶,不易,制茶更不易。我看着杯中悠然旋转的茶叶儿,轻声问:"为何不叫绿牡丹?"恒峰先生笑了,说道:"我们有绿雪芽。"

当我一路缓行上山、缓行下山,至"一片瓦"禅寺,书写"鸿雪洞"几个大字的旁边还有三个不起眼的入漆红字"绿雪芽",一棵不大也不起眼的树,据说逾150岁了。哦,绿雪芽是太姥山上的老茶树的名字。相传这原有一棵太姥娘娘手植的福鼎大白茶原始母树绿雪芽,制成茶后用来治病救人，是麻疹圣药，惠及百姓。有一句明末清初的诗人的诗句写道："太姥声高绿雪芽。"后来老树枯死了，之后生发出了这一棵新树，柏柳乡竹栏头村（今点头镇过笕村竹栏头自然村）的陈焕把此茶移植家中繁育了福鼎大白茶。

山高不过千米的太姥山，有茶则更有名。

大约成书于隋代的《永嘉图经》中曾写道："永嘉县东三百里有白茶山"，但这东三百里是海，于是出现了"白茶山"之争。在明万历年间，陆应阳《广舆记》中记载："福宁州太姥山出名茶，名绿雪芽。"再经过茶学家、制茶专家陈椽老先生多方考证，"白茶山"首先要有足够数量的白茶树才够资格，太姥山的气候、土壤、日照以及石洞密布的地形最适合茶树的生长，因鸟类及风力传播，从宋代以来山上就密布着茶树，而这棵太姥绿雪芽是比较独特的一棵。于是乎，太姥山就是白茶山。

因为自身特殊的品质、工艺，还有种种传奇，白茶成了中国茶文化中不可或缺的一部分，成了人们生活中有滋有味的存在，甚至高拔于生活，成了一种精神的指向。不管这茶是"低到尘埃里"，还是直上"庙堂"，它的存在就有它的道理。

在福鼎，小到礼宾侍客，大到婚丧嫁娶、建宅礼佛，甚至做寿墓，都离不开茶，民间还有"茶哥米弟"之说。可以理解，在此地，种茶制茶已然成为老百姓的生存之道，茶业的兴衰直接与茶家的生活相关，于是，对茶敬畏、祈盼、感激，都体现在现实生活中。

居于太姥山上大荒茶业的酒店，闻着茶香，看着那道洁白的茶具，仪式感陡生。我打开茶桌上的野生茶茶罐，手捻茶叶置入茶壶，倒入沸水，茶汤清澈，缓缓入口，清透肺腑。

这茶，一年茶、三年药、七年宝，它是太姥山的气息福鼎的魂爽。

澎海

多年前,我行走至江西铅山的鹅湖书院,将我头脑中模糊的有关朱熹的点点滴滴,一步步地落到实处。

宋朝建炎四年(1130)农历九月十五日,朱熹出生于福建剑州尤溪县城水南郑义斋馆舍(今南溪书院)。13岁时其父身故前将朱熹托付给好友刘子羽,并请刘子羽的弟弟刘子翚教养。尤溪往西北,穿过武夷山,就进入了江西境内,第一站就到了铅山。铅山石塘祝可久与朱熹的义父刘子羽、老师刘子翚是郎舅关系,于是,朱熹跟着老师常常行走于闽赣两地,束发之年,他在铅山的石塘读书,他的字号"元晦"是在石塘读书时老师刘子翚给取的。意为:树木的根深藏土中,春天枝叶就会越繁茂;人内涵越深厚,其精神越清爽,内心也越强大。中年后,朱熹觉得"元"太大,便谦虚地改为"仲晦"。后因守制时在母庐墓建了一间书房,又号"晦庵"。晚年,自称为"晦翁"。

朱子几十年的生涯,也任职过一些地方官,但主要精力是用于研究儒学,完成了儒学的复兴,成为孔子、孟子之后中国最伟大的思想家,是新儒学(又称理学、道学)的集大成者。历史学家钱穆先生认为,在中国历史上,前古有孔子,近古有朱子,此两人,皆在中国学术思想史及中国文化史上发出莫大声光,留下莫大影响。在宋宁宗庆元初年(1195),南宋朝廷内部党同伐异的斗争不断升级,权相韩侂胄为了打击政敌,发动了反对道学的斗争,称道学为"伪学",对朱熹等人进行打击,并逐渐演变为重大政治事件,史称"庆元党禁"。当然韩侂胄也是一个颇有争议的历史人物。66岁的朱熹被削去所有职务,回到了他的福建老家避难。回到老家的朱熹一刻也没有闲着,辗转闽赣两地,讲学会友。庆元三年(1157),他经顺昌、南剑州、古田、寿宁,来到地处闽东的长溪县,就现在的霞浦长溪。听闻老师来到长溪,同样因为"党禁"之祸避在老家的学生杨楫专程到长溪赤岸迎接老师到了福鼎潋村自己的家中, 并在杨家祠堂设书院请朱熹讲学,杨氏在当地是一个大家族,朱熹在此安心度过了大半年时间。福鼎因为朱熹的到来,便有了两处风雅之所——石湖书院和一览轩。嘉庆《福鼎县志》云:"自朱子流寓讲学以来,(福鼎)名儒辈出,民愿俗淳。忠孝节义,史不绝书;理学文苑,后先辉映,允称海滨邹鲁。"

再大的伟人也要有生活,就如苏轼,纯然是一个文学家、艺术家、生活家,而身为思想家、哲学家的朱子同样也是一个艺术美学家、生活美学家,在福鼎当然会留下生活的细节点滴让百姓铭记。

福鼎有一道经典老菜叫"澎海",可不要想当然地以为这是一片海或是一个地名,这菜名相传就是朱熹命名。话说朱熹在福鼎避难期间,经常和杨楫、高松等穿梭于太姥山区的潋村、桐山及黄岐等地,夏日的一天,他来到了海边黄岐,由于道路崎岖不平,走起路来特别费劲。朱熹年事已高,再经一天奔波,已经筋疲力尽,虽然饥饿难耐,但是什么都吃不进去。此时弟子高松建议说:"何不煮一碗鱼汤给先生充饥?"但由于正是台风季节,数日来海上风大浪高,未能出海作业,家中没有活鲜,仅剩下一小块黄鱼肉。女主人就用这一小块鱼肉,切成丁加上鸡蛋清、勾上芡煮了一碗羹汤。说来也怪,朱熹食用了这碗热气腾腾、看似海浪翻滚的鱼羹汤后心旷神怡。面对大海,一阵风来,他心潮像海浪一样澎湃,连续写下两个"澎湃",而第三个却写成"澎海"。"澎海"就成了这碗羹的名字。

几百年来,在福鼎,澎海这道羹不但被保留了下来,而且越来越讲究,除了可使用各种普通鱼类外,还有较为贵重的鱼翅、鱼唇、海参、螃蟹肉、干贝等。澎海成为福鼎的一道经典美食，凡是婚宴、寿宴、乔迁酒等各类宴席上都必不可少，而且往往是第一道菜。正如福鼎人对太姥山、对白茶的感激一样，"澎海"凝聚了对朱子的纪念与感怀。

我们想想，朱熹在遭受迫害之时，于海边的一个小渔村，端着一碗好不容易煮好的鱼羹，他内心是一种什么样的情感？为何心潮澎湃？也许，我们就能理解这所有一切了。

"澎海"究竟是不是朱子所命名，不重要，重要的是福鼎人的真诚与朴实、宽怀与感恩，这是美好人性的根本。

昆明到腾冲：三个地方

北海湿地

对湿地，有一种别样的感觉。有人称湿地是"生命的摇篮""地球之肾"。在我眼中，湿地包容、温润、开阔、厚实，充满母性。

据说，北海湿地是云南最大的火山堰塞湖，也是云南唯一的国家湿地保护区。一月，恰逢连绵阴雨，北海湿地游人稀少，这正是我希冀的。

水面波光粼粼，肥厚的草甸一直匍匐到山脚下，富足而壮阔，显示着湿地的丰厚。其实，这大片的草甸是漂浮在水面上的，各种水草的根须经过千年万年的纠缠不休，串结成这样一个铺天盖地的草毯子，草毯足有1米多厚，所以当地人称它"草排""海排"。

太静、太美，鸟不鸣，云不走，仿佛时光沉滞，沉静中藏着幽秘。小船安静游动，来到一块已开辟为活动区的草排边，试探着踏上草排，脚下是茂密的柔韧和生机，因为奇异，惊呼一声，只觉得草排在晃动，人往下陷，湖水从周围涌将上来，草排柔软下沉，脚下很快积水为潭了，是草排跟人玩闹哩，提起灌满水的雨靴，大笑。再学蜻蜓点水，一路飞奔，用速度减轻重量，依然能感到草排生机勃勃的反弹。

在船上、岸上（草岸）游着，觅着。扭结丰厚的水草、一张闲在岸边的渔网、渔网里躺着的几条小鱼,还有远处草排上的渔夫……满眼新奇。时间在走,景色变幻。船家讲的湿地的故事,更令人遐想。原来,最早的湿地有现在的两个那么大,后来被填海种地毁掉了,就成了现在的大小。先前的湿地更辽阔吧?我还在船家的讲述里看到了春天的湿地:草海上开满紫色的鸢尾花,蜂蝶嬉戏,鸟儿们热闹成一片。而到八月盛夏,草海在明亮的阳光下一片素白,仿佛进入温暖的沉睡,遍处盛开的白野花是草海有香味儿的被单,而草海的绿更加沉实。现在,走在这里,我总期望草海四季都这般安静,令人想到瓦尔登湖的静谧、想到梭罗的沉思和冥想,令人远离喧嚣,在高处徜徉。

湿地初看很像沼泽地,其实大不一样。湿地中的水草整片浮在水面上,走在一米多厚的水草上,根本没有陷入泥沼之虑。水草不贪,它的身下还留着十几米深的清澈的水,供调皮的鱼虾们嬉戏。于是就想,若分出一片草甸来,多好,当小小的船,任它在水里动。

太阳出来了,暖暖的。缠绵的雨水停歇后,草岸上升腾起氤氲的雾气,一团一缕,在草海上缱绻,湿地梦幻一般。

想象着再入深冬,水草愈加成熟,大山环抱这一汪湖水,就环抱住了一片丰厚的金色。若湿地是柔美的女性,那四围的山就该是踏踏实实的男人吧?时序轮回,一切看起来那么井然有序,但在这井井有条里又深藏着多少隐秘。

从吱吱叽叽的竹桥上走过,阳光斜斜地照在干枯的草地上,摇橹的小船在河道里静悄悄地游动……冬天的美,美在宁静和素朴,而素朴和宁静里正包裹着大意蕴。

有人告诉我北海湿地最美的季节不是在一月,而我想,我已隐约捕捉到它最美的东西了。

和顺

一些地名叫人怀想,比如"奔子栏",三个字一下子从地图上小蝌蚪似的地名里冒出来时,马上叫人联想到阔地上脱缰的野牛或者奔马,后来,竟果真去了那里——深藏在四川、云南的交界处的一个小小的村落。还有"腾冲"这个地名,一样充满不可遏制的速度和动感,让人过目难忘。

宿命一般,竟也去了腾冲,不过去的是腾冲的一个有着温静名字的地方——和顺,腾冲、和顺,反差之大。

和顺是腾冲的一个乡。这是怎样一个地方呢?徜徉在和顺幽静的古巷里,禁不住给朋友们发出这条短信:这个地方可以让人迈开悠闲的步子,想怎么走就怎么走,来走走吧,丢弃城里的那种步伐。

和顺果然和美。它居于一个风水十分奇妙的坝子,四周青山环拱:东翔来凤、南腾黑龙、西架马鞍、北擂鼓顶。这"凤""龙""鞍""鼓"诸山是清一色的火山。先人也许是感叹照在村前小河里的流红淌金的阳光,就把这儿取名"阳温暾"(阳光温暖之意),后因村前的河,又取名"河顺",河水让温暖和明亮缠绕在乡间。清代康熙年间,这里被正式称为"和顺"。

有山有水,阴阳相息相生,真是和谐而平顺。村落傍山而建,房屋顺着坡脚沿河岸向上延伸,整个村子就像一个巨型的"马蹄窝"—— 一个温暖和顺的窝。路上的男人,不管是荷锄的、挑粪的、推车的,都透着那么一股子安宁和平和;房前屋后的女人们说话轻声细语、做事收声敛气,温婉而雅致。在这里,每一个姓氏都拥有自家姓氏的巷道,各成体系。小小的村庄,仿佛身处远古,亦农亦商亦儒,像一幅清明淡雅的水墨画。

传说元明时期，从中原走来的一队队士兵，在此镇守边关，从此于此繁衍生息；自明清之后，在600多年的风雨历程中，边陲古道的马铃声，记录着中、缅、印的商贸历史。

走在和顺幽静的巷道，寻觅小巷人家的故事。原来，温静的和顺也有凄苦、悲壮和辉煌。

和顺，人多地少，地处西南古丝路要冲，于是"穷走夷方急走场"，一代代和顺人为谋生"苦钱"，顺西南古丝道出发，远走他乡，从商办实业，他们的足迹遍布东南亚及其他13个国家和地区，至今尚有一万多和顺人侨居海外，便使和顺形成了独特的华侨文化。

一位老奶奶，提着篮，大概刚从地里摘菜回来，她走在青石路上，身着一袭裘皮大衣。这一幕不足为奇，的确，在和顺，不论去到哪家，总会不经意地发现一些有趣的出人意料的东西，比如在刚走出的这家，我看到了丢在屋角的一个来自俄罗斯的要在炭火中加热的金属熨斗，一个老老的熨斗，熨过长衫马褂，或许在多年后又平整过西服和中山装吧？

而今的和顺，外表越来越新，路比从前"走夷"的人们走的路不知强了多少倍。先前那专为心爱的女人搭建的能遮风挡雨的洗衣亭还在用，但歇脚亭已失去了往日的用途。老的也更老了，老街上，一些年久失修的老房子老得快站不住了。

历史上，和顺乡曾涌现出缅王国师尹蓉、马克思主义哲学家艾思奇（毛泽东的老师，他的父亲李曰垓，是蔡锷护国军第一军的秘书长，著名的《讨袁檄文》即出自他的手笔）、云南大学校长寸树声，还有"翡翠大王"寸尊福，富甲一方的"永茂和"商号。曾经富足的和顺同时重教兴文，被誉为"中国乡村文化界堪称第一"的和顺图书馆、还有保存完好的文昌宫，与和顺人的儒雅、气定神闲有着渊源吧？

去了和顺风水极好的李氏宗祠。阳光被窗棂分隔成一束一束，渗透进来，站在幽静的祠堂里，看着这极明净的阳光，似乎感到它是一种来自宇宙深处的能量，它释放着天地中超越生与死的独特语言，这种语言蕴含了世界的一切：诞生与衰老的周而复始，静寂与喧器的交替，创造与毁灭的往返，还是存在于与之相反的状态……

典型的汉文化风格的古建筑群和各具建筑特色的宗祠——如张、刘、尹、寸、贾、李、钏八大姓的宗祠，式样各异。丰富的历史文化积淀、浓郁的人文气息，与和顺田园牧歌式的乡村自然风光珠联璧合、相得益彰。置身其中，古寺、古碉、古城，一座座清幽古老的院落、一条条石板小巷，一道道贞节牌坊，恍若隔世。

国殇墓园

在腾冲市西南一公里的叠水河畔小团坡下，有一个中国远征军二十集团军腾冲收复战阵亡将士的纪念陵园——国殇墓园。

"出不入兮往不反，平原忽兮路超远……身既死兮神以灵，魂魄毅兮为鬼雄。"我想，"国殇墓园"的名字应由此而来吧。

去墓园的路上，阳光流泻，遍处明亮。进到园内，大树茂密参天，沉郁肃穆之气立刻扑面而来。

出门在外，我很少去墓地参观，不论逝者的身份为何。而在腾冲，我毫不犹豫去了国殇墓园。

墓园寂静，几乎没有杂声，只有树杈上的黑衣鸟此起彼伏地叫着。

来墓园之前，我又一次详查了资料，第二次世界大战期间的一九四二年五月，日军击败中英缅军后进犯滇西边境，中国抗战后方唯一国际通道——滇缅公路被截断。一九四四年五月，为收复滇西失土，让盟国援华物资顺利进入中国，中国远征军发起了滇西反攻。那是一场浴血恶战，远征军右翼军第二十集团军以 6 个师的兵力强渡怒江，在盟军配合下，围攻腾冲城，与敌人展开巷战。整整长达 43 天的血战啊，九月十四日，腾冲收复。战役中共歼灭日军 6000 余名，而我远征军也有 9168 名官兵阵亡，盟军 19 名官兵牺牲。

腾冲光复后，人们在风景秀丽的来凤山下、气势雄伟壮观的叠水河畔修建了这座国殇墓园，以告慰 9000 多个忠魂。

风吹着浓密的树叶，耳畔似乎还有厮杀声。墓碑林立，我整装默哀，从内心深处表达着对烈士们的敬意。

忠烈祠的右旁，是二○○四年九月重修的盟军碑。主碑上刻有原墓碑上中英文对照的碑文，附碑上刻有 19 名盟军烈士的英名及军衔，这是为纪念 60 余年前为世界反法西斯战争的胜利而牺牲在腾冲的美籍军人。

醒目的还有这一角——大门的左侧几座低矮的"倭冢"，里面葬有侵华日军 148 联队队长藏重康美大佐、副队长太田大尉和桑弘大尉。孤独的几个墓冢，面对着苍郁的小团坡。

墓园里仍旧沉郁，仿佛再炽热的阳光也晒不烫这里。

从昆明到腾冲，我在国殇墓园祭奠了烈士们的英魂，在寂静中完成了内心的一次洗涤，作为一名曾经的军人，这次祭奠加重了我行程的分量。

去新篁

很多时候,我们到一个地方是不经意间抵达的,而那种所在一定会让你获得无从预料的全新体验,有别于最普通、最日常的时刻。

文学笔会一向就是老友再聚、新友相识的活动。农历三月,一众人相聚江西横峰,旧友陈蔚文写了《在葛源》,新朋马叙写了《横峰记》,那我还是写《去新篁》吧。

农历三月,又称季春、桐月、桃月,此时的新篁,草木葳蕤,万物恣意生长。虽然没有连绵的竹海,一丛丛颀长的秀竹却也不少见。新篁距县城50公里,与葛源镇相邻,是一个秀美的山区小镇,油茶满山、野葛遍地。

有人说"葛"的名称来自于那位炼丹的葛洪,因为他发现了这种无名的植物,后人才命名为"葛"。其实不然,葛早在《诗经》里就有记载:

> 彼采葛兮,一日不见,如三月兮。
> 彼采萧兮,一日不见,如三秋兮。
> 彼采艾兮,一日不见,如三岁兮。

这其中的三种植物,在新篁随处可见,其他还有许多我们叫得出、叫不出名字的低矮植物,以及高大的香樟、野栗、香榧树。它们立在每一个山头、屋后，或者是任一拐角处，顶着一身的老绿衣和嫩绿冠。

时值正午，山坡上的居家门前，老人在给孩童喂着饭，灶间还传来"嚯嚯"铁铲摩擦铁锅的声音。有的木制老屋子房门紧闭，屋檐下、窗户旁挂着一排的蜂桶。是的，是蜂桶，是一种木制的体积不大的容器，傅菲告诉我们这是招引野蜂的巢，不论屋主在不在，它们一样过着自己的生活。

文人走到哪里喜欢提及"诗意"，尤其是这种世外桃源一般的存在，常常被冠以"诗意的栖居"。在新篁，你看不到跳动的诗句、听不到虚张的话语，如流水的情感就是这种以最日常、最乡野的书写方式表达出来的。一户有着大场院的屋子里正在办喜事儿，男人们在打糍粑，见到我们，主人热情地迎上来，将刚刚打好的糯米糍粑蘸上满满的糖和芝麻，递到我们手里，热情地请我们进屋坐坐。

村子都修好了水泥路，但愈往山里走，手机信号格数就愈少，当我们到达要去的那户人家时，我们与外界彻底失去了联系。世事如常，依然是得到与失去并存。

坐在场院上，低矮的院墙外就是小河，小河的那边是农田，农田再往前走就是大山。一股股清香涌来，是来自于一大片对面山上的白色的花树，那一片清清的白，如一片落在万绿间的白雪，这引来大家的纷纷好奇。镇干部晓峰说，那是野生的油桐花，我们正赶上花期。他说，有一个词可以形容油桐花的开与落：五月雪。

我们就着美景，在紧靠山顶的太阳的暖照下，以各种组合合影，我们的背后是大山、脚边是小河、周身是夕阳。晓峰说，每天看习惯了这样的风景，也没有感觉有啥特别。

诗人说：片刻的乡下是让人安心和向往之地。奇怪的是你身在其间而更加向往它,甚至有一丝绝望,因为你知道你不可能属于它了。

于是,我们坐在场院里说花儿、说野草,我们说大山、说河流,我们说诗歌、说画作,我们还讲许多的故事。老友新朋,就在这个清凉之地,在这个万物共生的自然之地,讲起自己的故事,没有亢奋的修辞和空洞的抒情。

到我了,也必须要讲一个最触动自己的故事。二〇〇六年,那一年我时常周游在川西。有一天,我正乘着破烂中巴车颠簸在红原县内的泥路上,车上人满满的,都在打着瞌睡。我的旁边坐着一位黑红脸膛的藏族大叔,他一上车就开始瞌睡。我看着外面的草原、羊群,还有变幻的云朵,也昏昏欲睡。这时,久没有信号的手机发出了一声短信提示音。我打开来看:"也许你这会儿正在藏区游荡,注意安全,保重自己。"除了家人,我没有告知任何人我的这次行踪。

我反反复复地读了好几遍这条短信,心存感激地回复了他,泪水止不住地往下流淌。当时的那种心情极为复杂,语言无法说尽我内心的感受,我甚至认为这是神迹。邻座大叔醒了,奇怪地时不时扭头看看泪流满面的我。

那时,车窗外、天空一道光穿过云层的缝隙,形成了电筒光束状照在草原上,我仿佛被照亮,这是一道独属于我的光,那道光穿过我的胸口。我感到一种无以名状的、宁静的、满足的、委屈的、存在的喜悦。可这么多年来,我时不时会想起这条信息,还有这位几乎没有再联系的朋友,想着为什么这种充满宿命般的宗教感的体验会源于那个人、那个时刻、那个场景。大家都安静着,沉浸在我的故事中。

离我有点儿远的地方,一个声音响起:你没有回复我。是的,发出声音的就是那位当年给我发信息的朋友。从二〇〇三年的第一次相识,这是我们13年后的第二次相聚。我奇怪,难道我当时真的没有回复，还是信息被移动公司给"吞"了？

　　我还真是希望我没有回复，因为简单的谢意无法表达那时我内心的真实感受。就像此时，天渐渐暗下来，我们身处新篁，远处灰暗中的白色油桐花依然散发着清香，我们却无法言尽那种芳香，无法言尽我们对这片山水怀有的爱，无法言尽对生活的感激。

　　主人端出了新酿的米酒，这个时刻，一定要有酒。

梵钟之声，自雁荡而来

真的，就一声，我就被震惊了。

暗夜之中，它像来自天上。钟声从天上飘下来，异常寒清，异常空寂。当第一声穿过山峰、密林传来时，我就呆住了，尽力排除周遭的种种声音，我驻足而听。那声音出现在我的上空，在树木之上团绕，然后，袅袅散去。这钟声怎么那么像白天天空中的一朵绵软大云呢，任风挤扁、拉长、拍圆，任由其揉搓，但谁都知道它还是那朵云。

静静地，我从这钟声中听出了很多内容，好像有抚慰，将人们匆忙器乱的心抚平；还有无奈，岁月长逝，无法追回，低声叹息。我长久站立，听着这钟声，它一声、一声间隔着，我听出了与过去相关联的情感，还有与未来相贴切的欲望。昏暗之中，这钟声断断续续，我不敢言说地听到了忧伤，这忧伤却比宽容还要广阔，比理解更要深厚，它直指大地和人、岁月和生命，内里包含了无穷无尽的内容，像黑暗中的河水滚滚而来，我有一些心惧。此时的钟声，是一个倾诉对象，即是生活的全部也是一个具体的人。

在雁荡山独有的夜景景区，我知道这深厚、带有摩擦感的男低音般的钟声，一定有出处。好友明博要我抬头看山，顺着他抬手的指向，紧紧依偎的情侣峰的间缝处，有隐约的光。明博接着说，那是观音洞，观音洞里有观音寺，钟声就是从那儿传出来的。因为"晨钟暮鼓"之说，我实在好奇，为何此时会有钟声传来？明博告诉我，不论早晚，寺庙都既要敲钟又要击鼓。所不同的是，早晨是先敲钟后击鼓，晚上是先击鼓后敲钟。我想探个究竟，于是朝着远处的光走去，但小径一横栏挡道："路途危险，夜间禁行"。

听着雁荡山夜晚的梵钟，我一个人走着，周边无数的奇美夜景也引不起我的兴致，我顺滑地回忆到前不久在贵州格凸河遇到的一件事情。

那也是深秋已凉之际，格凸河除了我们几位没有别的游客，乘着游船，看着两岸的景致，我兴趣不大。游船慢慢地在河道里荡着，就像无所事事的老人，溜溜达达地消磨着时光。我看到掌船小伙子的腿边有一个小桶，桶里有三支唢呐。我随口说："小伙子，能吹一曲吗？"他没有理会我。我们下了游船，一路拾级而上，拐一个弯上到大路上。此时，身后传来一阵唢呐声，时断时续。我疾步返回，跑下台阶，站住，看着游船漂荡着悠悠远去，不连贯的唢呐声，几个音符过后，停歇，然后再来几个音符，这种不成曲的声音荡漾在两山之间、水面之上，却有着一种别样的情致。它牵引着我，随着声音飘上又飘下。那会儿我坚信，这山水间是有精灵的，而这声音是精灵的乐章。我不知道他吹的是什么曲子，可我知道，彼时彼境，掌船的小伙子、声音、山水形成了一种融通，这不仅仅一个"美"字能表达尽透，它的美是不可重复而只能重逢的。

此时，我在琢磨，这两者于我只是声音的力量，还是其他？在这样一种可遇不可求的状态之下，人与人之间一定在精神上有着一种亲缘关系的，那人与声音、人与山水间何尝不是如此。

梵钟就是佛钟，它是佛教东来、寺院兴起的产物，顾名思义是供寺庙做佛事用的，或召集僧人上殿、诵经做功课，另外，诸如起床、睡觉、吃饭等无不以钟为号。所以，不同用途则敲不同的钟。但敲钟的讲究也很多,在《百丈清规·法器》中说:"大钟丛林号令资始也。晓击即破长夜,警睡眠;暮击则觉昏衢,疏冥昧。"故晨昏敲钟要连击一百零八下。

次日一早,我们来到昨晚游览过夜景的雁荡山灵峰景区,此前在不同角度看到的"情侣峰""双乳峰""相思女""雄鹰"在白天回归了"合掌峰"之名。往里走,过小桥两座,仰头就可以看到合掌峰"掌心"中有一洞,洞里有一寺庙,这就是观音洞里的观音寺。洞是天然生成,寺始建于一一〇六年,据说最早的名字是灵峰洞,后改为罗汉洞,在清朝时定名为观音洞。时为十二月,并不是旅游的旺季,此处却仍然人头攒动,热热闹闹。

山门的"观音洞"三个字是赵朴初先生题写的,楹联"胜境人知游雁荡,名山我欲礼观音"出自谢稚柳手笔。观音洞,洞深76米,宽14米,高113米,为雁荡山第一大洞。洞内依岩构筑九层楼阁。进入山门即见天王殿。从山脚要经历403级石阶,才到达顶层大殿。正殿供奉观音菩萨坐像,旁立十八罗汉塑像,岩壁上新增了三百应真。

一路上行,可遇"洗心""漱玉""石釜"三道泉,此三泉解决了僧众的所有用水问题。

我好奇于这么一个劲崛的山洞,何来这等清冽甘甜的泉水,恰好在普明禅寺得来的一代高僧、"伏虎和尚"广钦大师的传记中读到一个细节,我的好奇似乎得到一个注解。一九五三年,身在中国台湾的广钦大师突然离开正在雕凿还未及开脸的"阿弥陀佛"大像,在土城成福山上,觅得一天然大石洞,恢复往日隐居生活。师所住的山洞高和深各两丈余,宽有数丈。因洞口朝东,日月初升,光即入洞,师为之命名"日月洞"。洞本来是无水的,师入住当日,忽然有一股清泉自洞壁石隙涌出,顺着山草流下,师急忙筑一小池蓄存。喜获灵泉,广钦大师于是在洞前盖木屋三间,左连厨房,中供地藏菩萨,遂成一寺。

我不知道观音寺是北宋时期哪位高僧大德所建,人说"自古名山多僧占",那位高僧为何在这么一个逼仄之地建寺? 也不知道当年是否有许多神迹显现,但对于潜心于佛学的僧众来说,"两峰合掌即仙乡"吧。

众多的香客匆匆而来,奉上香火,许下自己的种种心愿,以求得到佛菩萨的护佑。净空法师说:"心里没佛,天天拜佛念佛,没用;心里有佛,没拜佛念佛,有用。"

生活给你的苦,不能指望佛替你消化。还不如心怀快乐地信自己身上善的力量,快乐地安放好一颗洁净的心。在恼人的尘世用耳听佛音,用眼观佛法,用心悟佛理。也许我们可以试试,常怀利他之念,把一种缺乏禅意的生活过出氤氲禅意。

雁荡山的梵钟,坚定了我的信念——如果能荣枯在无人知晓的天地,那该是多么美好。

钓源九柏与欧阳重

农历六月,我去江西吉安的钓源古村。

吉安古称庐陵,自宋明以来,名流辈出,人文荟萃,享有"文章节义之邦"的称誉。自古以来庐陵一域重视教育,科举兴盛,崇尚文化,成就突出,文学家、思想家多,具有忠贞节烈的精神和刚正坚毅的品格的人物辈出。独特的庐陵文化成为中国地域文化中重要的组成,我内心对吉安与庐陵文化抱有深深的好奇与敬意。

农历六月又称季夏、暮夏、杪夏,更是"伏月",小暑、大暑都在这个月。对于钓源的村民来说,因小村周围2万多棵密布的香樟树,这恼人的农历六月已然减弱了本该有的燥热,让人心境平和。

环绕小村的长安岭山坡上,全是高高矮矮、粗粗细细的樟树,曲曲直直,自然形成了一道壮观的绿色屏障,离村稍远见不到内里的村庄房舍。村口的巨樟,高近30米,树龄千年,理应是建村时植下的。开基祖欧阳弘的墓地,在村西南山冈下,墓旁也有两棵巨樟。村中蚊蝇较少,比邻近的村庄冬暖夏凉,樟树多是主要原因之一。樟树是小村的吉祥符。

钓源,江西吉安的一个小村子。自古起,以"吉""安"为名的地方,一定是被赋予了诸多美好寄望,颇有故事的。初次到吉安,到钓源,扑面而来的各种信息,让我以往所读史书中的许多人物立体了起来,血肉充盈。这绝对是一次长见识的旅行。

这是一个欧阳姓氏的村子。欧阳氏是江南望族，据钓源欧阳族谱及地方文献记载，唐天宝年间，其祖先欧阳琮为吉州刺史，因居吉州，称吉州始祖。延至第五代祖欧阳万，为安福县令，定居安福，后其子孙繁衍，徙为安福黄石、庐陵钓源、永和岗头、永丰沙溪和分宜防地等地，而称一世祖。因而，钓源欧阳氏与沙溪欧阳修、永和欧阳珣、欧阳守道等为同宗氏裔。唐末时局动荡时，欧阳弘为避时祸，举家卜居于先祖择定的分流生息地——钓源，此名取姜太公垂钓渭水之意。

　　呈八卦形的钓源村建筑特别具有赣地的代表性，大到建筑小至房屋的装饰，都有着丰富的中国文化特质，至今保留有上百所古建筑，其中有很多祠堂和牌坊，如尊欧阳修为宗的文忠公祠堂。村子中心位置的是"忠节第"牌坊，牌坊的对联写道"忠节存心足万古，文章一字值千金"。历史上，钓源村先后走出过9名进士、30多位举人、20多名五品以上的官员。如《明史》列传的三边总制都御欧阳重、清代"父子登科，兄弟连科"的兵部郎中欧阳模、兵部候补郎中欧阳慎、内阁中书欧阳萦等。

　　在忠节第门外，错落有致地分布着几棵柏树，直冲云天，它们耸立在满村的香樟、桂花树之中，伟岸挺拔。同行的当地朋友说，这9棵柏树500多岁了，来自云南，叫滇柏，因其树干高大笔直，小枝不下垂而向上伸展，故又名冲天柏。当年，还是三边总制都御的欧阳重回乡省亲可没有"金车玉作轮"，只带回10棵属地的柏树，至今只存活了9棵。他笑着说："这是我们村的风水树，正好九九康泰、久久不衰。"

　　欧阳重，字子重，庐陵人。正德三年（1508）他参加科举中了进士，皇上召他入对，他指出了当时各项政策的弊端。之后，欧阳重被授为刑部主事。后宦官刘瑾的哥哥去世，朝廷百官都前往吊唁，而唯独欧阳重没有去。当时紧紧巴结刘瑾的张锐、钱宁掌管东厂锦衣卫，他们派人给欧阳重罗织了罪名并把他抓进了监狱，处以杖刑。之后他才又重新返职，但却被停止发放俸禄。

明朝正德年间，欧阳重在出任云南巡抚时，体恤百姓，赈济灾民，减轻赋税，使当地的人们安居乐业。但他不愿攀附权贵，不与贪官污吏、邪恶势力为伍，被奸佞构陷，被嘉靖皇帝除名回乡。欧阳重在家里闲居20多年，教书育人，虽有很多官员举荐他，可直到最后也没能得到召见，当然也有可能是他不再有入世之心吧。《明史》卷二百三列传第九十一就是欧阳重，居功谦让、敢于碰硬、坚持正义，从平叛功臣立贬为庶民，终老庐陵。陪同我们的欧阳老人说："我们欧阳家族一代一代口口相传重老先生的品行，都是说他个性正直、骨头硬，但在生活里他总是将最温和柔韧的一面呈现给人们。"我想："其气浩然，常留天地间，何必出世入世之面目"。

我想象着一个正值壮年，满怀报国之心的欧阳重，游走在这独特建筑的小村，出入于书院、祠堂，相伴双亲，他心里存放了多少事，已经无人知道，但一定在许许多多个夜晚，这些往事纷纷袭来，他或者有泪，有宣泄，也或者，他安然隐于此。就如黄庭坚所写："风烟二十年，花竹可迷藏。"书生意气里是家国天下的胸怀，也是恬淡桃源的诗意。一个人走遍千山万水，心里才有万水千山。

时间推移，欧阳重活成了一棵老树，就如他从边地移植回来的柏树，听涛听风且饮孤独。万人如海，但他一身孑然。

对于欧阳重这样的人，有些东西我想不清楚也说不明白，如流水，如落叶，如晚上沉沉黑夜中万家灯火的孤独，但我知道"岁寒众木改，松柏心常在"。

韩愈:河阳、蓝关至阳山、潮州

　　一直以为"唐宋八大家"居首的韩愈是河北昌黎人氏,这次到了河南温县采风才知道他可是地地道道的河南人,他还不仅仅是一个文学大家,更是有影响力的政治家、思想家、哲学家、教育家。

　　韩愈 57 岁已经不当官了,久病卒于长安,其子葬回老家河南河阳,今河南温县。他的墓地位于县城西边的韩庄村北半岭坡上,始建于唐敬宗宝历元年(825)。

　　公元 768 年,韩愈出生于一个书香门第小康之家,父亲博学多才,有点儿名气,在韩愈 3 岁的时就去世了。从此,他由哥嫂抚养。其兄韩会,人品好,写得一手好文章,在长安为官时很受人敬重。韩愈 10 岁那年,兄在朝廷遇到不幸,被赶出京城,降职到广东韶关一带做刺史,他也随迁广东。

　　哪知到了韶关,韩家刚刚安定下来,韩愈的哥哥因急病离世。哥哥一死,韩家举目无亲,无人帮助,嫂嫂只好带着韩愈和自己幼小的儿女返回故乡。

　　勤奋、有思想的韩愈在嫂嫂的抚养下长大,去洛阳求学,赴长安赶考,历经磨难,终于获取了功名。这在当下来说,完全是一个励志故事。

　　也许河阳韩家与岭南"蛮荒之地"有着不解之缘,在韩愈的仕途中,曾先后两次被"发配"至广东的阳山、潮州。

客居广东多年的我，很喜欢潮州这个地处粤东的偏远城市，那里的人们儒雅，文人气质深厚。我好奇于此，当地的"文豪"黄国钦先生告诉我："自从韩愈在此待了八个月，就奠定了潮州深厚的文化基础，塑造了世世代代潮州人的气质。"

对于世世代代的广东阳山、潮州人民来说，韩愈这个被贬的官员不知道要比那些"空降"得势的官员品格、人格优质多少倍。据史料记载，韩愈在广东阳山任职期间，把中原文化带到了这个山区小城镇。为感念韩愈的作为，后人曾把阳山改为韩邑，把湟川改为韩水，把牧民山改为贤令山，甚至还有望韩桥、望韩门、尊韩堂等纪念性的名字，多少可以反映出韩愈在阳山时政绩的一斑。同样，韩愈在潮州只待了八个月，如今的潮州留下了韩山、韩江，还有昌黎路。

仰视着韩愈的塑像，我思虑良多。难道真的是文人多傲骨？文人才有悲天悯人之心？看看如今的情形，其实不然。可想想以往，古时的文人，却是有诸多的经典故事，足以体现他们的骨气。韩愈被贬和调任几次，另一位文学大家苏轼也被贬四次，其中就有广东的惠州、海南（早前属广东）。虽然是被贬、流放，但他们心中有着神圣的使命感，跨过了人生"蓝关"（难关），在流放之地风生水起，为民造福，赢得了人民的爱戴。

故事很多，说来话长。公元802年，韩愈34岁，任国子监四门博士。第二年，韩愈任监察御史，这个职位"秩不高而权限广"，是专门向皇帝提意见和建议的。他目睹人民忍饥挨饿，向皇帝写了《御史台上论天旱人饥状》，请求缓征京畿百姓赋税，却遭权臣陷害，被贬为阳山令。十年谋官，两月被贬，但他没有怨天尤人，在阳山任职三年，深入民间，参加山民耕作和渔猎活动，也收了一大批门徒，《新唐书·

韩愈传》说他："有爱于民,民生子以其姓字之。"

这是韩愈第一次遭贬,他想起了小时候随哥哥迁至韶关的落寞情形,不禁唏嘘。但他放下心中的沉郁,决心要改变这个天下无人识的小地方——阳山。唐代文学学会韩愈研究会会长张清华曾说:"韩愈改变了阳山,阳山造就了韩愈。"

公元 819 年,早已从阳山回到长安的韩愈又摊上大事了。那年正月,唐宪宗命宦官从法门寺塔中将释迦文佛的一节指骨迎入宫廷供奉,并送往各寺庙,要官民敬香礼拜。韩愈看到这种信佛行为,便写了一篇《论佛骨表》,劝谏阻止唐宪宗,指出信佛对国家无益,而且自东汉以来信佛的皇帝都短命,结果触怒了唐宪宗,韩愈几乎被处死。经宰相裴度等人说情,最后韩愈被贬为潮州刺史。

有着正直、坦荡的中原人性格的韩愈,做人不做亏心事,不说违心话,当官只为民做主。可实际上,在一片混沌的官场之中,他有着无法言说的无奈和身不由己。

皇帝令下,韩愈接诏后当然不敢在长安久留,当天就收拾行李,辞别亲友,找几辆马车,携带几位家眷及几个仆人,带着耻辱、忧伤和失望离开长安,匆匆上路。史书记载,韩愈一出长安,一场铺天盖地的大雪悄然降临,即刻掩盖了古道尘土,淹没了蓝田秦岭古道的高塬与沟壑。当韩愈的一队人马进入秦岭深山"蓝关"时,车轮陷于大雪覆盖的古道沟岔之中,任凭驭手怎样挥鞭,几匹老马只是仰天长嘶,再也不能举蹄前行。这时又传来了他的其他家人遭受株连被赶出京城、12 岁的女儿病死路上的消息,悲愤万分的韩愈望着群山峻岭的旷野,陷入了前所未有的困境。

据说就在他万般无奈之时,看见远处一匹快马飘然而至,马上坐着的竟是他的侄孙韩湘(传说中的韩湘子)。韩愈百感交集,他看

着韩湘,面对群山,吟出了《左迁至蓝关示侄孙湘》这首千古名篇:

> 一封朝奏九重天,夕贬潮阳路八千。
>
> 欲为圣明除弊事,肯将衰朽惜残年!
>
> 云横秦岭家何在? 雪拥蓝关马不前。
>
> 知汝远来应有意,好收吾骨瘴江边。

　　历史和传说都是后人的说辞,所有的所谓"历史"的文字都是后人所撰。我们已无法知道韩愈当时的情形,但通过这首诗,我们对他的心境有了了然的认识。遭遇了沉重打击,写就了苦情诗作,可它却诠释了韩愈忠心进谏、一心为国为民的情怀。

　　韩愈任潮州刑史八个月,对潮州人民来说,他驱鳄鱼、为民除害;请教师,办乡校;计庸抵债,释放奴隶;率领百姓,兴修水利,排涝灌溉。他身为文学大家却酷爱音乐,其侄孙韩湘又精通音律,他们对潮州文化影响很大。韩愈在《韩昌黎文集》中记叙当时的礼乐"吹击管鼓,侑香洁也",可见盛况。千余年来,潮州成为有着丰富地域文化的历史名城,艺术人才辈出。

　　八个月后,韩愈徙任袁州。但潮州百姓却把韩愈奉若神灵,祭鳄之地叫作"韩埔",渡口叫作"韩渡",鳄溪叫作"韩江",对面的山叫作"韩山"。八个月的潮州刺史,韩愈便使潮地的山山水水皆姓了韩,而且人多以韩为姓,街道、店铺、学校、树木也多以韩为名。后人又建一祠(也称韩文公庙)千年相祭,祠堂前挂着楹联曰:

> 辟佛累千言,雪冷蓝关,从此儒风开海桥;
>
> 到官才八月,潮平鳄渚,于今香火遍瀛洲。

苏轼也为此写下了著名的《潮州韩文公庙碑记》，称韩愈"文起八代之衰，道济天下之溺"。

虽然为文，韩愈之名天下传扬，但为官，韩愈为民造福的成就却与他的官位、地位，与他仕途的发展不成比例。

听，阳光穿窗而来

雨后初霁，一束狭长的光束透过残破的窗棂进入玉书楼二楼的屋内，屋内渐渐亮了起来。这光将空气中飘逸的微尘照亮，倾斜在屋中，神秘至极，犹如天梯……

如此的静寂。在这里感觉阳光，似乎是一种来自宇宙深处的能量，它释放着天地中超越生与死的独特语言，这种语言蕴含了世界的一切：诞生与衰老的周而复始，静寂与喧嚣的交替，创造与毁灭的往返，还是存在与消亡……

台山，就犹如我以往去过的云南腾冲的和顺、红河的迤萨一样，是突然出现在我眼前的一个词。

台山，广东省西南沿海的城市，中国第一侨乡。

台山市博物馆馆长蔡和添是一个"台山通"。据他说，240年前，自广海人陈学进赴南洋谋生以来，"华侨"的记载在这块古老的土地上就不断地延续。至二十世纪初，贯通城乡的新宁铁路通车，西方的建筑模式顺势来到台山，聪慧的台山人将西方的建筑模式与中国的传统建筑风格相结合，于是，几千座充满不同建筑特色和情调的侨房遍及台山的村村落落。

在台山文化人的陪同之下，我们来到了位于端芬镇庙边村的建于二十世纪二十年代的小建筑群"翁家楼"，以玉书楼、沃文楼、相忠楼三幢为主的五幢中西合璧式的建筑组成。有意思的是，主人一定是一个"好书"之人，尤其对《三国演义》情有独钟，虽身居海外但回乡建的楼也离不开这部书。玉书楼、沃文楼、相忠楼三幢建筑的式样参考了三国里刘备、关羽、张飞三人的名字，楼宇别具一格，当地人分别称之为"刘备楼""关羽楼""张飞楼"。

玉书楼多年没有人居住，年久失修，几乎所有的铁窗框已锈尽，当地的朋友说，因为这楼的所有者自己没有修缮，也没有将托管权交给当地政府，于是，修缮工作就处于一种两难境地。玉书楼从外观上看是三楼中最醒目的，楼顶有一个中式的四角攒尖凉亭，它与下面的窗户巧妙地构成一个"备"字。整幢楼红柱绿瓦，雍容儒雅，大气撼人，确有刘备的风骨。楼内的房间布局同样很合理和气派，厅、卧室，甚至饭厅都十分宽敞、明亮。别墅共有方形、矩形、六角形、圆形、榄形、半圆形 6 种图案的窗户 30 个，既保证了房间空气流通、光线充足，又给楼房以艺术装饰和生命力。还有一地下室，其实就是厨房和佣人居住的地方，有一个小门通外。在楼顶四望，远处和不远处，在林中散落着许多陈旧或已修缮一新的民居别墅和碉楼，它们组成了一个个小小的村落，似乎让人感觉到了某一个欧洲小镇。

沃文楼楼体由两大块构成，与"羽"字极为神似，它极其雄伟，三楼的部分外墙由红砖砌成，让人想起"面如重枣"的关羽。进入大厅，一扇直径 3 米的拱形柚木门引人注目，中式窗格花纹，内嵌有红、绿、黄、蓝、白五彩进口玻璃，图案精美，光彩夺目。地面铺设高级的马赛克，历经几十年却依旧光洁明亮。

相忠楼，现在有人居住，是屋主的亲戚。此楼进门的台阶呈一漂亮的弧形，酷似"飞"字的第一笔，中间是一个半圆形的建筑物直通楼顶，楼顶是一个拜占庭式的圆形凉亭，应是张飞的战盔吧。三楼圆形的廊窗玻璃,正是"豹头环眼"的张飞形象。

蔡馆长说,翁家楼是台山"洋楼"的代表性建筑,这三幢欧式别墅吸收了中国的园林布景与亭台装饰艺术,将园林、别墅、亭台三者巧妙地融为一体,在建筑艺术上达到了很高的成就。

台山的华侨楼宇在修建时充分调用了中西材质,如英国的"红毛泥"、德国的钢铁、西洋花纹地砖、意大利进口彩色玻璃,俱为时新花样,其规模宏大、工艺精巧、装饰雅致,具有鲜明的中西合璧的特性。不同的建筑代表了华侨侨居各国的特色。台山的民居别墅又称为"洋楼",多以楼主的名字或根据楼主的意愿再冠以"庐""楼""堂"来命名。它在建筑形式上具有浓郁的西方建筑文化色彩,兼有防盗功能。但独立的"洋楼"设计更新颖,讲求实效,体现了设计者和楼主唯美为美、实用为本的设计理念,楼高一般二三层,钢筋混凝土结构,外观华丽典雅。当年一些带着一定积蓄回乡的华侨都喜欢这种大屋,也因此形成了一座座多姿多彩的侨村。

经过一辈乃至数辈人的艰苦拼搏,海外的台山人渐渐有了积蓄,纷纷回乡盖房建屋娶媳妇,当时形成了一种时尚。但到了民国,战乱频繁,匪患猖獗;侨眷、归侨生活比较优裕,他们就成为土匪们攻击的对象。外表坚实,建筑特点独特、能防涝防匪的碉楼就成为海外华侨的首选。因此,他们在外节衣缩食,集资汇回家乡建碉楼。后来,一些华侨为了家眷安全,财产不受损失,在回乡建新屋时,纷纷建成各式各样碉楼式的楼宇,将碉楼进行了改良。

碉楼已经成为五邑地区的一种象征性建筑,成为台山华侨建筑文化的一个重要部分。很多的华侨请外国的建筑设计师设计了碉楼图样,回乡后建造了中西合璧的碉楼。这种坚实雅观的碉楼,平面呈方形或矩形,楼高三四至六七层不等,门窗小而坚固,铁门钢窗,内部楼梯陡而险,墙体厚实,墙壁或顶层四边开有枪眼,有的还在顶层四角挑出建有"燕子窝",楼顶设有瞭望台,登高远眺,可以对四周实行全方位的监控。台山碉楼数量众多、风格多样、形式很美,有廊楼式、裙楼式、罗马式、古堡式、西班牙式等,一般屹立在村头、村中或村尾。在台山,许多乡村都有好几幢碉楼,比如三合镇燕溪村就有 6 幢碉楼呈一直线矗立在村中,蔚为壮观。

我看见,相似的碉楼屹立在云南第二大侨乡,红河的迤萨,这也是大山深处的一个小镇,有人称其为"法国小镇"。清朝末年,有胆识的迤萨商人分别走通了越南、老挝、缅甸和泰国等地的商路,带回了钱财还有在国外的见识,建起了防御性强的碉楼,就如东门城楼,也已年久失修,差一点儿就给拆除了。这些近百年的城堡,内部通道纵横,七弯八拐,上上下下地交错着。从外面看居高临下像历经沧桑见过世面的老人,宽大厚实的墙壁上一排排射击孔,足以让那些心存歹意的人不敢窥视这里。

碉楼在向我们诉说着什么?财富?牢不可破?抑或还有其他?

偶然的一个机会,我和一位广东省社科院的老师聊起了五邑地区的洋楼、碉楼,他说出一番自己的见解与我的一些想法相合,让我心生不少寒意。也许,将这些华侨建筑放在一个大的话题下来说,它必定是一个沉重的话题,那就是人性或人道。

五邑地区的华侨建筑有着它曾经耀眼光芒,但同样有着辛酸和血泪,这是华侨史中的一个沉重话题。"去出路"的,绝大多数是男人。他们漂洋过海,一辈子能回乡两三次(一次称一"派"),算得风光无限。第一"派",娶妻建房;第二"派",儿子成亲;如果有第三"派",那就是落叶归根。在台山境内,因种种客观条件的限制,无法和身在海外的丈夫团聚的妇女,形成了一个相当庞大的特殊阶层。由于有或多或少的侨汇接济(乡间称为"撕信角"),她们在经济上优于普通人,这是身为"金山婆"唯一的优越感。同时,她们长久地和配偶分离,"守生寡"的苦楚,一言难尽,也难以向外人道。她们孤守着那穿窗而来的阳光和月光。

我曾听说,那个时代,在侨乡,有的新嫁娘直至离开人世也没有见过她身在海外的新郎,有的甚至就是与公鸡(代替新郎)拜堂成亲。今年初,我在迤萨见过一位这种情况80余岁的姚奶奶,新婚才三天男人就出了海外,最终等来了他在海外再娶妻生子的消息,之后是男人身死他乡的噩耗,但她一直坚守着,等来了已到中年的丈夫的混血儿子,来到中国叫她一声"妈妈"。那一刻,她所有怨都消失了。

碉楼和洋楼,立于绵密的竹林间,默默不语。但我听到,它们在诉说着曾经的繁华和人间的悲喜剧!

行走于声色元阳

尽可能长地演奏一个单音
直到你听到它的独特的颤动

抓住这个单音
并聆听其他的一些单音
一直到它们全部聚集
并成为独特一体

缓慢地移动你的单音
直到你成就完全的和谐
所有的声音转变为纯粹的
金色、柔和的闪烁的火焰

演奏一个单音在宇宙的梦中
缓慢地改变它
进入宇宙的节奏中
…………

二十世纪德国先锋派音乐的"教主"施托克豪森，多年前在他的录音乐谱上写下的诗句。我站在朝阳云雾中的多依树梯田上时，这一段文字就自自然然地流动了起来，仿佛梯田已成为弹奏着宇宙之音的那一架钢琴，层层梯田灵动了起来，那天籁之音缥缈而来……

"初遇"元阳梯田不记得是在哪一年、哪一本精美的杂志上，我第一次知道，梯田原来是可以这样美，可以以这样的线条呈现，可以在阳光和蓝天的作用下如此绚丽多彩。

十几年前，我在昆明认识了白阿姨，她的家就在元阳，就是已成为一大景点的勐弄土司府。于是，有了我第一次元阳之行，当然，第一站就是勐弄土司府。

来到攀枝花乡，走进村子，远远就能看见台阶之上高高耸立的褚红色建筑，土司署坐南朝北依山险踞，居高临下，飞檐挑耸，气势恢宏，衙门的门上悬一木匾，上镌八个金色大字"皇封世袭勐弄司署"。

从前的土司府早已被毁，如今的是由政府和土司的后人出资重建。从外形来看像极一座庙宇，而内里所陈列的资料也零落不成模样。府所已成为一招待所，没有了任何可参观的价值。这也成为勐弄土司后人的一大遗憾。

坐在土司署二楼的阳台上小憩，眼前是层层叠嶂的山峦，居高临下，上司的领土人抵都在视线范围内，清风吹来，檐角的风铃叮当直响，悦耳动听。我想，白阿姨的父母当年一定是非常相爱，要不然，一个昆明的女学生放弃了富裕的家庭、放弃大都市的繁华来到勐弄这穷乡僻壤，并如此的坚强，在危难时承担起土司的职责，照顾她的孩子，照顾她的子民。这样的爱情，怎不令人感喟！

转眼间，呈现在眼前壮观的梯田将我心中的不悦一扫而空。

这气势，何止仅为梯田那么简单！

放眼望去，沟壑山岭，坡坡有梯田，沟沟嵌梯田，坡坡梯田又相连，形成梯田的立体海洋。

虽然有人告诉我元阳梯田是和云雾相生的，而我的元阳之旅的第一天却是艳阳天，也许云雾的生成可能是在清晨和傍晚吧？

我们来到老虎嘴梯田，就在公路边俯瞰，不止百米深的谷底，展示的是一幅如玻璃镶嵌般的画作。除了立体感强外，颜色的层次感也很强烈。玻璃画以浅蓝色为主，它们排列得紧密，有的几乎重叠在一起。幸好有树、小茅屋，在繁杂的画面上立下标志，使得这幅画作不至于单调。在镜头下，所到之处自成一个个不同的格局。同行的朋友告诉我，从这一幅用水彩而作的西洋画我们可以找出八匹骏马，而我只能指出那正准备跃出我的镜头的一匹而已。

偶有一头水牛，或一位农人在田中行走，他们完整的倒影在梯田那如画般的平面上移动着，盘活了梯田，让梯田有了动感。我的镜头对着他时，他也正远远地望着我。

对面山坡上斜挂着一行行的梯级，远距镜头里有粼粼波光。

太阳西斜，镶嵌画改了原料，田埂成为铜片、铁片和铝片粘在细长的不规则格子里的嵌套，颜色暗了，却是闪烁着熠熠的金属光。

箐口民俗村村口坐着的那一个老妇人让我很好奇，她的眼神是那么淡定，并不将过来过往的人放在眼中，虽然她的脚边放着一堆小玩意儿待售；而那些孩子在一座座玲珑美观，独树一帜的"蘑菇房"间里蹿来蹿去，嬉笑打闹着；村妇们同样也不会多看来往的人一眼，她们有自己的日常生活。村子中间的那一块公共活动的场地上，姜文的《太阳升》剧组正准备收工。站在中心区,看到四周的山坡,梯田就在面前,一层层的,平平整整,依山而去,自然地弯成一道或几道弯,那么自然,那么不饰雕琢,像是小提琴的发音板上的弯曲,非常优美,也似乐符的跃然。那间杂的山林间的淡色的小屋,正冒出缕缕的轻烟,为这场大自然的音乐会渲染气氛。而近处,一群孩子正在剧组的摄影"发烧友"的镜头前欢跳着。

第二天,多依树,云雾,日出。

那天我们逾六时起床,开车赶往多依树梯田。

月亮还在天上挂着,太阳还没露脸,但天空已有了一块橙色的云,脚下的梯田轮廓依稀可辨。

月光下已经可以看见那些架着长枪短炮的摄影发烧友们各自占着自以为的绝佳拍照位置,就为了等待着阳光出现时的那一刹那。

云雾是沿着逐渐升高的梯田匍匐、攀爬而来,有时恰好就形成一道屏障,把远处多余的黑暗遮挡了,很快就形成了云海。云海慢慢从山谷涌了上来,轻轻地就把所有揽入怀内,又悄然随风翻过山坳,在远处的山峦转身回来,梯田似乎是云雾的舞台,云层遮盖了太阳。太阳在云层后面若隐若现,偶尔洒落点点的金光,铺在梯田弯弯的水面。不时地,你就会看见那团团簇簇落在梯田的不同地方,时而又把白色的云海渲染呈粉红色。田埂是黝黑的,似人地的乐谱,为那金色的音符,于无声处演奏出美妙的音乐。

太阳终于跃出云端,一点也不收敛的光芒,把山、树木和梯田一下子都照亮了。原先寂静的山坡间,突然充满了欢快的快门声。没有人说话,没有人呼吸。

多依树的日出是最美的,像版画一样,水的颜色随太阳、云雾的变化而变化。而烟雨迷雾下若隐若现的多依树村庄，则是现实中的梦幻仙境。

傍晚，坝达，还有出其不意的云雾。

坝达的日落，同样让你目瞪口呆。让你发呆的不是日落之中的夕阳，而是夕照下的梯田，长达3000多级的梯田伴随着水田颜色的不断变化，让你犹如置身于一种魔幻境界。它那简单的线条以及黑白对比色带给你视觉上的震撼，会超出这世上最伟大的画家或音乐家。

阳光慢慢地落下，晚霞斜射到梯田的田埂上，原先在阳光照耀下，泛着亮光的梯田开始泛黄，进而泛出柔曼的金黄。

慢慢地，云雾不知从哪儿又被放了出来，渐渐弥散开。

我们就这么站着，看着层层叠叠的梯田上云雾弥漫，村寨和树林在云雾里虚无缥缈，若隐若现。但不愿离去的阳光仍然穿透云雾，映照到梯田里。太阳终于无奈地离去了，躲进厚厚的云层，天空橘红色，山体黑色，梯田的水在晚霞的照射下呈浅黄色、浅红色，这画面完全就是一幅彩色版画，而且是活生生的版画。如果你愿意，触手可及！

元阳之行已过去多时，但我知道我还会有机会再往。因为，白阿姨答应我会亲自带我去她父亲从前的领地——哈播，去参加长街宴，到时还会有一套哈尼人的服饰等着我。我期待着再次的元阳之行，但我也知道，那时的梯田美景已绝非我从前所见！

水墨影像三清山

道生一,一生二,二生三,三生万物。

——老子《道德经》:第四十二章

一

与三清山的最初接触,是那晚的萤火虫,微光星星点点、闪闪烁烁。

日本有首俳句:"心里怀念着人/见了泽上的萤火/也疑是从自己身里出来的梦游的魂。"此刻想起了这样的文字。立于窗前,远处,清冷的光中的三清山,明月高悬,花草上沾满了露一样的萤火。虫鸣声彻夜不歇,偶尔一两声狗吠,却是归人跫然的足音。窗于我是局限,出得门来,仰目环视群峰,山色如黛,但背景却是透着青亮的天空,这一切似乎都处于悬浮之中,而这悬浮的意象给了我太大的想象空间,虚虚实实之间,它们的呼应往往相互转换。

三清山因有三座主要的山峰,以道家的三清(玉清、上清、太清)而得山名,位于江西上饶玉山县与德兴县交界处。

那白日里宏大、热烈,甚至拥挤的群山,此时在如黛中空了、静了,却空得比什么都多,静得让耳目如此满足。我与大山相互吸引,这吸引已经让我的心活泛了起来，有什么如生物一般的东西在生长。

第二天一大早，出门走着，感觉空气是再好不过了，明显能触摸到当中布满什么密匝匝的粒子。有东西在透明中缓缓滑行，忽高忽低，应该是还带着细细的声音的。不知名的花草，在晨光中、在我镜头中滴翠，不自主的心情也如这草木一起青春张扬了起来。

二

我的镜头记录下了许多美好河山的绚丽，而三清山一早就让我感受到了一种全然中式文化的意境，那是纯粹汉民族的元素。

水墨山水，是中国特有的意境：山石嶙峋、奇松蜿蜒，曾雕刻出中国上千年的文人趣味、士大夫传统。但在我的旅行中，这些很少进入视野和心灵，我一直不明白，这是否是我有意的拒绝抑或是其他。直到安静地坐在三清山的石凳上，看到云雾缭绕中山石的奇幻造型，看到光秃岩石上松树伸向远方的苍劲枝条，瞬间一种一直潜伏于心的东西被打通了，那是否是自己与传统趣味间隔已久的经脉？

三清山真是我所见过山水的一例"极品"，清风缭绕、烈日当头、朝云暮雨，那是上天的心情使然，镜头随便取一景，就是那天然的水墨画作。提笔之处，大山巍然，略显不够灵气时，哦，那云雾飘然而来，时浓时淡，将那山峰若隐若现，甚至全然遮去，真是淘气。对，那就是孩童般的淘气。

转过了不知几座山，世俗的喧嚣全部与手机信号一起被屏蔽，一生的过往都在这摄人心魄的宁静中摊开，扔开了去。

过于幽静的一条山腰栈道，悬置着，我紧贴着山壁，有一些恐高。林间叶片之间不时投下一些碎碎的光影,按它们或明或暗的交错交换着光落在地上的影像。左手凌虚,云雾一股一股地涌了过来。此时,我落单了,有点儿恍惚,不知道我这么一直走下去,会不会就化入雾岚之中?这个场景似乎在无言与静谧中膨胀着,形成了一个神秘的气场,让掉进去与被吸进去的,都必须换一种方式去呼吸,去思想些什么。我站住了,大声唤了几句,如我一般走得很散漫、随性的习习、万万、土路,呵呵,还有感觉如"老大"的田瑛就从云雾中钻了出来。

我们已经与大部队落下了不止一个小时的路程,迷路了。没有了规矩,就有了心性的酣畅。

三

我们一步步地接近了三清宫的"气场",它是不是这大山的灵源所在?

更吸引我的是荒野小径旁、融于山势的一座废弃的小庙,庙前的青龙白虎居于野草之中,一不小心就会踩在它们的头上,这倒让这龙和虎有了许多的人间烟火气。我把习习拉到那有几百年历史的石墙边,给她拍出了许多让我满意的照片,我的行为带来了几个人排着队要在这一个点儿拍照,我对着那业已风化的、不大的、不让人心发虚的神像道着歉,原谅我们扰了他的清静。

有名的三清宫,香火倒不旺,这与大山的清静是相互照应的。三清山历来是道教圣地,据史书记载,东晋升平年间(357—361),炼丹术士葛洪于三清山结庐炼丹,鼓吹"人能成仙",至今山上还有葛洪所掘的丹井和炼丹炉的遗迹。于是,葛洪便成了三清山的"开山始祖"，三清山道教第一位传播者。

到唐宋时期，三清山的道教已经很兴盛，三清山一带开始出现成批的道教建筑。到元代时，三清山的道教已经分为全真派（出家）和正一派（不出家）。明代为三清山道教的鼎盛时期，明太祖朱元璋特别推崇道教，尊张天师为全国教主，贵溪龙虎山遂成为全国道教活动中心。三清山距龙虎山仅300华里，近在咫尺，传道、化缘的方士来往频繁，联系也极为密切。到清代以后，三清山在道教领域中影响越来越大，在全国的知名度也随之提高。雍正四年（1792）御制《钦定古今图书集成》所附的《广信府疆域图》中，正式地标出了三清山的地理位置。

1600多年的三清宫最大限度地保留了原貌，殿内幽暗，有一种仿佛从地心深处沁出来的凉意。道长在讲解着什么，我没挤进去。我待在门口，拍下了蕙姐敬于神前的那一朵小花，鲜艳的红在深灰色的香炉里，成了一种很时尚的色彩搭配。此刻，我完全沉浸于自己的小情趣之中，忘记了来三清宫是想探究它关于道教、神仙的天大名头，忘记了想知道，从这儿走出去、散落山中就不回来的那些与道教有关的人和物。喏，人们会告诉你，那个是老道问天、那个是仙人指路、那个是神仙的鞋，真的一只不小的鞋啊。可惜的是，想拍一张从云雾中探出头的巨蟒出山，可是，那巨蟒就一直神气地立于大中午的阳光之下，透出凛然之气。没有光与影恰到好处的合作，这张照片就太直白，毫无中式文化的含蓄。不过，金黄色的石头块块相叠，危如累卵，支撑起"巨蟒"充满欲望的三角形脑袋，大自然的造化，到此也臻于胜境了吧。

气定神闲的女神安详地盘腿而坐，这山峰据说是全国仅有的64座女神峰中最神似的一座。

大山太厚待我们了,艳阳高照,云雾升腾,接着是透透的大雨,淋得我们一行兴奋不已。最兴奋的是我的相机和我的心,真的是满了满了。

四

傍晚,我们坐在三清山西海岸的石凳上,久久地看着那群峰和苍松,夕阳将金粉涂抹上青黑的岩石,台湾松在逆光中被刻成剪影,云雾高升,如幕帘,欲将山峰遮盖……我记忆中那些熟悉的东西如云雾浮现了出来,那是王维的诗,赵孟頫的画呀。

"静胜躁,寒胜热。清静为天下正。"

于我而言,影像三清山看不到道家的三清,却看到了清澄、清明、清心这三清了,有这三清就和谐,内心安宁,这是人类良好生存状态的根本。

宽巷子　窄巷子

我要说说从前的宽巷子、窄巷子。

宽巷子、窄巷子只不过是成都无数条古老的小巷之中的两条，就像姐妹一样，她们紧挨着。

清晨，不经意间我走到了驻地旁的这条"宽巷子"，吸引我的是小店的幌子和门前盛豆腐花的木桶，还有那几位悠闲地坐在门前聊天的大娘。满巷都是老房子，老远我似乎嗅到了那老木依旧散发出来的清香，看到了在窗棂中舞蹈的阳光小精灵。

相邻的"窄巷子"好像并不比"宽巷子"窄，并且多了些绵长醇厚的味道。我喜欢这味道，她就是成都的气息。像茶，若即若离。那两个老人三把小竹椅、两只粗糙的白瓷茶杯、一个断了截壶嘴的茶壶，就那么有滋有味地品着，茶也许不是好茶，但心情肯定是好心情；那个身材修长的大婶，正在古旧的门楣下侍弄着花草；那卖花的小伙子骑着自行车，也不叫卖；就连那被牵着走的小卷毛狗也悄无声息。

街道肯定是老街。房檐上在晨风中摇曳的小草不知经历过些什么，总会有一些老的面孔消失，一些新的面孔出现。一些老的炊烟弥散，一些新的炊烟冉冉飘起。秋风一来，小草又绝尘而去，可来年他又成了一身葱绿的少年。

门楣上的"六合"是蒋介石的老师、国民党元老、书法家于右任所提,这位载入史册的老人是否曾在此安歇?

那从前深如许的庭院,如今已分隔成了好几个门户,已全然看不到旧貌。只是宁静依旧。

再幽深的庭院也会有一径青苔、一丛绿、一片落叶在阶前,还有那一缸寂寞,也许还有清晨和傍晚的一抹衣袂飘动,更有那凄婉有温润的故事发生。这一个庭院,小径依旧、那一缸寂寞成了游动的鱼儿。这会是哪个在俗情中没有俗心的人所筑?是谁在里面听风听雨听岁月淡淡磨过?那几个说着悦耳的成都话的女孩对我这么一个不速之客全然不在意。环顾四周,这个院落已成了一个招待所。

巷口的繁华喧闹与巷内不相干。白兰花的清香牵引着我行走在门扉紧闭的这所文物建筑的墙外,她是那么清冷,可远观不可近瞻,可意会不可言传。清是她的清、冷是她的冷。她就是以这样的气质,让有心人尝。

我喜欢这儿,我肯定来过这儿,一定和谁一起买过那个小伙儿的白兰花、茉莉花,一定和谁在这儿饮过漂着花瓣的清茶。小巷依旧,没有人理会我。

不知名的花默默地落,落着不知名的忧郁。

江湖·故事·偶遇

两枚戒指

我行走的故事，就从这两枚戒指开始吧。

八月的第一天，我第三次到了郎木寺。郎木寺不仅是寺名，还是一个小镇。一条小溪从镇中流过，小溪的北岸是甘肃碌曲的，南岸属于四川若尔盖。小溪宽不足 2 米，却有一个很气派的名字"白龙江"，如按藏文意译作"白水河"。

溪上的小桥头，有一间小小的店面，如意银匠坊，店主夫妇是本地的藏族人。临行的前夜，我和习习来到店里。习习看上了一块红珊瑚，央店家给打成一枚戒指。我们进入他们的工作间当然也是生活空间，那一块分隔板后是他们的床。

黑黑壮壮的男店家干着活儿，时不时地随着电视里的节奏，吼上一句"呀啦嗦"。我问他知道唱的是什么吗？他说，只读过两年书，听不懂。

他从一个小盒子里又找出一块红珊瑚，一脸坏笑地对着习习。习习一看是块好料，于是我们互相调笑着，它就成了我们第二枚戒指的料件。我们问他，这么开玩笑，老婆会不会生气。他说：老婆？算是吧。不会生气的，藏族女人不管男人的事情。

女店家进来，坐在我的身边。她初中毕业，在村子里算是文化人。因为小伙子有手艺，她嫁给了他，两人在郎木寺开店多年，生意一直不错，但多是为本地人打制首饰和腰带，所以，这么多年一直没有挪过地方，而隔壁的那几家每年的经营者都不一样。

小伙子笑了，他说，隔壁的是丽江来的，他们生意好的时候，脸上就是笑的，生意不好，就不笑了。

我问他的名字。女店家替他说："那么甲。"我笑着告诉他俩，以后别人问你叫什么名字，你就说："那么真。"女主人想了想，笑了起来，用藏语把我们的对话翻译给了那么甲。他仍然是一脸茫然。

那么甲专心地化银、锻打、下料、粗加工、精加工、焊接、简单抛光。

习习问女店家：孩子呢？她沉吟了一会儿，眼睛瞄着那么甲，说没有孩子。她告诉我们，去了好几个地方，包括省城的医院，但一直没有找到不能生育的原因。她说害怕去医院，医生都是汉人，语言不通，医生问的问题也听不太懂，回答不清楚。

我们一时无语。那么甲却唱起了欢快的藏歌。

深夜的郎木寺除了两间营业的酒吧亮着灯，没有街灯。那么甲打着手电送我们回酒店，他说，你们下次来就把戒指还给我，我给你们再重新打一对更好看的。黑暗中，我们听到轻轻的流水声和他的笑声。

如今，这一对戒指一枚在广州，一枚在兰州，它们的打造者在遥远而僻静的郎木寺。

庐山小教堂

它是庐山的一座小小的教堂。

青春年少之时，我在庐山待了四年，那时我是一个小兵。如今，20多年过去，我走过了无数的地方，心中却只有这一个地方铭刻着，磨蚀不掉。

那时，我每个周日都要经过这座教堂。一到周日，我沿着河东路，从美庐的门口，走上河西路，一路上坡，经过小教堂和东谷电影院，再经过庐山图书馆，左拐上台阶，经过邮局，就走上了牯岭街，我的目的地是新华书店。之后，我又顺原路返回。其间，我一定会在某一处停留。或者是从图书馆旁边，经过游泳池，沿着脂红路，走过周恩来故居，再经过美庐，走河东路回家。

当然，我还是最喜欢在周日的早八点左右，经过河西路边的小教堂，可以听到庐山话的祷告，真是美妙。

刚刚结束新兵训练，上了庐山，第一次上街，我们路过教堂时，就想进去看看，但班长不许。终于我可以一个人上街了，第一件事情我就去了教堂。时间尚早，人还不多。我穿着军装，慢慢地走了进去，一种神圣之感油然而生。一个中年男人，手捧着一本书，走到我的面前，用庐山话问我有什么事情。我说，我只是想看看。他很礼貌地用一个手势告诉我，让我坐在靠门边的最后一排。坐着的人和陆续进门的人都看着我。我感觉到了异样，起身离开了，那是一九八六年的冬天。

之后，两年时间，我只是从它的旁边经过。终于，我可以穿便衣上街了。第一次换装上街，我仍然是进了教堂。那个中年男人，面对众人站着，他没有注意到我。于是，我坐在中间的位置，听着那男声为主的祷告声。当然，我知道了那个男人是干什么的，也知道之前他为何不让我"长驱直入"。这一幕，现在想来，恍如隔世。

它是庐山最古老的基督教堂，建于一九一〇年，面积大约200

平方米。正门的右手靠河边,是东谷电影院,这个电影院只放一部电影——《庐山恋》。教堂原是英国基督教会医学会堂,后来被"牯岭美国学校"借作教室,新中国成立前又被改作基督教小礼拜堂,至今保存完好。

因为这里与美庐只有一涧之隔,所以蒋介石与宋美龄夫妇在庐山期间经常到这里做礼拜。一九四八年八月十五日,蒋介石、宋美龄最后一次来此基督教堂做礼拜,十八日离开庐山后,再也没有回来。

"自由岁月"

丽江的束河古城,这是从前茶马古道上的马帮聚集地,据说比丽江的大研古镇的历史还早两百多年。挑水巷里的"自由岁月"驿站坐落在古镇的边上,临近龙泉寺的九鼎龙潭。主人是一对从前在新加坡电视台工作的中国台湾人。

王大哥和他的夫人晓芳离开新加坡后,在深圳工作过,十年前他们来到了这儿"安营扎寨"。

"自由岁月"的狗也那么自在,"比利"和"小小"是一对"兄妹",对"来的都是客"这一点掌握得很好,一个劲儿地摇头摆尾舔人脚丫,刚坐下,它们就一个接一个地蹿到人身上。

王大哥夫妇都是爱玩的人,走自己的路,过自己想要的生活。希望在自己悠游生活的同时,能够将以后客栈的一些盈利为藏区的学校做一些事情。

小小的院子是石头筑就,用整条的石块,严丝合缝地垒起,黄泥勾缝,大块石头做地基。近院子门口种上了紫藤,对着门的院墙边紫荆还有一些不知名的花草正在开放。也有兰花，但不是精品，虽然也娇贵清雅，却和那些恣意地生长的植物随意地待在一起。那棵小小的向日葵下偎依着一大一小两只纳西人的吉祥物"瓦猫"，它们还有两大长得很高大的"兄弟"正站在驿站的门口站岗。厨房边的篱笆上挂满了老玉米，我看也只是为了装饰。厨房是最简易和开放的，居于此的都可以用。驿站不大，是纳西族的土木式构造，相对着有两幢房，右边是一排平房，左边是两层木楼，好像只有三五间可以用于接待，有趣的是，有的朋友来了就不想走，宁愿在小院子里搭起帐篷。这儿没有电视，但电脑、冰箱和洗衣机还是有的。

他们很喜欢朋友说过的一句话："还记得我们共同走过的那段自由岁月吗？"所以驿站有了这样的一个名字。这里没有客人，来的都是主人。

王大哥和晓芳是知道生活本真的人，他们一直认为，束河值得潜下心去慢慢体味，它自有一份尚未被彻底打乱的宁静和安好。这笃定自如的气度，除了建筑本身所具有的历史恢宏的质感外，也因世居于此的束河纳西人，面对越来越多的城里来客，他们始终安然地接纳。他们会与你微笑问好，会好心给你指路带你穿遍各条小巷，也会与你斤斤算计买卖钱财，他们本分、淳朴，却也精明。这精明并不是那种商人式的投机和算计，而只是他们守护自己利益时那种天生的直觉。

我们坐在屋檐下喝茶，狗狗蹿上了坐在摇摇椅上的晓芳身上，她抚摸着"小小"，平缓地说，去年他们夫妇开车去拉萨，在寺庙里和大街上，每天都会看见一些慈祥的老妇人怀里抱着小狗去寺庙里转经。那些小狗也是那么慈眉善目，眼神从容淡定，似乎充满着佛性。晓芳说，可能是每天的转经让它们也修身养性呢！狗不仅仅是只通人性吧?! 可爱的晓芳的一番话，引起了大家的笑声。

王大哥说，束河是天堂，可我认为，天堂在自由的心中，在人心所及之处！

与土地融合在一起

这张照片是我在青海同仁的年都乎寺拍的，一条小小、窄窄的巷道，两边的院墙里伸出的不知名的果树结满了果子，熟透了的果子掉落在地上，无人捡拾。

片子是拍于青海"六月会"期间，这一个时期，寺院的大门边是有记号不让女人进寺院的。我们也犹豫了一会儿，决定去闯一闯。

下午的年都乎寺，除了大门边的几个施工人员，再没有见到其他人，安静得会被自己的脚步声惊吓。我和习习近乎蹑手蹑脚地行走在其间。

大殿后是喇嘛的住所，土夯起的院墙，也就是俗称的干打垒。每一扇门都关着，有的上了锁。我们从门前的情形来看这一家的情形，门锁锈迹斑斑，这一家主人可能很久不在家了；门前长满杂草的，说明已无人居住。这自然给了我们无限的想象。

我们走到了这一巷道，想去果树的后面看一看。我们踩着地上的果子，穿过了低垂的果树枝条。经过一段院墙，看到了一个废弃的院子，没有门，门框也已腐烂，走进去，房屋已经融于土地成为大块泥土，很小的院子中间有两个长满了杂草的土包。我们愣了一小会儿，相对着蹦出了一个词："坟墓。"于是，拔腿便跑，不顾低矮的果树刮着我们的头。

我们坐在大殿的门口，让自己定心。这种情形让在藏区晃荡多年的我们产生了好奇。

终于，我们在伙房找到了一个正在休息的厨工。我们与他先聊了一会儿。之后，我们问那个院子里的坟墓是怎么回事。老厨工说，他爷爷以前就是这里的厨工，告诉过他那个院子的事情。那是两兄弟，十几岁时一起出家来到年都乎寺，在大家的帮助下，夯垒起了一个小小的院子和两间房，两人在寺里生活修行了几十年，后来，哥哥就病了，弟弟一直照顾着他。哥哥去世时，要求弟弟把他埋在院子里，说这里就是他的家，和弟弟做伴。几年之后，弟弟也去世了，他让他的徒弟将他埋在哥哥的墓的旁边。

老厨工说，记不得多少年了，他爷爷在这里做事的时候那院子里的墓就有了。

草儿一年又一年地枯荣，果树一年又一年地结果落果，无论以什么方式，最终都是回归土地。

回到广州后我查了相关资料，年都乎寺由丹智钦初建，第三世夏日仓根敦赤列（1740—1794）时期成为隆务寺属寺。也就是说，在十六世纪初，这个寺院就存在了。

莱蒙湖畔的老人

这一天的傍晚，一如前几天，我在洛桑的莱蒙湖畔散步。

左边是湖，右边是奥林匹克公园。那位优雅的老人又在长椅上坐着，专注地望着远处的山水。

我走近她,她友善地对我招招手,说:"Hello!"我们聊天气,聊美好的山水,聊低空飞翔的海鸥和湖水中的天鹅,当然还有那停泊岸边的豪华游艇。

老人从来没有到过中国,但她知道北京,知道北京烤鸭。她听说我是作家,爽朗地笑了起来,说从小她就想成为一个作家,如今看来这真是一个梦想。

老人是英国人,上大学时遇上了一位英俊的男人,深深地坠入了爱河,她放弃学业,跟着爱人来到了他的家乡——瑞士。几十年过去,瑞士成为她的故乡,她爱着那里的一切。退休后,她和先生每天都会在这个时段来湖边散步,风雨无阻。可惜的是,前年,她的先生去世了,但她仍然坚持每天来散步,喂海鸟,静静地坐上一阵子。

我问老人知道韩素音吗? 老人不知道,于是我讲了一个故事。

韩素音是一个国际知名的作家,中比混血,父亲是中国第一代留学生,母亲出生于比利时的贵族家庭。她就读过燕京大学,在布鲁塞尔大学留过学,在重庆当过助产士、在马来西亚开过药房。

她非常美丽,让很多人着迷。韩女士有三次婚姻,一位是国民党的少校,后来在中国东北抚顺战死了,第二位是英籍高级警官,婚姻维持了4年,第三位是印度陆军上校,两人后来定居洛桑,相濡以沫40多年。

这位学贯中西的女作家,写就了很多佳作。二十世纪四十年代,她的自传体长篇小说《瑰宝》被好莱坞拍摄成电影《生死恋》,闻名于世。她与中国的毛泽东、周恩来,美国的基辛格,法国的戴高乐,印度的尼赫鲁交往深厚。

韩素音对中国感情深厚,在二〇〇九年曾经写道:"我虽客居烟波千顷的瑞士莱蒙湖畔，又因身体原因，已十余年没有回到中国看看了，但这丝毫不能冲淡我对她的感情，因为中国是我的祖国，是我的骨肉，我的灵魂，我的生命。"

"Oh, amazing." 我身边的老人发出了一声惊叹，"How is she now？"

当听说韩素音于二〇一二年十一月二日在洛桑去世，落葬于家附近的墓地时，她发出了惋惜之声。

老人问我韩素音葬在哪里，她要去献花。当得知我不知道时，她表示明天就去了解，一定要找到这位奇女子的墓地。对我第二天就要离开洛桑，她感到遗憾。老人认真地告诉我，她一定会去将韩女士的书找来读，并用文字记录下自己的感受。我也认真地对她说："May be you will become a writer."

马赛马拉寻医记

我于二〇一八年十一月去的非洲，参加一系列的文化活动，本来是暑假成行的，也不知道怎么回事，签证的日期一拖再拖，就到了年底。本来有私心想看看非洲大陆的动物大迁徙，可十一月动物们早就再次安居乐业了。

更不巧的是，我此时正遭遇网球肘和肩周炎的痛苦，整个左胳膊根本就无法抬起，左肩无法运动。即使这样我还是背上了我大大的摄影包。

因为身体的原因，整个行程除了临时兼职担任翻译（陪同我们的导游不专业，语言不过关），和与非洲作家进行基本的交流，我基本沉浸于我的病痛之中，体会着那种不知怎么用语言表达的拉扯着的毫不停歇的痛，那是一种止痛药也止不住的疼痛。

离开内罗毕，第二天要去出发去马赛马拉大学参观考察。说起马赛马拉，实在是让我大感兴趣，这是肯尼亚的国家森林公园所在地。我收拾好行李，发现止痛药没了，出去买也来不及了。反正也坚持了好多天，估计能忍受得了。

马赛马拉大学是肯尼亚的一所公立大学，成立于二〇〇八年，位于纳洛克小镇，这个镇子上的人口不超过 3 万人。傍晚，我们到了纳洛克，住下后，我胳膊痛得着实忍无可忍了，揪心地痛。于是，我约上同伴出去找药店。小小的镇子没有药店，有一个小医院，就像我们国内的小诊所，两个医生，两个护士，医生和护士也兼药剂师。

很小的门面，分成三个区域，中间的空间摆着一张学生课桌般的桌子，后边坐着一个黑人小伙子，穿着凉拖鞋，脚和鞋分离。他看到我走过去，很不耐烦地用手一指，我明白了，他让我排队，我前面还有三位。这种情形突然让我感觉是在国内医院。

站了好一会儿，我一直拍打着我的左胳膊，这时，我左手边标着"Pharmacy"（药房）的窗口里的一个黑人女护士和我打招呼，可她说的话，我一句也听不懂，不是英语。我只好对着她用肢体语言，抬起左胳膊，拍打着肘部和肩部，做出痛苦的表情。之后，她似乎明白了，从柜子里拿出一盒药，用剪刀剪出三粒，拍在窗台上，然后打印了一张纸给我，2.60 美元。

我读着说明，这是英国生产的止痛药。我自言自语地说："还是止痛片嘛。"

这时，从右边过来一个黑人小伙子，边走边擦手，他看到了我，他"咦"了声："Chinese？"我点点头，哈哈，他热情地笑着，走到我的面前，说起了磕磕巴巴的中文："知道广州？"我说我来自广州，他跳了起来，一蹦三高。他曾经在广州中医学院学习过一年，咱们在异乡遇到了"同乡"呀，激动了好一会儿。

当他知道我胳膊痛，他说"肩周炎""按摩"，于是，就在门口，他就开始对我的左肩膀和左胳膊开始"施行武力"，确实，是武力，他的手法实在是不老到，手劲又大，我还得忍着另一种痛。我俩的举动，引来了好奇人们的围观，我很尴尬。只说"好了，好了"，"可以了，可以了"。可他还一直兴奋地边回忆他心中的广州边给我按摩。

我只好使劲对我的同伴使眼色，同伴慢悠悠地说：医生，我们得要赶紧回去了，晚上有会议。

内罗碧的李大姐

内罗碧很像欧洲的小镇，历史上它是英属殖民地。但考察非洲的传统文化，内罗碧是必选的，没有之一。不要把内罗碧想象得很穷困，可以说这是一个美丽的、秩序井然的城市。

我们与市政府的文化部门交流时，翻译是一位中国人，河南小伙子，曾经在深圳居住过几年，后来，来到内罗碧大学上学，就留了下来。他的个性稍显木讷，翻译得也不是很到位。于是，第二天给我们换了一个翻译。

我的同事们先见到她，李女士，她已经年过50岁了，比我们团队的最年长的团员小2岁。同为女性，她和我走得更近一些。她担任翻译，怎么说呢？也许民间可以，但官方的翻译她还是力不从心，好在我和另一位团员还能补台。

李大姐个子不高，不胖不瘦，文着黑黑的眼线，已经洇开了，像两个大的黑眼圈，她没有化妆，还是显老态的，操着京腔，声音略粗哑，也许是因为她一直抽烟吧。

李大姐来自北京，在内罗碧近 20 年，她有五年没有回国了。出国前，她在北京的一个街道工厂工作，早早地就下了岗。下岗不久就离了婚，孩子才 3 岁。娘家负担也重，加之父母本来就不同意她的婚事，所以她也不回娘家。她说她那会儿那个难呀，谁能帮她养育孩子，她就跟着谁。她自己也没闲着，啥事儿来钱就做啥。后来，孩子也长大了，上小学了，调皮得不行，不好好读书。她有一个拐弯抹角的朋友在内罗碧做小生意，她就在一九九〇年的春节时跟着朋友到了内罗碧。

她说，起初在一个小店面卖从国内倒来的电子元件，后来就啥都卖，钱赚得不多，自己过日子没问题。儿子放在妈妈家，生活费、学费啥的都她寄回去，所以这么一来，她的生活又紧张了。随着国内出国旅游公干的人多了，她们一个小"团伙"就与国内的旅行社联系上，在肯尼亚做地陪。"中国人的钱还是好赚，大方。"她吐了一口烟。

我问她想不想回国，她说回去干啥？她在北京一无所有，除了老妈还活着。出来 20 年，只回去过两次，一次是爸死了，一次是换护照。现在儿子也来了，在内罗碧卖电子产品，现在中国的电子产品可不是当年那些元件了，只要非洲人的脑子想得到的，中国都有。儿子生意不错，可生活麻烦，他不想娶黑人做老婆，可又生了个黑孩子，这多大个麻烦，以后怎么娶中国媳妇啊。

离开内罗碧的前一晚，李大姐来到我的房间，客气地说明天她就不随行了,然后,她从背包里拿出几条披巾,说是国际一流品牌,80美金一条,让别的团员也买。我说,天晚了,其他人都休息了,我买就行了。我知道这是仿品,且对国际一流大牌不那么有感觉,但我买了,她手上的四条我都买下了。

埃塞俄比亚的咖啡爱好者

在乘坐埃塞俄比亚航空的班机之前,我对这个国家一无所知。但这家航空公司的空姐真让我惊艳。

带着这种美好的感觉,我们到了首都亚的斯亚贝巴。

位于海拔2400米的高原之上的亚的斯亚贝巴,按当地提格雷语的意思是"新鲜的花朵",这个城市有80多个不同的民族,说80余种不同的语言,人口近400万,还有"世界春城"的美誉。

下了飞机是早晨7点,所有的店铺都没开,我们要找早餐店。中巴司机把我们拉到了近郊,他们说是近郊,按我们国内对城市与郊区的感觉来区分的话,我感觉和城里也差别不大。这家店,是几个湖南人开的,对于我们一行来自国内的人,他们司空见惯了,懒散得很,好在如此,我们也自由。

近9点,我们的地陪来了,也是一个湖南人,一个从国内来到埃塞俄比亚才3年的姑娘,小罗。

小罗很热情,也很好学,她会把她对这个国家的认识和印象、感觉说给我们听。我们一群人与她很聊得来。

小罗来埃塞俄比亚是因为她的丈夫在这儿做项目。她大学毕业在郴州工作,她丈夫到非洲做工程,后来她生了孩子,婆婆和妈妈身体都不好,她只好辞职在家照顾孩子。孩子两岁时,她和丈夫商量好让孩子提早上幼儿园，婆婆接送，小姑和其他家人协助带孩子，她来埃塞俄比亚寻找商机，也算是陪着丈夫。

她来到亚的斯亚贝巴后，丈夫租了一小套房子，稍事安顿，她就去找工作，没几天她就找到一家小小的贸易公司，做咖啡加工和出口的，当然，出口量很小。她很喜欢这份工作，这引发了她对咖啡的无穷兴趣。

上个月，她辞职了，因为她也学会了一些当地的语言，她准备自己多方考察咖啡园，学会选好的咖啡豆，学习烘焙咖啡豆的技术。她希望接下来做自己的咖啡品牌，做那种精品的、小众的咖啡，销售到国内去，估计肯定有人喜欢。如果有市场，那就继续做，如果没有销量，那就当自己做自己喜欢的事情，锻炼锻炼自己。反正陪着老公，每年回国一次看孩子，等老公的项目结束了，就回湖南，去长沙开一家咖啡馆。

当旅行社找到她，希望她来做我们这个团的地陪时，她正准备去有点儿远的耶加雪菲小镇，那里出产的咖啡是埃塞俄比亚精品咖啡的代名词。她一听说是一个文化代表团，就接下来了，结束我们的行程后她就出发去耶加雪菲。

我说那么远，你自己开车？她说："老公陪着去，其实，在这里还是挺安全的。"

独龙江，那一刻我无语……

这是一个梦吗？抑或是醒着？
对此我一无所知。

——约·冯·艾兴多尔芙

面对独龙江，我失语。

从心底而来的一种畏惧，这是从未有过的。就是时至今日，我仍然不敢去回想。那一刻，很真切地感觉到灵魂之光黯然，那一束光不是以我个人之力能把握得住的。

怒江的深处是独龙江。

独龙江就似她的名字，如一条孤独的龙卧在高黎贡山和担当力卡山之间，往西翻过担当力卡就到了缅甸，往北到了熊当村路分两条就到了西藏，一条经向红村往日东方向，一条经麻必洛村往察瓦龙方向。也许，这样一说就可以从地理位置想象她的所在。

在"独龙江"这个词出现前一定是会有"怒江"的。我不知道怒江这个词是从什么时候进入我的脑子的，可能就是因为地图、因为这个"怒"字，让我心生了不少的想象。那时，我就知道，我会走进怒江。那次我去腾冲，就想往怒江去，可是鬼使神差，我无聊地去了瑞丽，并当晚就飞回了昆明。

今年的七月，我到了昆明，本没有很坚定去怒江的打算，可因为很人为的原因，不由分说地，怒江就来到了我的眼前。从六库到贡山，第二天我就和小杨（傈僳族）师傅进独龙江了。这一切的发生似乎有些身不由己但又是水到渠成。

一路的我，坐在小杨那辆改装的北京吉普车上，是那么欢愉。我视线中的一切是那么不可"理喻"，大自然为何会在此生成如此之态？我对大自然的一切充满好奇，因为我的内心充盈着一种情感，这种情感常常会让我喜不自禁。我爱着，就像热爱眼前的这一块土地。

我对我的朋友说：我会安全归来的，因为有你为我祈福！是的，我坚信这一点，就如那一刻我坚信，我的四周有许多大自然的神灵，他们一定在守护我，也一定会像我爱着他们那样地爱着我。

那时，我是愉悦的，愉悦得以至于事后想来真有一些与年龄不相符的幼稚。天上的白云、路旁的泉溪、直指云天的大树，以及突然出现在眼前的小动物，这一切都让我开心不已。小杨说，从贡山到独龙江的孔当村，他走了5年，我是他遇到的第二个独行独龙江的女人。他是一个快乐的人，他说：你不是想和白云更接近吗？那你就爬上我的车顶，那里会让你更接近天空、更自由。

所有的不安全、路难行，对我没有任何影响，虽然这路况之差是我有生以来第一次遇到的。泥泞和颠簸就是贡山到孔当这96公里的代名词。小杨一直教我，车颠时该怎么坐，而我却一点儿也不以为然，既然无力反抗那就快乐地享受。时不时，我除了下车拍照之外，就是帮小杨去搬石头填在车轮下，或者是车过豁口时，我下车自己走过，小杨说这是预防真的有"万一"时，能保住我的小命。

在垭口，那山景的美让我哑然，我似乎已对这一路的青山绿树，或鸟语花香，以及闪闪发光的露珠、潺潺顺山而下的泉溪，滔滔不尽的大河无法添加更多的形容词。我也只能感受渐渐明亮的阳光下，那轻烟一般散开的薄雾，那星斗一般寥落的村庄，那棋子一般点缀的牛羊的存在，而无词语能让这一切如画般地呈现出来。从大体上来说，它们是相同的，因为我们所看到的，抑或说组成沿途风景的要素是一成不变的，山、川、树木、白云，这让我们的语言近于贫乏。但实际上，它们又是完全不相同的。这些要素之间的组合却是无穷地变化着，各种线条、地势、色彩、光以及声音，无时无刻不在产生新的变化。其结果使这座山与另一座山、这一处与那一处、这一个角度与那一个角度迥然相异。如果说艺术已然形成它自己固有的语汇，而在此，完全能感觉到，除了我们日常所见所用，大自然就美而言，尚未形成自己的语汇。

这样的地方无疑是有神灵的。他们飘来飘去，寻常肉眼看不到一点点蛛丝马迹。说不定，途中的所有的偶遇都是他们的化现。

面对大山、天空、美景，想些什么才能对得住他们？我想了许多尘世间的东西，但我想到了灵魂，因为在尘世中灵魂无处寄托。有一本名为《论灵魂》的书中写道，"植物和动物是凭着一种形式（灵魂）和一种质料（身体和肢体）而成为实体的存在物"，"灵魂应当是植物和动物赖以成为现实的植物和动物的东西"。那么，灵魂如果真的存在的话，我们的生命必然受灵魂主宰。同样，我们的一切言行和成长都将围绕着一个轴子：灵魂。灵魂使生命得以鲜活，得以被光照而映现出五光十色。

此时的我，正越来越靠近一个轴，一个旋转着的轴。

沿独龙江而行时，江在我的右边，往下看去，它就在那儿。从高处看下去，河道不宽，水流不急、清澈。而小杨告诉我说，那水才急呢,只不过我们与它相距有一千多米感觉不到而已,如果掉下去,别说车,人肯定是找不到的了。我一向恐高,不敢往下看,但是忍不住地想体会高度的感觉。也许那一刻有一种心理上的快感,但更多的是恐惧。

车身一侧歪,我惊呼起来,手紧紧地攥住车把手,出了一身冷汗。而小杨很轻松地说,没有关系,掉不下去的。平静下来,我问自己:为什么要来到这儿? 我是不是在自虐? 无人能给我答案!

我和小杨开起了玩笑,如果我"下去"了,就一定要给我立一个碑,写上:这是一个女人! 就行了。小杨大笑起来:你这个人太好玩了,谁给你立? 那个时候我也下去了,没有了,等别人能看到的也许就是到下游去了的车子了,可能就出了国了。

我似乎感觉到那一个轴转动得越来越急。

我突然很想离开这个地方,回到我的尘世。

景色比我们沿途所见更美,因为能到这儿来的人极少,而散布居住在这个峡谷地带的只有不到四千人的独龙族人。这是否就是我想象中的原始文明的世外桃源了呢? 其实也不,靠近孔当,我看到了正在施工中的一个很小型的水电站。我下了车,在周围转了转。民工说:修水电站好呀,以后就有电用了。也许,民生问题和国家的有关规定有时是互为矛盾的。

经过八个小时的行程,下午 5 时我们到了孔当,独龙江的政府已从巴坡搬至此。我们当晚要住在兽医站。在这儿手机有了信号,我迫不及待地与亲友们联系。

那一个急速旋转的轴,一种离心力,我被抛了出来。

慢慢地，天开始暗了下来，我突然感觉对面的大山裹挟着孤独，以排山倒海之势向我压了过来，独龙江水的声音也突然变得那么凶猛咆哮。

有人说过，人最大的不幸是来自身体和灵魂分裂。可现代人身体和灵魂常常是异处的。

朋友发来信息：将心胸向无邪的山水敞开，那是一种幸福！

我无法控制地失声哭了起来，在这个陌生的地方，我更真实地感受到这世界似乎已将我遗弃，在我还没有完全看清她时，她就把我弃之一旁。

小杨走到我的身边，挨着我坐在一个低矮的板凳上，也不说话。一会儿，他起身从车里把我的衣服拿来，披在我的身上。我又大声哭了起来。从旁边的矮窗里探出了一张女子的脸还有一张递过来的纸巾，这位在兽医站工作的女子说：我刚来时也是你这样的，但过了段时间就好了，麻木了。

我慢慢地止住了哭泣，接过姑娘递过来的纸巾。小杨在旁边笑了，他说：吓死我了，我还以为你有神经（精神）病呢！来的时候高兴得把我的车顶都要掀翻了，到这儿了又哭成这个样子！

离开独龙江，还是我和小杨，似乎是归心似箭，可归于何处？独龙江之行让我成长，让我自省也让我变得更注重情感与分辨情感，我会更珍惜已经拥有的，也不会在那些无谓的事情上花费精力。

美景依旧在她原来所在之处，但白云没有了往日的影踪。

在路上，我给朋友发去短信：这是一次极为痛苦的旅行，但我一点儿也不后悔，因为它让我成为更完整的自己。与这充满神迹的天堂相比,我还是宁愿在尘世中堕落。

后来,我和一位作家朋友聊起独龙江之行,我告诉他,一点儿也不矫情,那种情感太真实了。我的朋友很坚定地回答我:这是爱情!也是彻底的哀伤,可以想象,那一刻,你身处的地方,一定是微凉的,空气是潮湿和冰冷的,心像被水洗过一样。那一刻你怜悯自己了,而怜悯,是神的专利,所以,那一刻,你接近神迹了。

我很清醒,甚至可以说,我更加清醒了,我所能做好的就是"自己",不论是尘世还是"天堂"。

要光就有了光吗? 从人生来说,完全不会是这样的。

那一年,香格里拉

四月十一日　周四　阴

一大早,闺密的丈夫卢鲲就把我送到了昆明机场,去香格里拉(中甸、迪庆)的航班都是很早的。

这飞行员肯定是个新手,那飞机就像遇上风浪的海船一样,摇摇晃晃地着陆了,我很少有的晕机了。

天,灰灰的。军分区的周干事接我。

几乎每次都这样,大哥知道我要出门,就要告诉当地他的战友,让他们关照我。但,我常常会演一出"出走"的大戏。

周干事是一个很好的"导游",他一路告诉我哪里好玩,哪里没有什么意思,可他不知道,他认为好玩的地方我肯定感觉没有意思。

他是贵州人,带我去吃"花溪米粉",这正对我这不舒服的胃呀。

今天,几乎所有重要的记忆就是松赞林寺了,这个"天神游戏的地方"。一六七九年动工,一六八一年竣工的这个寺,至今香火很旺。

周干事告诉我,一九三六年的五月,红二、六军集结在中甸,当然,故事的发展就是贺龙通过很大的努力,得到了松赞林寺筹集的10万斤粮草。30年后,贺老总和松赞林寺却遭受了灭顶之灾。周干事对我进行了一番很好的革命史教育。

中午,周干事带我到了军分区旁边的一个小餐馆,我看到首长已经等在那儿了。这是他们的一个工作餐,说我也曾经是军人,还算是军人家属就不当外人。他们在说着话,我一言不敢发。一会儿,进来两位军人,敬礼然后落座,说圆满完成了任务,收缴了那两车从印度过来的军火,没有抓人。啊哦!紧张、兴奋。

我对大家说下午不出门了,在房间休息。然后,悄悄地我一个人去了独克宗古城。分区就在古城的边上,挨着的。

在一家藏式的名为"布拉达"的咖啡馆,我上了二楼阳台坐着,无聊。上来一个给我续水的小姑娘,我猜她的名字是卓玛,一问真的是,呵呵,当然可能姑娘蒙我,也很可能遍地都是卓玛。

在古城里逛了好一会儿,在"柴虫"小店和一个白族姑娘聊天,跟她学做首饰,拍了好些水平不高但我喜欢的照片。走到了大街上,烈士陵园的门口。"烈士",这个名称让我有些诧异,但门关着。大门边有一个长溜状的酒吧。

这就是卢一萍的书里写过的"西藏咖啡"。老板扎西是香格里拉民间自然保护协会的会长,妻子是一个法国人,博士,他们的婚礼是在雪山下举办的。

周干事给我打电话,他来接我去吃晚饭。但他站在酒吧的门口,怎么也不肯进来。

四月十二日　周五　阴

离开昆明时,老雷告诉我如果有事情可以找写诗的扎西,一大早我给德钦的扎西打了一通电话。然后,我给首长留了一张纸条在门卫小新兵那儿,跑了。

扎西说他乘车往中甸方向来,在中途办点儿事情,让我在奔子栏一个名为"醇香园"的酒店等他,找一个叫强巴的人。

奔子栏,强巴。我想起了《从奴隶到将军》这部电影。

这一天的经历,我一生难忘,因为我遇到了这里的卓玛。这一个卓玛,她在我的面前将所有一切放开,那种我没有经历过的别人的快乐,深深感染了我,让我紧随着她,还有两个孩子放纵地大笑和疯跑,在金沙江边。

可扎西一见到她紧拉着我的手,从江边陡坡爬上公路的那一幕时,他愣住了。卓玛走后,他告诉我,她是个疯子! 我也愣住了,但我说:今天我是如此的快乐!

一路往德钦去,我沉思着。扎西问我,还是在想着卓玛? 我说:我想到了神性。

晚上,扎西请我在镇上一家饭店吃饭,一路都是他的亲戚,这饭也吃成了流水席。他不停地向人介绍我这个"汉族女人"是谁,来干什么的。临近散席时,终于来了一个汉语说得很流利的壮实男人,扎西称他小马哥,是一个从事环保工作的藏族人,海归。好在这不是一个以"拯救人类"为己任的"环保斗士"。小马哥出生于中甸,小有财产,藏名是提布次仁,小学时老师为了好记,把全班同学都给改成汉名,老师姓马,全班同学就都姓马了。

四月十三日　周六　阴

早晨,很兴奋地给老雷发短信:雪山入窗!

我一推开"藏乡大酒店"最好景致的这间房的窗,眼前就是雪山,云雾缥缥缈缈地就进来了,犹如天香熏室。但之后扎西告诉我那不是卡瓦格博(一般都称为梅里雪山),只是一座普通的雪山而已。这种天气是看不到神山的面貌的。

我乘车去佛山(这里也有一个佛山啊)的车去看卡瓦格博,遇到麻烦了,前面塌方,无法前进。在扎西的催促下,我改乘一小"面的"返回镇上。我和他喝着茶聊天,这个多情又侠义的藏族人,讲着自己的故事,朗读自己的诗。也许他在故弄玄虚,那些故事处处都是神迹。

没有看到卡瓦格博我不甘心。得知路已经可以通行后,扎西、小马哥和我一起去。我们在观景台旁边的人家坐着喝茶,我和扎西在院子里等着,祈盼云雾的消散。小马哥在屋里通过互联网工作,一只大黄猫依在他身边。

晚上,扎西要去唱歌,也不知道他从哪个角落拉来了一堆朋友,反正他说都是他的亲戚。确实,藏族人的嗓音很独特。

喝了不少酒,胃不舒服,被子似乎能拧出水,无法入睡。开着电视,看西藏台,满耳都是听不懂,蹦跳着的语言。

四月十四日 周日 阴

小马哥服务的那家美国 NGO 总部在中甸,在阿东这个云南与西藏交界的地方有一个小型的民间环保项目。就是为了降低藏民因为祭拜而引起山火的可能性,要在几座山头建小庙,周边的山民都来此集中祭拜。

我决定与他们同行。

小马哥、木梭、白茫师傅还有我,乘车过明永冰川的路口,右行,往西藏方向去。贴山而行,过木桥,我一身冷汗。

车到尽头,该骑马了,我犯晕。被荣波村村长阿来一推,我上了高头大马,走在悬崖小道上,紧张得心是揪着的。木梭说快到了,我长出一口气,才发现我的手已经僵了,弯曲得厉害,好一会儿才恢复正常。

刚到一小块平地时,一个孩子从晒青稞的高架上跳下来,惊着了马,我的马一跃往前冲去,把我狠狠地摔到地上。慌乱中,我只知道有一个人用身子护住了我,挡住了退后的马。我赶忙抓起眼镜起身,看到阿来用他的肩膀挡住了马。白茫师傅也摔下来了,我俩相对大笑。

我感觉到了我的呼吸有一些不畅,右边的腰一动就痛。小马哥让我在阿来家休息,不要继续上山了。我用力活动了一下身体,认定不会有大事儿,决定继续与他们上行。

在海拔4200米的山头,他们在检查小庙的基建工作。我在门外的一堆没有熄灭的火堆旁烤火。雾越来越大,什么也看不见了,只听见不远处传来的牦牛的脖铃声。我腰痛,伸直了腿,静静地坐着,有一些恐惧。听着大自然里的声响,仿佛置身于一个无人的境界,一时无法回到人间。

我的想象就如一只鸟儿飞翔,无限散发开来。当原本恐惧的事情发展到一个极致时,便不再可怕,取而代之的竟是一种无以言表的美丽。

晚上,为了欢迎小马哥的到来,在阿来家举办一个晚会。我认识了阿慈,15岁,阿来的孙女。她一直黏着我,整个晚会她都抱着我的胳膊,小马哥说让我带她回广州。我看出来这家的家族构成有一些意思,于是我悄悄地问木梭,这是不是一妻多夫的家庭,他说是。阿来村长两兄弟共娶了一个妻子,另一个出去做生意了。现在在家管事的是阿来的大女儿,就是阿慈的妈妈,她却是招了一个上门女婿。有关藏族的婚俗,我感兴趣。

木梭拉着弦子,引导着男男女女舞起来,还充当艺术指导,让每一个女人(代表一个家庭)编歌词,让大家紧张起来。我一句也听不懂,只能感受气氛。

我们要摸黑赶路了,阿慈一直拉着我的手,念叨着奶奶教她的"嬢嬢"。

可以看出,村民们真的做好了准备,不希望我们离开的。

四月十五日 周一 阴

"有时候,桃花的坠落带着巨大的轰响,宛如惊蛰的霹雳。"这是马骅的诗句。

扎西和我讲了诗人、志愿者马骅的故事,那些细节挺感动我的。扎西和马骅是好朋友。扎西承认,马骅的所为他做不到;我承认,我也做不到。

木梭是个多才多艺的家伙,能唱会跳还会作词编曲,现在在藏区流传的《耳环姑娘》《童谣》等都是他的作品。

我感觉歌者是在让他人愉悦的同时先让自己愉悦,这才是艺术的最高境界吧。但我,木梭称为"汉族女人",无法放下那一种无形的拘谨。我为歌声和歌者所感动,尤其是木梭为我唱的《难忘今宵》,让我流下了泪。

木梭说，许多民间的歌谣的歌词是现在的诗人们写不出来的，比如：

我最喜爱的颜色是白上再加上一点儿白
仿佛积雪的岩石上落着一只纯白的雏鹰
我最喜爱的颜色是绿上再加上一点儿绿
好比野核桃树林里飞来一只翠绿的鹦鹉

四月十六日　周二　阴

"白茫"藏语的意思是"莲花"。白茫雪山的垭口是云南省公路路程海拔最高处，4230米。在整个白茫雪山的路程中，要经过近20座高于5000米的山峰，是滇藏线的重要路段。

鹅毛般的大雪，修路的藏人的褚红色的皮袍，形成了很强的色彩饱和度。

车辆在山峰间回转，一天之内可以经历四季。

因为大雪封山，不允许车辆上路。小马哥与当地的官员联系后，我们还是上路，返回中甸。路上他说白茫师傅的技术高超，他放心。师傅却说：如果路况实在是不好，我也不冒险，要返回的。

路上有不少车辆停在那里，一动也不敢动，害怕滑下山去。遇到有危险的情况时，白茫师傅就要我们下车，自己往前走一段。一路上，师傅解决了几辆车的危急状况。最后，能行走的车全都跟在我们的车后面一路慢慢往前行，形成一个车队。

德钦一个老藏人说过一个故事。一九八六年十月，九世班禅大师工莅临德钦时，行进在白茫雪山，大雪封山，不得不换上德钦本地的司机，用了几台推土机推开厚厚的积雪才能继续行进。

我还记得老作家白桦讲过一个故事，很多年前，他再到中甸，有一个德钦的老朋友一定要见他。于是，见友心切，两人都往对方的方向而去。在白茫雪山，大雪封住了，车无法前行。白桦老先生的朋友就找了一辆拖拉机冒着大风大雪赶了出来，终于见了面。

路上要经过好几个垭口，快到每一个垭口时，副驾位置上的年逾九十的白茫师傅的老父亲，都要摘下帽子，嘴里念念有词的。

四月十八日　周四　晴

张鸿你好：

这么快你就到家了，现在的交通发达得让我难以相信，更让人吃惊的是，通信也这么发达了，哈，好像我是个老古人似的。

德钦之行我觉得你一定很难忘，不完全是美好的，还有惊险和刺激，你那套高难度的动作，恐怕此生再难重演。

卡瓦格博没有露面，是要给你留个悬念，让你再来。

通过如梦的迷雾，我们又回到荣波，参与了一次仿佛是在千年之前的一个仪式。在舞之兴致处，马老先生和白茫师傅突然发难，深夜，我们一行四人如逃离虎口似的，匆匆出走，深一足浅一脚，马老的眼镜上有雾气熏陶，不分东西，我们身在五里云雾，心在五味调罐里……

第二天，一大早，我与马老先生的对话如下：

（木）：谁错谁先致歉。

（马）：四人中，至少有三人认为我没错。

（木）：看来，你们非要把我逼上自首投降的绝路。

（马）：坦白从宽抗拒从严，本着惩前毖后治病救人的原则我们对以往的历史问题一律既往不咎。

（马）：（接着说）当然马同志处理问题简单粗暴的态度也需要批评。

（木）：咋个批？

（马）：先开个内部批斗会。

（木）：罚你和张鸿到寒舍午餐。

一听说有午餐，马乐了，心中的怨气如阿东之雾，见光就散，恰时扎西来电约……以后的事，你怕没有忘了。我不在这里重提。

你们走后，天放晴，果如扎西所言，张鸿所到之处，行云布雨。看来你不仅与护法有缘，还与水界龙王有亲缘，哪天我们这里遇上大旱，再请你上来做客。

木梭　致

木梭和小马哥是工作上的搭档，又是生活中的朋友。荣波之夜，藏民盛为热情，举行藏式"Party"欢迎我们，木梭认为应该领村民的情，住一晚。但马和白茫师傅坚持要连夜返回。路上，木梭同志一路"诵经"，我想他一定是在平息心中的怒火，上了车，除了很给我面子，会回答我有意提出的乱七八糟的问题，他对马和白茫不予理睬。看来，他是真的恼了。

也是奇怪，我在的那几天，天天是云遮雾绕的，我一走，天就放晴了。

我对他们心怀敬意。他们所做的事情不为我们所知，比如环保，比如资助穷苦的人家或孩子,比如成立"卡瓦格博文化社"保护藏族民间文化等。他们一直在踏实安静地做着这些事,而不是一味地在"鼓噪"。

六月二十二日　周二　晴

几次经过丽江都没有去束河。朋友的朋友,一对台湾夫妇在束河开了一间驿站,名为"自由岁月",在挑水巷里。

王大哥来接我,我们乘他那进藏入川的吉普车,从悦榕庄那边绕过去,经过九鼎龙潭,不买票进入村子的后边。在"绿林"酒吧前转悠,就到了。我们到时,女主人小芳才起床。

驿站接待的都是自助旅行者,来自世界各地。小小的院子由石头筑成,房子是纳西族的风格,土木式的结构。如果主人出门行走,不在家时,客人可以自行在门上取钥匙,自己安排自己。走时想给多少钱就放下多少。

让人很温暖的一对夫妇。这时,来了一位打扮得极为随意的长发男人,两只小狗"比利"和"小小"直冲他吠。

宁,束河的一个隐居者,他的居所在山腰上,名为"束之高阁"。听小芳说了他伤感的情感经历,也知道他曾经在雨崩的小学当过志愿者。

每天宁就坐在院子里看书、看云,不接电话不上网。院子里的一个固定的地方放着一台傻瓜小相机,宁时不时随手按下快门,拍下即时的天空。

他的屋子是去年新建的,床的位置的屋顶是玻璃构造而成,可以看到天上的星星,甚至可以看见下雨、下雪。房间的三面都是可以彻底打开的，宁说这是与大自然全然融合。和他同住一个院子的还有一个熊猫阿姨，是因为她曾经在束河开过一家川菜馆，叫"熊猫饭店"。她是几年前追随学美术的儿子来的，可后来儿子回了重庆工作，她自己却留了下来。

六月二十三日　周三　晴

小马哥昨天从中甸下来，今天要去虎跳峡工作，我跟着他们一起去。他说，他们这样的环保 NGO 很需要媒体的帮助，需要鼓与呼。路上，我们遇上一个小伙子，小马哥和他聊了几句，他介绍说：这是小萧，萧亮中的弟弟。萧的故事我是知道的。

萧亮中是人类学家，一九七二年出生在金沙江边的中甸县金江镇车轴村这个多民族聚居的连接汉藏两地的村落，后来成为他硕士毕业论文和书稿《车轴》的田野调查基地。他为了捍卫这个村落以及金沙江流域这片乡土社会和人民的权益，几年来四处奔走，几赴金沙江，用他的热情和坚韧来影响社会公众，但体力的劳累和极度的焦虑却最终袭倒了他。二〇〇五年一月四日，他刚刚过 32 岁生日，正式到中国社科院边疆史地研究中心上班，这是他上班的第一天也是最后一天。

他爱好文学，写下了不少文学作品，在他的《霞那人家》一书中写道："能钻出峡谷吗？峡谷外面还是峡谷。没有梦中的土地，大大小小的几何线条，汇成流入的河。要看远处的风景，还要再往上啊。"

萧亮中极为关注虎跳峡的环保问题，因为他的积极参与，并提供科学的依据，以至于在虎跳峡建设中的金安桥水电站暂时叫停。人们称他为"金沙江的守望者"。

我们在虎跳峡步行,湍急的江水在我们身边奔腾,江中大石矗立。

小马哥的工作也就是萧亮中们致力的事业,他站在江边,告诉我如果一旦大坝建立,会对周边环境产生什么样的影响。

我内心隐隐地痛。

六月二十四日　周四　晴

今天,乘大巴去中甸,扎西和几个我不认识的朋友在等我。

天气出奇的好。一到中甸,扎西和"阿多"(大哥)、诗人、报社编辑斯那取顶陪我去松赞林寺,扎西说他喝多了,不能进庙。阿多一路和我讲着松赞林寺的历史、建筑特点以及色彩绚丽的壁画。雪域净土的佛教绘画,密宗气息弥漫画面。

那一周边的转经筒,让我想起了仓央嘉措的情诗。

相比第一次周干事的讲解,呵呵,我还是更能接受阿多的讲解。

见了几个朋友,人狼格,纳西族,诗写得不错,是歌舞团的声乐演员;老作家查拉多吉和他的女儿,年轻的作家永基卓玛,这姑娘也是歌舞团的,弹琵琶。

3路车,通向松赞林寺

3路车,从独克宗古城旁的中甸军分区门口开往松赞林寺。

这一路,正好贯通整个城区,由南向北,开进草原,开进村庄,也就从人间到了神域。

中甸人少车也少,好像只有总共5条公共汽车线路,车资一元,也没有什么票不票的,招手即停,想下就下。

我在中甸总共乘过两次公共汽车,都是3路车,巧合的是,都是同一趟车,车上司乘人员是一家三口,那小的才不到2岁。我的两次3路车之旅皆与吃有关。

我从军分区出来,起点站只有我一人上车,于是我就逗那个孩子玩,并和年轻的母亲聊起来了。他们是四川人,来这儿打工生活已经三年了,起初是做点儿小生意,后来就承包了这趟车,做起了市内运输。

聊得开心,后来陆续上车的客人也加入了我们的话题。一个回寺的僧人在松赞林寺有好多年了,他说他看到了城市的变化。他很有趣,说到3路车的变化时,全车跟着大笑。

他说,原来的3路车是最脏最破的,好玩的是,那时的车是司机手动开关门,工具就是一根橡皮筋。一定要一根粗粗的橡皮筋,一边拴在司机驾驶位的手挡位杆旁边，一头拴在门把上。注意，那橡皮筋要有弹性，长度要控制在不用力拉的时候，比从挡位杆到车门的实际距离短一点儿，让两头拴上之后，有一个似紧又松的力度，加在车门上。这种手动装置其实在一种力的作用下还会成为一种"自动装置"呢，就是利用汽车启动加速的惯性关门，用停车减速的惯性开门。但这个就要求司机要有很好的控制技术才可以，要不在不该开门的时候就开了门，不该关门就把门给关上，还夹着人！

僧人一说完，他自己笑了，连一直不说话的司机哥哥也笑了。

这是上午10时多，一路上上来了不少的僧人。我问旁边那个说笑的僧人，你们都认识吗？他说，基本上是不认识的。因为都不是在一起的，就是像你们有单位的一样，我们不是一个"单位"的。

我本想在城中心就下车，去逛自由市场，可一路这么聊着，我就乘车到了终点。我没有下车，我旁边的僧人一看我不下车，他很认真地说："哦，你太客气了！把我送到家门口了。"我笑了起来，他下了车，走出几步，回过头来，对我说了一句什么我没有听清，之后，他笑着大声说："祝你平安！"

这是我没有预想到的快乐！

往回返，进城，车上人就多了。我又付了一元，那个年轻的母亲说，不用了，脸红红的。司机哥哥问我："你是当兵的？"我想他看我是从军分区上的车就有了这种想法吧，我如实说，很多年前是，现在不是了。

我说我想去自由市场，那司机哥哥终于说话了，他问我去干什么。我说去"看菜"。他笑了起来，说中甸有三个菜市场，到时，他会把我放在最大的那个市场附近。

我是有"菜市场迷恋症"的,我知道,就算最贫乏的城镇,都会有菜市场的,当然分为公办和"自由组合",而那种"自由组合"的就更充满了吸引我的种种元素。我对一个地方的人和他们生活的兴趣远比对自然景观的兴趣大得多。上哪儿能看人们的真实本土的生活?菜市场。上菜市场像当地人一样逛,会发现自己很快进入了一个日常生活场景。这里有各种当地的土产、瓜果蔬菜、劳动工具、锅碗瓢盆……身边正有人在用方言讨价还价,可以轻松地看到大部分我想知道的事情:物产,人们的生活习惯,语言习惯,甚至性格特征……不知不觉中融入了一种全新的生活。

每个地方,都会有一两样食物让我可以天天吃不生厌,即使离开也常会惦记。对整个云南来说,我极喜欢的食物就是与"饵"有关的食物,饵丝、饵块,说到这儿又让我垂涎欲滴了。我的朋友们都知道我的嗜好,我到云南的每一个地方,他们都会带我去寻找这一类的食物。有意思的是,有一次在昆明,正逢周六,一个将军哥哥让司机开着车,带着我在城里兜兜转转地找他记忆中的大理巍山的饵丝小店,可他知道的那些全部因为拆迁消失了。于是,他只好打电话求援。那天我们终于还是在一个极为偏僻的小巷里吃到了美味的饵丝,而那个小小的店里,人满满的。

这些让我惦记的食物很便宜也不怎么起眼,常常会遍布路边小摊或者老旧的居民区菜市,价钱大都在一到两元左右,但那分量足得让你于心不忍。

中甸有一样东西让我几天不吃就"心思思",那是"鸡豆凉粉"。

鸡生的豆子?像鸡的豆子?其实就是一种看上去就像稍微小而扁一点儿的黄豆的豆子,滇西北很多地方都有,当然在这一带都可以吃到鸡豆凉粉。中甸有很多人家还常常用它去煮汤和炒魔芋、酸菜。

在中甸最大的金桥市场，已快中午了，人不多。一路的小馆，有卖包子豆浆、荞麦粑粑，还有酥油茶等。没见到有鸡豆凉粉。我拍了许多的火腿、琵琶肉的照片后，一回头，看到了另一个方向有一档卖鸡豆凉粉呢！

那个温柔的大妈，正笑眯眯地看着我："吃热的还是凉的？"自然吃热的。她接着又问："熟一点儿?生一点儿?"自然是熟一点儿好吃，黄黄的，香香的。她从那个圆圆的正煎着凉粉的铁板上，挑出符合我要求的，堆了满满一碗。"要不要辣？"赶紧声明，不要不要不要。于是，一碗加上了酥黄豆、香菜、花生末等十余种佐料的冒着尖的、热乎乎的"鸡豆凉粉"上来了。

大妈微笑地看着我吃，也不说话。而我，实在是缺乏战斗力，眼大肚子小。大妈说："不吃多点儿，走不远的。"我看到大妈还炸油条卖，我实在是馋油条了。我说："大妈，我想吃油条，可是吃不下了。""明天早上来吧，刚出锅的油条更好吃呢！"

手抚着胃，走出市场，在市场口拍了几个大妈在卖的酥油、菌类，还有漂亮的野花的照片。我走到了大路上。

也许是吃太饱了，我就站在路边，啥也没想，走神了。一会儿，我听到一个声音："老兵、老兵，这边，车上。"我一看，是那辆3路车，是那个司机哥哥。

我跑过马路，上了他的车，车上没有什么乘客。他看到我很高兴，连连问我看到了好看的菜吗？然后不容我说话，就说，要看好看的菜、要拍好看的菜就要很早去市场，现在的菜没有那么新鲜好看的啦。

我很奇怪他的变化为何如此之大时，他告诉我，他是二十世纪九十年代的兵,当了 5 年后退伍了,然后和亲戚从四川来到了中甸。原来如此,我们曾为同一战壕里的战友呢。亲切亲切。

我告诉他,我吃了鸡豆凉粉,还拍了很多照片,很有收获。我还看到了很漂亮很漂亮的油条, 就像当兵那时饮食班长炸的油条呢,可是胃里没有地方放了。

他说:"明天我接你去吃油条。"我到了军分区,下了车。

第二天一早,招待所的小战士来敲我的门,说有人找。我愣了一会儿。我对军分区领导说让我自由活动,还会有谁来"打扰"我?

到门口一看,是那个司机哥哥,他说带我去市场看菜、去吃油条。

我上了他的 3 路车,他居然一路飞奔,不停车地就把我送到了我昨天到过的市场门口,然后,他就以一个很潇洒的姿势掉转车头走了。我想,如果车能开进市场,他是一定会开进去的。

那天,我在市场没有待多久,拍了一些鲜翠欲滴的蔬菜的照片之后,就出了门,站在大路上。我希望能与他再次遇上,但等了许久都没有见到他的车。

我不知道他姓什么,也不能完全说出他长得什么样子。

但,我记住了中甸的 3 路车。

3 路车,从军分区开往松赞林寺。

江夏的桥

才感盛夏,忽而已秋。

江夏,当年刘备屯兵的那个地方,我对它的印象来自幼时阅读的《三国演义》。

说起江夏,话就很长了。江夏的名字最早见于《楚辞》中的"哀郢":"去故乡而远兮,遵江夏以流亡。"《汉书》也载,"江夏郡,高帝制,属荆州";建安十二年(207),江夏赤壁(今金口)长江水域的赤壁之战;近代林则徐两次在江夏禁烟;太平军过金口攻武昌;武昌首义震惊世界;北伐期间叶挺率部大战贺胜桥;一九三八年,中山舰喋血金口长江水域……

我第一次到江夏,却是去看桥。因为地理地势原因,江夏形成了江湖环抱之势,水多自然桥多。据《江夏县志》记载,早在清代之前,收入其中的桥梁计有大小60余座,分布在古驿道与古航道的湖港汊上。二〇〇七年开始的第三次全国文物普查之后,发现不少已经被毁或者破损,目前江夏境内还有36座之多,相对完整的有狮子山三眼桥、高家桥、梅家桥、黄斌桥、程子桥、土地堂老街桥、浮山桥、明月桥、枫树桥、团墩桥、灵港桥,还有一步迈过的新庙桥等,它们皆为明清时期修建,现在是各级的保护单位。

待将事务安排妥当,傍晚时分,我们才来到了树木掩映的南桥,这座建于六七三年前的古桥位于江夏区山坡街陈六村大屋饶湾。日常行走的人稀少,红色的桥面有一些青苔,倒显得有岁月感。

"山气日夕佳,飞鸟相与还",远远近近,大的鹭鸟,小的麻雀陆陆续续地飞栖在了树上。

桥头的碑上刻录着它的历史,始建于康熙三十六年(1349),公元一六九七年曾加以修葺。是武汉地区乃至湖北省内现存年代最早且有确切年代可考的桥梁建筑,因其特殊的历史价值和建筑艺术价值,一九八九年被列为湖北省文物保护单位。

同行的文物保护专家告诉我们,南桥为单孔半圆形,全长36.7米,桥面宽6.3米,桥拱跨度为6.9米,桥面距水面高约10米。桥体为红砂石块砌筑,少许的青条石修补。两边的挡水护坡墙砌成"八"字形,每层条石均采用两横一致的"丁"字形砌筑方式,非常牢固美观。桥身中部用黄土及碎石块填实,桥顶用红砂石板铺砌成路面。桥面上有一条深深的凹槽,说是来往窑工的独轮车碾压形成的。一九八五年、一九九四年、二〇一五年,三次对其修缮。

当地大屋饶村所藏的《饶氏宗谱》里记载:"迄元至正年间,东山公阡陌云连,外则特建南桥,内则重修墙壁墙里,饶氏群称巨室……"据此可知,南桥边居住的饶姓富户饶东山在修葺饶氏宗庙祠堂的同时,出资修建了南桥。

70岁的饶浩功是饶姓后人,于一九八五年起守护南桥。他听家族的老人们说,南桥的前身是一座木桥,700年前,这里是水陆交通交会处,是江夏、鄂州、大冶、咸宁生意人来往的主要商道,有客栈、饭馆、杂货铺、茶馆等,是繁荣的码头街市。"木桥不禁用,我们饶家先祖就修了石桥。"石桥一起,货如轮转,客商频往,寺庙的香火也越来越旺,尤其在清代中期旺极一时,老人们口耳流传的诗句,"一里七星庙,百步十座桥",形容的就是以石桥南桥为中心,一水石桥木桥并立的繁荣街市，当时茶叶、瓷器经由这里的渡口，销往全国各地乃至外国。

世事变迁，一切都无可预知。其实，二十世纪五六十年代，南桥边的生活氛围还是比较浓的，后来因为历史原因和村民外迁，就冷清了。

矍铄的古稀老人饶浩功说："身为后人，我们一定会好好保护这座桥。"他没事就去南桥附近转悠，锄杂草，清理垃圾。"政府对我很好，发奖状给我，说我是模范义务保护员。""现在越来越多的人知道我们这里有600多年的老桥，还有我们这里的环境也越来越好，节假日的时候就好多人开车来这边玩，钓鱼，我告诉他们要讲卫生，不要损伤桥，不要砍伤树。"他接着说："好多人说我们南桥这里是世外桃源。"

目前，江夏区已创办了南桥文化艺术节，聘请专业队伍在南桥采风写生，航拍南桥港的整体面貌，查阅文献资料，实地走访当地村民，绘制出还原最真实的南桥街景的草图，大到当时的建筑风格、店铺装修，小到树木种类、百姓服饰，巨细包容。饶浩功说他第一次看到复原草图时，与他记忆中的样子很像。

"鸟声幽谷树，山影夕阳村。"傍晚时分，我站立在南桥上，面对落日，心生诸多感慨。在中国古典文学中，桥是一个绝美的意象。它见证缠绵的爱情、真挚的友情、隽永的亲情；它见证市井烟火，孩童嬉闹，鸡鸣狗吠，也见证枪来刀去，战火硝烟。它承载着南来北往的穷人担担、富人乘辇，也成为历代游子的乡情寄托。南桥，它栉风沐雨历经了数百年的朝代兴衰更替，如果它能言，那一定是一部丰富的史书。

"微风起秋色，樽酒亦时开。"桃源，何需在世外？

寻踪中山舰

才感盛夏,忽而已秋。

我从广州到武汉江夏,寻访中山舰的故事。

面对滚滚长江,我想象中山舰在六架日军轰炸机的连续轰炸下的惨烈情景;我想象身负重伤的舰长萨师俊被士兵强行带离舰艇,躺在小舢板上的情景;我无法想象,日军轰炸机公然违反国际公约,继续扫射已离开舰艇的官兵们,致使所有官兵遇难的情景;我无法想象,在如此情形下,金口渔民们有胆量能划着小船,将落入江中的官兵救起……我能想象并肯定的,那是一种精神,它将与中山舰的历史一样,让人永志不忘。

在无数的英烈中,我记住了萨师俊。就如我去福建太姥山,记住了捐建"萨公岭"的萨镇冰。我对中山舰的寻访就成了讲述中山舰与萨氏祖孙两代人的故事。

也许很多人与我一样,只知道中山舰(永丰舰)当年的辉煌,是的,中山舰是二十世纪前期中国历史的重要见证,承载着独特的历史意义。从一九一三年服役到一九三八年参加武汉会战,沉没于长江,它先后经历了北京北洋政府、广州革命政府和南京国民政府三个时期,亲历了护国运动、护法运动、孙中山广州蒙难,一九二五年三月十二日,孙中山与世长辞,永丰舰改名为中山舰。之后,它又经历了"中山舰事件",此后,它依旧混战于广东舰队的各地方势力派别中,直至一九三二年八月,它正式列入南京国民政府的中央海军第一舰队序列,彻底告别了粤海征战15年的曲折历史。

我上述的这段轰轰烈烈的历史中,没有萨镇冰,也没有萨师俊。我们顺着中山舰的历史长河回溯⋯⋯

清末时乱世,清军不惜重金置办的海军,船炮是"师夷长技以制夷",第一批海军人才也是送到海外培养出来的。出生于一八五九年的萨镇冰就是首批海军留学生,他出身于著名的福州萨氏家族,祖先来自于西域。

一八八〇年,萨镇冰从英国学成归国,在"澄庆"舰担任了一年的大副后就到李鸿章在天津创办的北洋水师学堂担任教习。

可惜,清朝的海军强国梦因甲午海战一役就破碎了,就连好不容易培养出来的一干将领也不得"善终",朝廷把他们全部革职遣返。随着西方列强一次次展示何为船坚炮利,清朝终于还是认识到没有海军是万万不行的,于是在戊戌变法之后开始重振海军。萨镇冰被复职启用,委任为筹备海军大臣和海军提督。雄心犹在的萨镇冰决定利用自己的所学好好整治海军,大刀阔斧地改革,建立起统一的指挥系统,统一官制、旗式、军服、号令,两度游历欧洲,在日本订购新舰,包括了永丰炮舰。这是中国近代第一次用比较完整和科学的方式组建和管理海军,大大提高了海军在清朝军队中的地位。

世事的发展由不得萨镇冰控制。一九一一年十月十日,武昌起义爆发,时任海军提督的萨镇冰奉旨前去布防。起义军民作战勇敢、不怕牺牲以及百姓积极配合的场面,极大地震撼了他,他说:自从当兵以来,没有见过如此壮烈的场面,可见大清朝廷已经失去民心很久了!曾是萨镇冰学生的革命军总督黎元洪给他写了三封信策反,虽然萨镇冰在回信中以共和政体不适合中国国情为借口推脱了,但是明确表示了不忍心见到同胞相残,不愿与革命军为敌。是忠于朝廷还是体恤百姓?他在挣扎,很快萨镇冰做出了独自弃舰出走的决定,出走之前他用灯语示知停泊的各军舰:"我去矣,以后军事,尔等各船艇好自为之。"紧接着,他的麾下陆续宣布起义。

萨镇冰的弃舰出走以及他所辖海军的起义对清王朝是一记重锤,很快,旧王朝结束,新的时代开始。民国时期,萨镇冰出任过海军临时总司令、海军总长以及福建省省长等职。一九四九年前夕,蒋介石邀请他去台湾,年届91岁高龄的萨老拒绝了,他留在大陆,走上了和中国共产党合作的道路。

我们再顺中山舰的历史长河而下。虽然说历史是后人书写的,但潜藏的许多机缘是无法预测的。18岁那年,萨师俊毕业于叔公创办的烟台海军学校。萨老先生更不会想到,一九三五年,他76岁之时,他的侄孙萨师俊成为中山舰第十三任舰长。

一九三七年"卢沟桥事变"爆发,中日全面开战,萨师俊奉命率中山舰到南京—上海一线筹备防御,并驻守南京。淞沪会战时,他率中山舰护送中华民国海军部部长陈绍宽到江阴视察前线战况,淞沪会战中国失利,国民政府迁往重庆,他率舰参与掩护转移、运输物资以及长江上的防务、布雷的任务,之后随海军部西迁到湖南岳阳。一九三八年,因为海军舰船减损严重,中华民国将残余的军舰编为两个舰队,中山舰被编入第一舰队。

一九三八年六月,武汉会战全面打响。十月,为支援武汉地面防空,海军司令部令中山舰撤下八门大炮中的三门支援武汉外围防空火力,萨师俊不得不同意。紧接着,中山舰被派负责警戒金口至嘉鱼、新堤沿江一带。其时,武汉会战已接近尾声,日军派飞机猛烈轰炸金口至城陵矶一带。

十月二十四日,萨师俊率中山舰在金口镇赤矶山江面巡防,上午9时发现日本侦察机,萨师俊命全舰五门火炮和三挺高射机枪对日机射击,11点日机再次出现,萨师俊令全舰一级战备。中午,中山舰奉命驶往汉口,下午3时15分遇上6架日本轰炸机,萨师俊命令迎战,在日机猛烈的轰炸下,中山舰遭受重创,失去动力,进水严重,船身大幅倾斜。萨师俊腿被炸断,左臂受重伤,但在意识清晰之时仍坚持指挥,不肯离舰。他高喊:"诸人员离舰就医,我身为舰长,职责所在,应与舰共存亡,万难离此一步。"眼看沉没在即,副舰长吕叔奋当机立断,命令士兵强行将萨师俊送上舢舨。此时,日机违反国际公约,对载有伤员的舢舨进行密集扫射,萨师俊头部、喉部中弹,舢舨被打穿覆沉,15名官兵全部阵亡,中山舰也于下午3点50分沉没于金口龙床矶。

萨师俊阵亡后,尸体沉入长江,没能打捞上来。他牺牲后,民国政府追授他为海军上校,并将他奉于忠烈祠。一九七五年九月三日,中国台湾为纪念抗日战争胜利30周年,发行了抗战牺牲将领一套6枚的邮票,其中就有萨师俊。

夏已尽,秋将至。一叶落,天下秋。

一九一一年,萨镇冰不忍心同胞相残,弃战船而去;一九三八年,萨师俊为了抵抗日本帝国主义的侵略,宁死守舰,这看似相悖的行为,却殊途同归、异曲同工。民族大义为先,赈民济世在前,这是萨氏家族的价值观,也是中华民族的精神所在。

达洛维太太的时光

一切以意识流开始……

《达洛维夫人》,弗吉尼亚·伍尔夫的好小说,《时时刻刻》,麦克·坎宁安的小说的同名影片。

影片开始,弗吉尼亚·伍尔夫执笔时颤抖的右手和散步时的驼背跛脚美妙得让人目瞪口呆。妮可的表演相当动人,除肢体语言,声音的沙哑让人要好好深思一下。尤其她病理型气质,那沉郁的表情、迷茫、失落、涩滞的目光,满溢着对死的渴求。

先是滔滔逝水,恍如急急流年,而后弗吉尼亚布满青筋的手匆匆系起外衣,快步走出门,来到河边。音乐响起,弗吉尼亚拣起石头塞进口袋,一步步从容而渴望地走向水流的中心,脑海中反复着遗书——这一切宛如弗吉尼亚的配乐诗朗诵——在淡泊、宁静的氛围中,弦乐逐渐阴郁,大提琴低沉地哭泣,弗吉尼亚完全沉没,连最后的束缚——鞋,也被流水无情地带走,正如她孱弱的躯体。

美国洛杉矶的布朗夫人晨起,拿起书本《达洛维夫人》,开头第一句:达洛维夫人说她自己去买花;纽约的克拉丽莎·达洛维一直感觉家里缺了点儿什么,突然她对她的同性情人说她要去买花;一九二三年的英国,弗吉尼亚写下了她小说的第一句:达洛维夫人说她自己去买花。

此时,音乐的"意识流"与水流并行、重叠、吻合。同一段音乐不断反复，似乎在暗示伍尔夫渴求解脱的心态；冷漠地匀速前进的音符构成了对缓慢走向死亡的她的一种躁动的催促，毫无怜悯，宛似永逝的时光。

大提琴渐弱，整个音乐的流动趋向平缓，声音几近消失——浑浊的水底，流动着弗吉尼亚顺从的身躯，唯独右手无名指上，一枚粲然生光的戒指，寓意着她和伦纳德永恒的爱。

镜头转向弗吉尼亚家的紫色鲜花。高洁典雅的贵族气质，同时阴气、内向，正是古典的女作家本人纠缠困顿、无人理解的内心世界的写照，还有布朗太太家的黄玫瑰，克拉丽莎家的红玫瑰，三种鲜花与她们的性格、人生相符。

《时时刻刻》是一部由美国作家麦克·坎宁安的同名小说改编而成的电影。影片中用三条叙述线索来表现三个女人的个性，暗示各自的命运。弗吉尼亚，受严重的抑郁症影响，正在构思她的新作《达洛维夫人》；克拉丽莎·达洛维，二十世纪九十年代纽约的出版编辑，因为与弗吉尼亚的小说主人公同名，被旧恋人、诗人托马斯称为"达洛维夫人"，她为托马斯举办了一场获奖庆祝晚会，当晚却目睹了托马斯跳楼自杀；布朗太太，二战后住在加州的家庭主妇，《达洛维夫人》的读者，渴望摆脱索然寡味的生活。三个女人的一天，构织成一部关于人的失落、绝望、恐惧、憧憬和爱的作品。坎宁安凭借三人之间的微妙联系，将三个时代并置同一时间维度里，通过平行叙述来思考女性的价值、生活的本质。

影片结局，音乐"意识流"再次与水流并行、重叠、吻合。这流动不似行云流水，反而艰涩起伏——正如弗吉尼亚坎坷的人生、如她脚下崎岖的路、如了却此生方得解放的内心、如眼前激越奔流的河水。伍尔夫低沉沙哑的声音伴随暗涌的配乐，郁郁地诉说着自己的遗书：

"伦纳德，我亲爱的，我深信，没有谁会如我们这般幸福……你给了我一切！面对人生，正视存在的一切，爱它们，才能弃其而去。你我的人生就这样走过了漫长、悠久的岁月。直到永远……我们的爱……直到永远……正如这时光……"声音随着弗吉尼亚安详的躯体，流逝于湍急的河水，流逝于奔涌的光阴。

结尾处一九二三年，伦纳德与弗吉尼亚对坐在壁炉边。当伦纳德问："我的问题是不是很愚蠢？"弗吉尼亚马上否认："死是为了突出活的价值，要加以对比。"姐姐觉得她疯狂，佣人觉得她错乱，然而和丈夫在一起，静静对面而坐，对她来说却是极大的幸福，因为他理解她、爱她——哪怕因为何去何从在车站大声争吵，丈夫面前，她仍然幸福——这与后面，老年劳拉对克拉丽莎的评价"你是个幸运的女人"冥冥中不谋而合。

这个影片只不过是一个契机，还是让我们将话题归于弗吉尼亚·伍尔夫吧。

如果不是因为抑郁症的困扰，不是因为年少时曾经遭受过同父异母哥哥的性侵，弗吉尼亚必定是一个全面幸福的女人。她有一个导师一般的父亲，她继承了父亲把观察到的真相与既定规范对立起来的激烈立场，以无限的傲慢挑战凡俗陈规；她的家庭以丰厚的藏书给予了她一个自由的阅读空间；一个高端的艺术环境和文化氛围濡染着她，父亲那些英国著名作家朋友和艺术家朋友常常来她家聚会，这个家庭洋溢着英国文学界最优秀的声音；最重要的是她有一个爱她、体恤她、甘心为她做一切的丈夫，伦纳德欣赏妻子的艺术才华，忧虑于她的不稳定的情绪，专门创办了一个出版社出版她的书，并在她自杀后将她所有的未出版的文字整理结集出版。她虽然没有接受过高等教育，但她有着与生俱来的文学天分，以及她对世界的独特的视角和穿透力，所以，成为一个作家是她必然的结果。

43岁时的弗吉尼亚在日记里问自己：谁点燃了我生命中最重大的欢愉？她写了六个人的名字：丈夫伦纳德、姐姐瓦莱萨、画家邓肯、艺术批评家克莱夫、作家林顿和E.M.福斯特（《看得见风景的房间》《霍华德庄园》）。克莱夫是他们一个名为布鲁姆斯伯里团体（英国二十世纪初号称"无限灵感，无限激情，无限才华"知识分子的小团体，成员不多，有画家、艺术家、作家、历史学家、经济学家，且在今天听来都是鼎鼎大名）的成员。后来成了弗吉尼亚的姐姐瓦莱萨的丈夫。克莱夫是在伦纳德之前第一个认真对待弗吉尼亚写作的人，也是一个理想的忠告者。他指导弗吉尼亚阅读也指出她作品中的问题所在。在他成为弗吉尼亚的姐夫前，他对她的情感是混杂的，他从不认为弗吉尼亚有病：她是"我所认识的最快活的人之一，也是最可爱的人之一"，她"柔和深沉的眼睛，在眼光深处是事物最后的秘密"。他曾给弗吉尼亚的信中道：在某个山顶上，或许他在这个世界上什么也不希望，"只希望吻你时，我将丧失我所有的自信品格的好名声"。那时，弗吉尼亚的写作还没有成熟，她对自己的未来感到迷茫，甚至感到失败，克莱夫让她发现了自己。1908年，弗吉尼亚在给克莱夫的信中写道："然后，你来了……告诉我我心中所想的就是那件事；我的脑子旋转起来——我觉得超越了神明。"这个以风流韵事为荣的男人，给了弗吉尼亚作为艺术家的信心和高度期待，但他最终选择了瓦莱萨。

弗吉尼亚成为伦纳德·伍尔夫太太之前，得到了承诺："我会无条件地做你想让我做的任何事。"这其中包括了保持29年没有性爱的生活。这个男人一生都没有一个情人。他欣慰的是得到了弗吉尼亚的一句："和伦纳德的婚姻，是我这一生最明智的选择。"这个男人,他没有把弗吉尼亚当成妻子,而是把她当成了一个天才来对待。

她在婚姻之外有异性恋也有同性恋,但都持续时间不长,也许是因为她的这种病理型气质和体质,性情不稳定;也许因为她把写作看得比什么都重要,一旦有任何事物影响了她的写作她决然放弃,包括情感;也许还因为有伦纳德在那里等着她,她的内心有了自律。

从维多利亚时代的传统中成长起来的弗吉尼亚,发现并确立了适合自己独特个性的写作。从一九一五年那似乎无可救药的疯狂到一九二七年《到灯塔去》的成功出版,她把自己重新打造成了一位现代小说作家,和普鲁斯特、乔伊斯、福克纳一起,成为意识流小说的代表人物。与他们不同的是,她不仅写,还总结和分析,这与萨特相似。她的文学评论与众不同,审视的是每一个人生命中隐秘瞬间和隐晦的成长体验,带着她自己内心生活的印记,轻松、自由的语调,更像随笔,但饱含思想的坚定性和放弃成见的宽宏大量。

电影《时时刻刻》是一部充满当代社会性的作品,利用意识流的手法,时空交错地展示了三个女人的生活状态和精神世界。片中的三个女人都拥有自己美好的爱情,有深爱自己的男人,她们也曾欢欣雀跃过。可每样东西都有它的两面性。爱的魔法让人如此幸福的同时,也有它可怕的毁灭性。弗吉尼亚在《达洛维夫人》中就写道:"爱情也有毁灭性,一切美好的东西,一切真实的东西都会消亡。"

电影中展现的那种悲伤是绝望的,是一种刺骨的痛,让女人可以落下眼泪。然而在《达洛维夫人》里,悲伤被弗吉尼亚赋予了不同的风景。我从未见过如此细腻和非同寻常的描写,似乎每一阵风都诉说着心情,每一次衣襟的摆动就是一次思绪波动。在她的世界里,有一种让人很痛却宣泄不出来的悲伤,那是一种憋闷、压抑的绞痛,那样的悲伤只能被困在风中,撞击、摇曳、呻吟着。只有读者自己才可以体会那种整颗心煎熬在地狱的灼伤。而灵魂的死亡似乎不过是结束这种伤害的唯一美丽的方式。

在电影中听不到克拉丽莎内心的独白，只看到了梅里尔·斯特里普忧伤的眼神和那次崩溃的恸哭。哭的时候，她蜷起了身子，如同那只死去的小鸟，想以一种安全的方式求得安慰。当你越爱一个人，就越怕失去他（她）。那时，注定将要面对的失去使我们对死亡有了深深的恐惧感。

在小说中，克拉丽莎曾感叹道："这个世界上爱太少了。"这话比在电影中看到她的眼泪更让我动容。爱是那么容易消逝——在吵闹中、摩擦中、矛盾中。当女人不爱一个人，却不能够忘记他，于是他的影像不断盘旋在她的脑海，她批判着他，她从未如此公正地、客观地评论着谁，甚至连他剔牙的样子都让我们厌恶。这是女人遗忘的方式——让自己讨厌他。这时她说的讨厌就是讨厌，没有任何妥协的意味。如果，她无论如何也忘不掉了，那就一定还爱着他。

女人的细腻与敏感是男人永远无法理解的。像布朗太太那样看来很幸福的女人却因为一本书而想到自杀，更是许多人无法想象的。我想这是她羽毛上自由的光辉被阳光唤醒的作用吧。家庭是每个女人的牢笼——幸福的牢笼，她只是想冲破这个牢笼，寻找自己的世界，获得属于自己的自由，即使要用死亡来交换。克拉丽莎需要毁灭了的爱情，需要站在黑夜那遭风雨侵蚀的大街，没有人会打探她的下落；布朗太太渴望死亡，这在她看来不过是个可爱的想法，并不让人感到可怕。当她抛下了自己的孩子，进入那个旅馆——一个无所谓生死的空间，死亡就不再奇怪了，仿佛像清晨的冰原或者沙漠般自然。她觉得自己在那一刻终于可以抛弃这个破碎的世界了，不管家庭责任什么的。在那一刻，她终于扑闪着翅膀飞上了天空,虽然只是一小会儿,但是那自由的快乐仍是无法形容的。

弗吉尼亚是一个独特的、伟大的作家,她有责任感,建立了女性传统,通过她的作品,以全新的方式塑造了女性自身的形象,但绝对不是女权主义者的形象。她指出了女性写作者的通病,让普通读者获得独立思想和感知的能力。

一九四一年,在她去世的那一年之前,她的声名越来越盛,她自由的品性和思想的能力,让她更好地保持了艺术家生命中的超然和孤独。"保持自我比任何其他事情都重要得多。千万不要梦想去影响别人。""只要你去写你想写的东西,这才是唯一重要的事情。"她一直处在幽闭状态,挑剔写作的环境、住所和同伴,尽可能地在一个思想契合的圈子里自由的生活。但战争的爆发、朋友们的改变和相继离去,她的内心是无法排解的孤独,她给朋友写信道:"我那颗破碎的寡居之心。"她在自己的精神世界里走得太快太远了,没有了精神伴侣。虽然她提醒自己:"记住你的责任,一定要更高洁,更重心灵。一定要照亮你自己的灵魂,它的深深浅浅,它的虚荣和宽仁。"但她的内心已经失去控制了。

59岁的弗吉尼亚肯定将一切看明白了,生命和创作的旺盛期已经过去,还感觉到自己必须要放弃许多厌恶的事情,让自己在自己的心灵泥淖里滑进去。于是,她从容、优雅、富于想象地写下了两封信,一封给伦纳德,一封给一起长大、相依相恋的姐姐瓦莱萨,走向了"一种我将永远不会描述的经历"。她会觉得:"如果现在死去,现在就是最幸福。"(《奥赛罗》第二幕第一场)

片中三个女人的选择十分不同:弗吉尼亚选择死亡,劳拉选择逃避,克拉丽萨选择面对生活。

没有人能评判我们的选择是对是错。我们只需选择而已。

怒放的弗里达

弗里达全身赤裸躺在车祸的废墟里,钢管穿过她的身体,鲜血像触目的花朵,闪烁的金粉洒满她的全身。她的身体仿佛被打扮得惊世绝艳,锁在一根金属管子上。这就像是一个隐喻,千疮百孔,然而却美得惊人。这是影片《弗里达》中的一个镜头。

面对这么奇特的女人,有谁能说:我比她还自我? 还富有个性?

我一直试图让弗里达远离我的视线,可她能离开我的视线却不能离开我的内心,她的作品让我生理和心理产生很强烈的反应。

弗里达·卡罗是墨西哥现代史上最富传奇色彩的女性画家,也是一位颇有争议、魅力四射的人物。她是第一位艺术作品被卢浮宫收藏的拉丁美洲画家,在世界艺术史上具有不可磨灭的影响力;美国邮政总局为她发行肖像邮票;欧美热映电影《弗里达》;美国作家海登·赫雷拉撰写她的传记,并被译为中文。

仍然是她,一生经历了大小 32 次手术和 3 次流产,最终瘫痪,依赖麻醉剂活着的女人,一个用自己的画写自传的女人……

一个艺术家的作品与他的经历是密不可分的。弗里达的作品就多为自画像,每每袒露出赤裸的五脏六腑,似乎与她传奇的一生同样的惨烈。她像一朵奋力开放不容摧毁的花朵,也许那就该是罂粟——恶之花,于黑暗中绽放出最浓烈的影像,成为一个暗藏叛逆、优雅,总是与众不同、有着独特装扮的弗里达。

我第一次"遭遇"弗里达是多年前看到一幅画,《我的诞生》,一个房间、一张床、床头一幅画、床上一个蒙着面的女人,女人的下体一个正在出生的脑袋,血腥、充斥着死亡的意味。人是矛盾的,弗里达的画作让我生理产生巨大反应的同时,我深深地记住了她,并有意识地去寻找有关她的资料和画作。

弗里达·卡罗的故事开始和结束于同一个地方。一幢有着许多绿窗户的蓝房子位于墨西哥城伦德雷斯街和艾伦街的交叉处,它是女画家的家,也是她身后的博物馆。这里有弗里达·卡罗的调色盘和画笔,床边放着她的丈夫迭戈·里维拉的毡帽;衣橱上写着:"弗里达·卡罗一九一〇年七月七日出生于此。"院子里的蓝墙上也刻着一行字:"弗里达和迭戈一九一五年至一九五四年生活于此。"这个地方见证了弗里达·卡洛一生三件重要的事实:出生、结婚、去世。

实际上弗里达·卡罗一九〇七年出生,但她后来多半自称出生于一九一〇年,也就是墨西哥革命那一年。这无伤大雅的谎言,是她说过的诸多谎言中的一个,有人认为这出于她喜欢编造故事的天性,也有人认为她拒绝承认小儿麻痹带来的推迟入学。也可能,这只说明一件事:她怕老。而弗里达,没有来得及活到老。

弗里达的父亲是德国移民,有匈牙利犹太血统,出身于手艺人世家,从先人那里继承来的精到眼光,使他成为当时最杰出的摄影师之一。母亲则是墨西哥原住民,是西班牙与美国印第安人的后裔。有一段时间,弗里达对外宣称母亲是一位墨西哥公主。弗里达共有四姐妹,她是第三个女儿。众人盼望的男丁一直没有降生,母亲失望到拒绝给她哺乳,家人不得不请了一位印第安奶妈。但父亲很钟爱天不怕地不怕的弗里达,从小把她当作男孩来培育。

6岁时患小儿麻痹症而成为残疾人,这使得曾经自我迷恋和开朗外向的弗里达的内心理想与外部现实世界形成了极大落差，孤独而又寂寞。童年的弗里达常常被别人嘲笑，这在她幼小的心灵上留下了一道深深的伤痕，应该说她从这里开始酝酿奇特的艺术之花了。但她从小就有惊人的美貌，她有黑色的长发，两条长眉毛就像鸟的翅膀，下面是一对迷人的大眼睛。

弗里达天性活泼好动，读中学时，就是个淘气的、爱恶作剧的女生，她很快成为学校里一个主要由男生组成的惹是生非的小团体的头目。在学校里，弗里达第一次遇到了她未来的丈夫，著名的墨西哥壁画家迭戈·里维拉，他来为学校的礼堂画壁画。他们相识了但没有交集。

一九二五年，18岁的弗里达与男友去看电影，途中，他们乘坐的公共汽车与一辆有轨电车正面相撞：她的脊椎折成三段、颈椎碎裂，右腿11处粉碎性骨折，一只脚也被压碎。一根钢铁扶手穿透了她的腹部，剖开她的阴部，割开她的子宫，碎掉她的骨盆。弗里达事后以黑色幽默消解惨祸："这起事故，令我失去了童贞。"此后，弗里达不得不平卧，被固定在一个塑料的盒式装置中。

车祸后不久，为了舒缓痛苦，也为了打发病床上的时间，她向父亲借来油画颜料盒、几支画笔和几张画布，开始作画。母亲还为她特制了一个能躺着作画的画笔。这是弗里达第一次正式作画，却几乎在第一个瞬间，就证实了自己与生俱来的天赋：她用血红、墨黑与黄褐，那是车祸惨烈的色泽。嘴唇是草莓色，脸颊是蜜桃色，秀发是巧克力色，她双眉连一眉，是一个浓烈的"一"字，如黑乌鸦的翅翼——《自画像》，送给已经离弃她的小男友。画中的她，纤细优雅，微微扬起的手掌如兰花开放，希望挽回已逝的爱情。

从此她就开始画画，此后30年间，她共绘有近200幅作品，其中大部分都是自画像。她的美术作品同时也是她在医疗过程中的个人痛苦和斗争的编年史，源泉当然是她的天才和热情。她爱墨西哥的一切，它的色彩、民间艺术、传统服饰，以及重视诚信和家庭的价值观。在这些作品里，弗里达经常把她自己画成穿着墨西哥的传统服饰，周围是她的宠物和她家乡许多葱翠的蔬菜。她的作品极具视觉冲击力，有时是写实的，有时是幻想的，表明她的艺术和生活是不可分的，但充满悲剧色彩。

弗里达重新站起来，再次学会了走路，慢慢地、轻轻地、摇摇晃晃地，就像踩钢丝的杂技演员。二十岁那年，她与迭戈·里维拉重逢。是朋友介绍他们相识，而弗里达喜欢向世人说的版本则是：她带着初试啼声的画作去找正在脚手架上作画的迭戈，迭戈爬下梯子，一幅幅认真地看。"每看一幅画，他就发现一种少见的能量爆发，线条灵动，凝重与精致兼备。迭戈习惯对专弄技巧、哗众取宠的新手大加批评，这次，他却找不到取巧或虚假。画布上的每一厘米都是真实的，都满溢着这女人的性感，呼号着她的痛苦。"这一双相爱的灵魂，就此找到了对方。

一九二九年，弗里达成为信仰共产主义的迭戈的第三任妻子。迭戈当年42岁，贪杯好色，体重近300斤，结婚两次，创作的都是鸿篇巨制的大幅壁画；弗里达则年仅21岁，体态娇小，弱不禁风，利用画架创作，鲜有大型作品。这段姻缘被弗里达的母亲伤心地形容是"大象娶了白鸽"。

弗里达曾画下她与迭戈在一起的样子：一袭绿裙、肩裹红披肩的她，色调对比强烈到令人眼盲，挽着他的手，怯如惊鸟。迭戈给过她很多帮助，他率先建议她穿着墨西哥本土服饰，以营造独一无二的个人LOGO，又在艺术上给予她极大肯定，引领她带入艺术家的圈子,他盛赞弗里达"是艺术史上第一个女人,以全然鲁莽的真诚以及安静的残忍,在她的艺术里潜心钻研常见却独特的,仅仅关于女人的主题"。但他们并非佳偶。弗里达后来说:"我一生经历了两次致命的意外打击,一次是撞倒我的电车,一次是里维拉。"

但是身为墨西哥女性、爱寻花问柳丈夫的妻子,她宁愿拿死亡来赌,努力地用她那由碎片拼成的身体孕育孩子,一次、两次、三次,均流产。她与迭戈的婚姻,是另一种痛。迭戈与所有相识的女人偷情,甚至包括弗里达的妹妹克里斯蒂娜。发现了爱情与亲情的双双背叛后,弗里达痛不欲生,以报纸上登的一桩杀妻案为题材,画了她最血腥的一幅画《轻轻掐了几下》:女子被暴怒的丈夫所杀,横尸于床,血光四射,连画框——读者与画者之间的边界上都沾满血污,打破了艺术品与现实世界的藩篱。

弗里达将她所有的感情倾注在画布上,她画她暴风雨般的婚姻带来的愤怒和伤害,画痛苦的流产,以及车祸带来的肉体上的痛楚。

弗里达爱迭戈,也恨他。他是她的导师、丈夫、伙伴与爱人。影片中,当弗里达与迭戈的摄影家女友在舞会上相遇,两个女人翩翩起舞。在这场阴柔中暗藏刀锋的较量里,弗拉明哥节奏的歌曲仿佛把舞场变成了战场。他们的婚姻里这种场面常常出现。婚姻已经变成互相折磨,一九四〇年,他们离婚,随后她的健康状况急速下降。两个月后,迭戈意识到弗里达不能单独生活,需要自己的照顾,于是与她复婚。第二次婚礼简单朴素,当天迭戈就去画他的壁画了。

弗里达缓了过来,那之后,弗里达的声望持续升高,在现代艺术博物馆、波士顿当代艺术学会和费城艺术馆,都将她列入最有威望的艺术家名单。一九四六年,她得到墨西哥政府的奖金并在年度国家展中获官方奖。她还在一所新型的实验艺术学校授课,以非传统的方式教授学生，曾经师从过她的画家们，后被集体称为"弗里达门人"。

从一九四四年起，她的身体痛苦加剧，迫使她不得不依赖吗啡。为镇痛，她一天要喝一瓶龙舌兰酒，杜冷丁也成为家常便饭。破碎的脊椎不再能担负她的体重，她被锁在支撑衣里，挂在器械上，脚上悬着20公斤的重量，到去世为止，她共用了28件支撑衣。疼痛、酒精和麻醉药物的共同作用，令她的画风呈现笨拙无序的风貌。

尽管弗里达的生命中充满了痛苦，但她仍然是一个爱交往的人，朋友称她是Party动物。她常常是不停地说脏话，唱黄色歌曲，喜欢喝龙舌兰酒。她会对客人讲色情笑话，使所有人——包括她自己——都深感震惊。她所到之处，人们都被她的美貌征服，他们停下脚步注视着她。

弗里达充盈机智，有点男孩气，又极具女人味，她大笑起来非常有感染力，或表达欢愉的心情或是对痛苦之荒谬宿命的认可。雕塑家诺古奇爱上了她，苏联的政治人物托洛茨基也爱上了她。法国诗人及散文家布雷顿形容她："呈现在我们面前的，正如在德国浪漫主义最辉煌的岁月里一样，是一位有着全部诱惑天赋的女人，一位熟悉天才们生活圈子的女人。"在克里斯蒂娜事件后，她更放肆了，勾引她看上的每一个人，随意上床：男的，女的，老的，少的，艺术家，诗人，共产主义者……她性别不限，男女皆好，只要你够美丽或者有名。迭戈对这件事的反应是很"男人"的，对她的男性情人，比如日裔雕刻家野口勇，他怒火中烧，持枪威胁，吓得野口翻墙落荒而逃。却对她的同性恋情满不在乎，会把自己的女伴介绍给她，让她们陪她过夜。

一九五四年，弗里达的右腿因为肌肉坏疽从膝盖以下被切除，她陷入极大的痛苦中。弗里达的朋友们知道她即将离去，努力在墨西哥城帮她组织了她生前在自己的故乡的唯一一次个人画展，也是她平生唯一一次个人画展。那时弗里达的健康已非常糟糕了，医生告诫她不要去现场。来宾们刚被允许进入画展，外面就响起了警报声。人群疯狂地拥向门外，那里停着一辆救护车，旁边还有一个骑摩托车的护卫。弗里达·卡罗睡在担架上，从车里被抬出来，进入了展厅。她的床放在展厅的中央，人们上前祝贺她。弗里达对着人们讲笑话，唱歌，她甚至还整晚地喝酒，所有的人都很开心，画展很成功。弗里达告诉记者说："我不是生病，我只是整个碎掉了，但是只要还能画画，我都会很开心。"

同年七月，弗里达最后一次出现在公共场所，是在一次共产党的示威活动上。之后不久，她睡着了，再也没有醒来。根据报道是血栓塞，却不排除自杀的可能。一位评论家在《时代》周刊中以一篇题为"墨西哥式的自传"的文章中写道："要将她的生活与她的艺术分割开来是很困难的。她的画就是她的自传。""我希望离开是愉快的，我希望再也不回来。"这是弗里达日记里的最后一句话，却和她的最后一幅画《生活万岁》不相矛盾。生活太痛，同时也很美。痛和美，同样要用身体和能量来承受。身体瓦解了，只能让灵魂飘飘。

只是迭戈在弗里达死后才意识到她的爱有多么强大，弗里达落葬的那一天，据朋友的形容，他"像被切割成两半的灵魂"。三年之后，迭戈便随弗里达而去，遗言是与弗里达合葬。但最终他被女儿——非弗里达所生的女儿葬于墨西哥公墓，离弗里达很远很远。

是情节跌宕的爱情往事。但让我感怀的是弗里达的初恋，她的初恋在她的内心延续了一生。也许可以说，是她的初恋促使她成为一个画家。学生时代，她是卡丘查的领袖人物阿里亚斯的女朋友。她写给他的信鲜活地展示了她从一个小姑娘进入青春期最终成为一个成熟女人的发展进程，还显示了她极具诱惑性以及那种倾诉自己生活和感情的强烈冲动，一种最终驱使她画大部分自画像的内在需求。她把发生在自己身上的事画成画——《一个吻》《生病在床》等。她告诉阿里亚斯："一到夜里，死亡就来到我的床边跳舞。"她的第一幅真正的画《自画像》是这时送给阿里亚斯的，她成功地将自己画成一个美丽的、脆弱的，但有活力的女人。她的自画像成了她命运起关键作用的有魔力的护身符。她对阿里亚斯说："我留给你我的肖像，在我不在的日子，你依然会有我的陪伴。"

在整个一生中，弗里达运用她的聪明、她的魅力和她的痛苦来牢牢控制那些她爱的人。然而，弗里达日渐增强的痛苦和渴望使他们的关系难以维持下去。

弗里达的人生，就如她的画，"有时甜美如同微笑，有时绝望得如同生活的苦难"，这大概就是造物主想让她展现的生命华彩。造物主给她非常人所能承受的深重苦难，是为了激发出她灵魂最深处的渴望，让她展现出深藏在她体内的常人所没有的璀璨光芒。

她的一生都在用心灵在炽热的岩浆上舞蹈着，直至再也不能承受，不能承受……而坠落、坠落……

同名电影《弗里达》作为二〇〇二年威尼斯电影节的开幕片，由女导演茱莉·泰摩执导，她用超现实主义的表现手法，充满想象力和才华，很出色地配合了弗里达的绘画。弗里达一角历经多位一线女星的争夺，最后落在塞尔玛·海耶克（Salma Hayek）身上。此片在弗里达的家乡墨西哥气势如虹，首映周就占据了票房宝座。如果不是弗里达，情况会怎样？

我将让她就此离开我的生活，各自前行。

一砚一江湖

友人送端砚一方,我不事书画,束之高阁。

去了多次肇庆,见了许多的所谓高低贵贱之端砚,越发喜爱这冷冷的石头。今日收拾书房,我将高阁之砚从匣中取出,静置桌面。思顿后,将笔墨、纸张搁其侧。

一瞬间,山水氤氲。风雨飘摇,岸边芦苇低垂,戴斗笠的钓鱼老人气定神闲,小篷船静定,渔竿虚置。我用手慢慢地摩挲砚石,冷石渐渐温润,质感越发细腻。此砚为一本书的大小,色为深猪肝红,由不规则的 块石头打磨刻成,基本为长方形。砚边未经加工处理,砚面左边有一些凹凸,右边的砚面有一层石黄,正好雕刻家把它设计成了芦苇。右上角,钓鱼老人静坐小船头,其余的砚面,皆借石头天成之纹,形成了风刮起的雨丝。砚边刻成了大波浪形的水纹,俨然湖面。边角处刻着一枚印章:陈炳标。砚的背面也只是将其收拾平整,没有下什么大功夫。

观其砚画和印章,大巧若拙。艺术家如果不刻砚也当是一文人画画家。此砚气韵生动,之清灵之寒意又有儒雅之致,用笔疏简清逸,不作多余渲染。虽然鲜见刻画,然错落有度增加了砚的层次感。以石色当水墨,他随手刻画,山水人物皆传神,于温雅之中别有一种生拙之趣。湖天渺茫之景致,无波的湖水和明灭变幻的雨丝用留白烘托,湿而浑厚。端庄、方正,油润如脂,有一种与生俱来的高贵之态、清隽之气和历史感的画境。砚由石做，石不能言，人以之言。苦瓜和尚（石涛）在《题春江图》时写道："吾写此纸时，心入春江水。江花随我开，江水随我起。"真乃我此时读砚的心绪。

友人为端砚收藏家，大大小小，厚厚薄薄，各种形态，已过百方。我常去他的书房观砚，久之，他也就知道我的喜好。我越来越感觉到好的砚雕作品，艺术创意生发于砚料，构思紧扣砚料的形，一方砚是天成的面形、色泽、石品与人为的创意、艺术表现浑然一体的佳妙结合。因形生意，以刀代笔。写意，好比国画的手法，太过则为劣。制砚又全然不同于书画，是一刀一刀，慢工雕出的细活儿。

这位雕刻家的砚面画有着明代之陆治的画风，而陆治的山水喜仿宋人，勾皴劲健爽利，湿笔淡墨渲染，造成清远空旷的景域感，静中有动，意趣横生。以雕刀替代画笔，笔力是要重许多的。

我不知这位陈姓艺术家的情况，我也不知道这砚价值几何，但我拥有和了解了他的这一方砚，定当好好收藏。

说到藏砚，我倒想起一典故。米芾任书学博士时，有一天宋徽宗与蔡京在艮岳谈论书法，召米芾前来，命米芾写一幅大屏条，指着御案上的端砚让米芾用。书写完毕，米芾捧着砚台下跪请求："这方砚台已经被臣弄脏了，不能再送到皇上的书房里去，恩宠到这里打住吧。"皇帝听了哈哈大笑，就把砚台赏赐给了他。米芾手舞足蹈地谢过，随即抱着砚台急步退出，尽管剩下的墨弄脏了衣服但喜悦之情现于脸上。宋徽宗对蔡京说："米芾的颠名果不虚传。"蔡京进言道："米芾人品着实高雅，真是不可无一，不可有二。"是呀是呀，得好砚一方怎是一个"满足"了得。

这砚面的老人，是钓鱼还是看风雨，那只有他自知。他的静坐风雨中，倒是昭示内心湛然的一片光明海。内外明澈，顿觉真如。"一笑水云低"说尽过去和现在。

风雨飘摇,不如归去,做一个闲人,一壶酒,一杯茶⋯⋯

在南中国海边遥想高高的冶力关

亲爱的安平：

深秋安宁！

生活真的很有意思，重阳节时，我们还在冶力关的小馆里喝着青稞酒，霜降时，我在海拔只有 8 米的南中国海边的广东茂名电白县的博贺镇，回想，这才不到十天。傍晚，海浪阵阵冲上沙滩，我的思绪却回到了在冶木河边、莲花山下的散步与畅聊。那会儿，下过了雪，我们穿着冬衣，而这会儿，短衣打扮。想念你，你在干啥？

离开冶力关那天，我小诗意了一把："我们总是在秋季见面，于是，秋意就弥漫了我所有的季节。"

虽然我去过了几次甘南，其中去过郎木寺三次，还去过玛曲的阿万仓，吃过最好吃的手抓羊肉，但那是我第一次去冶力关。对于冶力关我不陌生，此前因为中国作协陈涛在那儿工作过，我们为他筹措小学生的文具、玩具和书籍。

一说到海边，你一定会联想到田园诗般的小岛、美景，也确实如此，此刻，我就身在浪漫海岸度假村，这儿有一座诗人张慧谋牵手有着文学情怀的企业家打造的颇具规模的"诗歌殿堂"。光有情怀、有创意、有想法还不够，要有钱才能办成事，这是真理。

虽然博贺是全国十大渔港之一，但度假村所在的这个海湾与那儿有一定距离，所以没有清晨的喧闹和日常浓郁的鱼腥味儿，应该就是理想中的东南亚生活状态。啥时你来体验体验？

夜晚的海边与冶木河边真是音浪等级不一样，但我的心境是一致的。离开冶力关，我没有停止思考那晚的谈话。几十年来，我的人生一直跌宕起伏，谁又不是这样呢?! 懵懂、冲动就似乎没有离开过我，摔摔打打的，过了这么多年，好在多年的战友和朋友对我的评价是：你还是那么天真呀！我一点儿也不认为这是贬低我，真的。我也曾经试图在杂七杂八的人群里突显自己，但发现还不如让自己平淡无奇来得有趣。我也知道世间险恶，可那些事情一过我就忘记了，但我忘不掉的是那些大大小小的温暖和爱，是那些人。我现在是明白了，是我们看待事物的方式，而不是事物的本身，决定着一切。

海滩上，那个大大的 LOGO"I LOVE U"亮起了淡紫色霓虹灯，远处灯火通明的树林里卡拉 OK 歌声响起，虽然是旅游淡季，但还是有一些来度假的人，我沿着海岸一直往前走。我应该是到了不再思考人生意义的年纪了，多远的路我都走过，多难熬的日子也体会过，可我是幸福的、幸运的，这就很美好了，对吧？我要的不多，但我现在要的是我真正想要的。有人说过这么一句话，是我无意间读到的，就记住了："追光的人，自己也会身披万丈光芒。"

白天，我看到海岸边密密匝匝的树，我随口问了谋哥这是什么树，他说是木麻黄，我小愣怔了一下，急着问：确定？他说是的。我想起那年去河南林州红旗渠参观学习的时候，当地领队指着几棵树说是名贵树种木麻黄，而在这儿，木麻黄是防风林。

这一块地方，在新中国历史上是很有名的。中华人民共和国成立前，电白沿海海滩一带，全是白茫茫荒滩，没有丝毫绿叶。一九五四年，博贺人民积极响应政府绿化祖国的号召，大力开展植树造林活动。但要在全盘沙化的土地种上绿叶谈何容易，沙滩土壤盐分多又难于保存水分，所以试种了几种树木都不能成活。最后才确定种植木麻黄。几位女同志想出了用竹编成小竹笼，装上干海泥黏土来育树苗。当竹笼里的绿茎破土而出时，她们欣喜至极。经过无数人的艰巨劳动，终于在南粤海滨难于生长植物的风沙带成功种植防护林带。它抵挡着风沙，防止了水土流失，保持了生态平衡，使沿海良田耕地得以耕作。陶铸在视察博贺林带时，得知植树造林的民工多数是妇女，就命名博贺林带为"三八林带"，一九五八年中央电视台开播的第一天就播放了"三八林带"长时间的新闻。国画大师关山月以"三八林带"为素材，作了国画《绿色长城》，这幅国画悬挂在北京人民大会堂。

我对树有着天然的亲近，所以谋哥一说到树，我又想起这一次在冶力关认识的，在我记忆中有着深深印记的"青冈木"，莲花山上好多，一片一片的，色彩丰富。学敏兄很随意地说："青冈木就是橡树呀。"正如有一次他漫不经心地告诉我们，"格桑花的名字又叫张大人花"。

青冈木，也就是橡树，主要分布在欧洲大部分国家和亚洲西部的植物。我对它的印象来自于西方文学作品以及舒婷那首《致橡树》。在西方文学作品，尤其是《圣经》中，橡树象征荣耀、力量和不屈不挠，出现频率很高，比如"耶和华在幔利橡树那里向亚伯拉罕显现出来"。它以一种最受礼敬的形象出现，如东方的菩提树一般神圣。在俄罗斯文化中，它的象征意义有了延展，永恒和生命力是它的主切精神元素。在西方文化中，橡树代表的意义极为丰富，就如眼前树叶的纷繁色彩。

歌德的《欢聚与离别》中：

我的心儿狂跳，赶快上马！

想走想走，立刻出发。

黄昏正摇着大地入睡，

夜幕已从群峰上垂下；

山道旁兀立着一个巨人，

是橡树披裹了雾的轻纱；

黑暗从灌木林中向外窥视，

一百只黑眼珠在瞬动眨巴。

在中国，诗人舒婷让橡树与木棉相对，那种精神的高拔充分体现了出来。二〇一七年，张炜也写出了一首《我与沉默的橡树》，橡树真正成为文学艺术的一种精神内核。

我喜欢说："一切美好，都是不期而遇。"你想想，真的是这样，就如我们的相识。

其实，不论是木麻黄还是青冈木，所有故事的发生，都是因为有人，对，有人的站立。

木麻黄成林，改变了人们的生活环境，是因为有电白人民的改天换地，青冈木的丰富多彩，漫山遍野，是因为人力的改造，使得荒山变了模样，改良了生态。

冶力关是一个神奇的地方，再也没有了部族战乱，盛世太平，一片祥和。冶木河流淌着雪山融化的水，彩虹桥跃然其上；莲花山化身成十里卧佛，安然于此。

顺其自然的生活是一种状态也是一种心态。我当然不会想到，一切都在偶然间，我们会在一个小小的面馆里，年轻的老板一家三口闲闲地陪着我们，我们喝着酒。我说过，有人、以细节为主体、没有空洞的大词的语句,就是好诗。你和我之间的关联,正是如此。两瓶二两装的、产于迭部的青稞酒,我们慢慢啜饮。话少,酒也不多,这正是我想要的。这是生活,是日常;也是诗歌,是美妙。

　　海浪、河水不会停止运动,时间也是一样,它像水,但以你触摸不到的方式流淌,它可以带来一切,也会带走一切。

　　一切都那么美好,正如我此时的心境。更要感谢,不用拿出纸笔,我就可以写下如此多的文字,然后嗖的一声,她们就去了你那里,想想都开心。

　　好了,不说了,海面的渔火多了起来,是渔民驾着小船在近海捕鱼,我也要休息了,明天还有活动。

　　希望我们下一次的相聚是在春天。

回想上清宫

　　说起上清宫,我并不陌生,从小就看过《水浒传》,长大成人还在那儿住过几个月。

　　第一代天师张道陵(张天师)辞官隐居后便在这里隐居炼丹,丹成而龙虎现,从此便在龙虎山上传道。历代天师们生活的地方,便是天师府。天师府旁是天师祀神之所——上清宫,宫内伏魔殿内的镇妖井,就是中国古典名著《水浒传》里一百零八将水泊梁山好汉的"出生地"。

　　记得幼时读《水浒传》那"张天师祈禳瘟疫,洪太尉误走妖魔"的故事就是发生在此,就想这上清宫必定是庞大,辉煌。要不怎么连那经常出入宫廷的洪太尉见了也赞叹不已呢?

　　我参军入伍后的一年,与50多名军人来到了上清宫,在我看来,上清宫也就只不过尔尔。想必从前的大地主现在顶多算是个小财主了。

　　上清宫就在江西鹰潭龙虎山旁。那时的上清宫内有一所学校,贵溪三中。整个上清宫的后围是用土墙圈起,里面有一块大大的生长着杂草的空地,学生们就把它当成足球场,那个高大宽敞的礼堂成了食堂。院子里面有几幢楼房,往面朝河边正门方向的是教学楼,教学楼后面是学生宿舍,前面临街,临街的是厚厚的红墙。上清小街,石板铺地,瓦檐搭瓦檐的破旧店铺,沿河一边的店铺成了伸入水中的吊脚楼,泸溪河边站满苍古的香樟、老枫、苦楝、银杏、乌桕。

我们50多位军人准备考军校,参加上级单位组织的高考补习班。那年军区后勤部把这个组织任务交给了下属的一个单位,这个单位就把这个任务委托给了贵溪三中。于是,百多号人来到了上清宫,一住就是三个月。那时的上清宫是好学生的清静学习场所,也是我之不好学之辈的乐园。

那天,四辆军用卡车拉着我们进入上清宫外的村子时,村子里沸腾了。老百姓好奇来这么多当兵的干什么,其中还有那么多的女兵。车到上清宫时是上午,洒扫庭院,整理内务之后已到中午,哨声响起,男女分两队排队进入饭堂,领导讲话之后,全部人员居然上到主席台,我们那站不稳的大饭桌就设在那上面。此时,台下黑压压的一片全是下了课的三中的学生。在无数双眼睛的注视之下,我们低着头吃完了那顿饭。

女兵宿舍就在天师府门前最近的那一栋的一楼头几间,只消三五步就到了府门口。那时的天师府不要门票,傍晚时分,我们几个女孩子结伴进入府门,此时的千年古观有着一份难得的宁静,但还是有点恐怖。我信步于这沧桑的古建筑间,院内的千年还是万年龟驮着的碑已在"破四旧"那会儿被砸坏了,彤壁朱扉的色泽也已消失殆尽,雕梁画栋还在但已蒙尘,古木依旧参天但有一枝遭了雷击。

水浒英雄们的出生地——镇妖井,在伏魔殿极不起眼。镇妖井口似合萝,凹深幽冥,一眼望去只见黑黑的一片,不见边际。真是无法想象那三十六天罡,七十二地煞是如何从井里冲将出来,又化身一变为水泊梁山一百零八好汉的。

那时还是很喜欢古典文学的我心生出了许多的想法,道家的圣地为何成为这些煞星凶神的诞生之所呢? 这其中的原因想是值得深究的。

那时香火虽不旺,但还是可以抽签的,也真神,我前后共抽过三次,都是同一签,嘿,是一支上上签,好像说我是啥天上掉下来的一颗什么什么星,虽然生活的道路不怎么顺畅,可前面总是有贵人相助。开心开心。

道家讲究的是清虚安宁,在张天师府院内设一学堂,当然是当地政府很充分地利用上了这么一块地方。每天,三中的老师给我们上课,课程也和高三毕业班一样,只不过我们是强化。下了课,有的部队学员就在大草地上踢球,我就曾和一帮男兵同踢过足球,那真是一路畅通无阻,我知道这不是因我从前是校女子足球队成员技术好,而是他们都不好意思和我抢。其他学员大多是三三两两去小街上逛,要不就是有谁谁谁的同年兵大老远来看望,就一大群人扎堆喝酒,每回都会放倒那么一个两个。更好玩的是一个南京兵,瘦高瘦高的,听我说那像王子一样的泡泡袖衣服好看,他居然就在小镇上唯一的一家裁缝店做了一件穿上,被人笑话他听我话。

当然,我不是个好学生,或可说是悟性差吧,那一年我没有考上大学。可是我与上清小街上的几乎每家小店成了好友。每天早自习的时间,可以看见我在帮助秀妹做豆腐;卖油饼的炳叔也总会叫我吃新出油锅的饼;箍木桶木盆的贱根伯说等我出嫁的时候送一套木桶给我,女儿出嫁送木桶木盆是这里的风俗;甚至扎花圈的、卖药的我都能和他们聊天,还学会了如何用皱纸扎成一束小花;只用了几天的工夫,我已能说上几句当地方言了。还有那成天在河上用鱼鹰捕鱼的三牯,他可真是我的救命恩人。他们都喜欢我这么一个穿着军装的"假小子"。说起三牯救我这事儿,至今还记忆犹新。那天傍晚,我、一个来自福建邵武的女兵、一个江西吉安的男兵上了三牯的竹排,去看鱼鹰是怎么捕鱼的,沿岸的美景让我安静下来。这时,吉安兵大叫起来:"回来了,回来了。"只见一只鱼鹰嘴里叼着一条鱼回来了,我们三人激动起来,竹排晃动,我就那么掉进泸溪河里了。三牯用竹竿够没够着,就跳进河里把我捞了起来。惊魂未定的我已经灌了一肚子水。就为这事,我差点背了个处分。

从镇上的老人那儿,我听说了许多上清的故事,什么夏言与严嵩之斗、天师与狐仙之恋的传闻,还有上清女子的秀丽容颜及风流韵事。那静静的泸溪河水,三牯说是流去龙虎山的,而那龙虎山因水已成为著名的风景名胜。

记得那时贵溪三中还有几个支教的男大学生,他们在女兵面前常摆出一副清高的姿态,同三中那几个长得挺清秀的男教师踢足球、打羽毛球,可后来还是对我们其中的那几个靓女兵穷追不舍,请吃请喝的,让我们沾了不少光。

世界太小了,去年的一天,我曾偶遇那一年在贵溪三中支教的叶先生,他告诉我,三中早已搬出了天师府,就连那间四壁都是缝,曾经做过女兵浴室的谷仓(那时我们洗澡还真让不少小痞子饱了眼福,想来心里还真不是滋味),也建成了一排房。如今上清宫作为全国最大的道场早已闻名于世了,可真是气派。

是啊,事过境迁,我们这50来个军人现在虽没成"英雄",可在各自的工作岗位上发展得还不错。那个曾因逃课被政治部主任骂"死猪不怕开水烫"的王师兄,考上了大学,现在在上海警备区;那个跟我同名不同字的爱哭的女孩现在在北京的军队医院,已经是护士长了,还有好几位活跃在各自的部队,都成了团首长。其他好多位回到地方,去了好的工作单位,或者办起了自己的企业或公司,而我呢,当初虽没考上军校,可现在我也在地方大学研究生毕业了。

想来安静场所真能得道。但我还是怀念从前的天师府。

听我说完我的故事,一位长者说:"但求得心中有道,则人间何处不道呢?"

洗澡

　　两广包括海南,洗澡通称"冲凉",就是"北方人"来到此地,也会迅速地改口,"去冲凉了"。在广东人的概念中,除了两广和海南,也就是岭南以北,中国其他地方都是北方。

　　凉,在岭南,这是一个很有意思的词,"凉茶",不代表是冷的茶水,同样,热水器一开,哗哗的热水,人往花洒下一站,还是"冲凉"。

　　我居广州 30 年,至今也不适应这里的气候,湿热、黏腻,尤其是大热天,可大热天才是常态。每天下班回到家的第一件事,就是洗澡。清洁身体只是其次,它更像是一种仪式,在褪下一切附加之物后,从内至外,彻底放松自己。这种放松,自然也会产生不少浴室歌唱家。

　　"仪式"是一个很有味道的词,当它与"澡堂"相关联,那是家长里短、烟火气十足,比如出自第六代导演张扬之手的电影《洗澡》。而与浴室、浴缸相关联,它可以生发出很多活色生香的故事,香艳如《青蛇》,文艺如《朗读者》,内敛如《冷水浴》。是的,这都是电影,只有视觉艺术才能真正体会这种仪式感的经典。水汽蒸腾中的肉体线条,或楚楚动人,或暧昧弥漫,这种最为直接的视觉段落,总能带给观众无限遐想与情感体验。

　　不论是北方的低端与奢华的大澡堂子,还是个人家中私密性强的浴室,洗冷水澡的是少而又少了吧,我却在此时阅读杨绛女士精妙而寓意深刻的《洗澡》时开小差想起了从前的一个生活片断,记忆深刻,怎么也忘不掉。

一九八八年,高考是在七月。五月,为了备考军校,50余名男女兵安营扎寨于江西的贵溪三中。这50余人来自于原南京军区不同的部队,其中有15名女兵。学校就在如今的张天师府,那时候的旧道观只呈L形的两栋小而破的建筑,用围墙围住。还是有一个道士的,可以和他聊天还可以请他解签。围墙外是很空阔的一个野生足球场,道观大门前左右有两栋长长的两层楼,那是学生宿舍,左边一楼最靠近大门的三间给了女兵住,男兵全部住在二楼。平行的、远一点的那两栋是教室,我们占了左边那栋二楼最大的一间,窗外就是上清古镇的主街。

主街很窄,感觉人站在磨得光溜溜的石板路上,两臂一张,就可以够着两边的店家。古朴的商业小街,卖啥的都有。我常常下午4点多下课后去街上唯一的那家豆腐坊,看漂亮的老板娘做豆腐后一路小跑回学校去吃饭。学校的食堂是在一座很大很高的礼堂里,我们5:30就排着队、唱着歌上主席台,分5桌坐在主席台上吃饭,台下是这个学校的几百号学生。

饭后,野生的足球场上,十几个兵和学生在疯跑、抢球,而绝大部分学生回了教室。

一定要重点说的是,两排房子中间是布满一溜水龙头的洗涮台。

傍晚六七点,一堆的男兵就在洗涮台边洗冷水澡,水真凉,频繁有人发出狼一般地号叫,这真是一景呀。斯文一点儿的穿着背心和短裤,悄没声儿地淋水,狂野的就穿着一个三角裤,用桶直接当头倾泻。有时,靠窗住的女兵就会端起一盆水,对着窗外的他们泼了出去,引来一阵骚乱。

天越来越热,15个女兵也无法轮流在房间擦澡,加上,校长找我们领队说,这些男兵不能再在大庭广众之下洗澡,乱了女学生的芳心了,会严重影响她们高考。

分部政治部王主任专门为解决我们的洗澡问题来了,小小个子的他叉着腰,手指呈向上的姿势,指着前列的男兵大声说:"你们这些家伙,不好好学习,在这里影响女学生,死猪不怕开水烫!"

礼堂后边的两间相邻的破烂不堪的谷仓就给利用上了,男一间,女一间。每天傍晚,每个人拎着一桶冷水,安安静静地走进各自的谷仓。谷仓不大,但很高,采光不错,因为墙体的高处有几个空洞,以前应该是有窗户的。我们在空洞对着的这一面墙依次排开,边说着话边洗澡。每天进谷仓,我都很忐忑,总感觉有事情要发生。男兵们倒是再也不闹腾了,只是抱怨一桶水只够洗脸。

有一天课间,男兵班长走进来把女兵班长叫了出去,过了一会儿他俩回来了。下课后,女兵班长把我们集中在一起说:从今天开始,我们洗澡时由男兵轮班为我们站岗,我们全部洗好后,他们再洗。然后她慢慢地说,谷仓的外面就是校外,杂草丛生,以前从来没有人到这里来,但这些天,总有街上的人透过谷仓的破洞和缝隙偷窥女兵洗澡,还有学校的学生参与,学校老师已经知道了。男兵班长昨天知道后,带了两个兵埋伏起来,抓住了三个干坏事的,还是跑了几个。我们15名女生一起惊叫起来。吃饭时,我咽不下,转向我的邻座说,我总觉得身上长着好多双眼睛,甩也甩不掉。

过了几天,附近的部队派人来拉水管分别进两个谷仓,接好了冷水沐浴的直喷管,并把谷仓所有的破败之处补填好,还请食堂晚饭后给女兵煮一大锅热水洗澡,一人一桶,兑着冷水洗。在就要离开此地的前几天,我们终于安心地洗上了痛快的热水澡。那边,哗哗的流水伴随着男兵的打闹。

我们走后，在学校支教的老师告诉我们，部队再次为学校改善了谷仓浴室的条件，还加装了一个小锅炉，定时供应洗澡的热水。

去年，我们一家三口去了上清古镇，贵溪三中早已搬离了张天师府。如今的道观气派、宏阔，除了一对小门扇上的门神是我熟悉的，秦琼和尉迟恭几乎没有啥变化，其他当年的所见已了无痕迹，就如当年的那50多人，如今有联系的战友算起来一个手的手指都用不完。我儿子是研究电影的，他说，发生在这儿的"偷窥"情节很有场景和镜头感，这里边包含了很多内容。

多年来，我时不时地会想起这个情节，但被偷窥的那种"膈应"劲儿在慢慢淡去。"不知原谅什么，但觉世事尽可原谅。"

那天，我们一家三口谈了很多，电影、文学，当然还有现实生活，主题是"洗澡"。

每张面孔都是一部经书

我一向认为，摄影这一行从来就没有专家。有时一个新手拍出的片子比那些几十年的老"摄骨"有味道得多，含义丰富得多。因为他们有独特的视角，有创新的思维。我更愿意称摄影人为艺术家，他们是未知和隐秘的勘探者。

李好摄影年头不多，所拍却越来越有一个鲜明的特定主题：高原、朝圣。

雪域西藏的朝圣行为是从哪个时代起始的？为什么要选择五体投地这一含有自虐性质的苦行？迄今为止，我没有从别一民族、别一宗教、别一地区发现过类似的方式。藏族人认为非如此不能表达最虔诚最深切的情感和愿望。藏族民歌中甚至就有用第一人称描述磕头朝圣的内容，不过却举重若轻，极具浪漫情怀。

> 黑色的大地是我用身体量过来的，
> 白色的云彩是我用手指数过来的，
> 陡峭的山崖我像爬梯子一样攀上，
> 平坦的草原我像读经书一样掀过……

走向心中的圣地，这是每一位朝圣者的终极愿望。在川藏线上，我看见过一支又一支朝圣的队伍；在拉萨，深夜的大昭寺前，仍然有众多的朝拜者默默地等身长拜。他们起伏的身躯在夜色中时隐时现，我感应到了一种激情的旋律。是什么样的力量占据着他们的心灵？玛尼苍穹下，难道真有神灵在俯视他们吗？

李好就在这样的白天和晚上，在大昭寺前，静静地观望，用他的心灵和镜头。那位向远处走去的老妇人、那些极深重的高原红却条理明晰的苍老面孔、那些与主人有着同样慈祥神情的小狗、那稚嫩的面孔和小手以及那孤独的轮椅的背影，无不显现种种神迹。但我更多地读出了洁净的希冀、单纯的幸福，还有救赎。我不知道摄影者李好是否有宗教信仰，可我从这些照片里面读出了与之相呼应的内容。如果这些内容在摄影者、照片、观众之间产生共鸣，就是李好的艺术成就。

我想起米兰·昆德拉在他的《耶路撒冷致辞：小说与欧洲》演讲中的一段话。他以托尔斯泰写作《安娜·卡列尼娜》时的情景为例，得出，有一种需要作家倾听的他称之为"小说的智慧"的东西。他说："每一位真正的小说家都等着听那超个人的智慧之声，这也解释了为什么伟大的小说常常比它们的创作者更为聪明。"

李好是智慧的，他的摄影作品更为智慧，它们延伸和扩展了他想要表达的质素，展示了残存于世的民间信仰与精神相互扶持的和谐。这一定是他没有意想到的效果。

他规避了摄影者对西藏浓烈色彩的极度嗜好，采用了西方化的黑白摄影手法。黑白影像抽去了现实物像中的色彩，使影像处于"似是而非"的疏离状态，拉开了与现实的心理距离，从而成为观者参与创作的平台。相对于彩色摄影，黑白摄影更具有象征性，更显得单纯化，更富有想象空间，这些正是黑白摄影最大魅力之所在。而我更愿意从中国古典绘画的角度来看黑白摄影,我的直觉认为这与中国文化"虚静"精神紧密相关,与文人画中不饰重彩、偏爱淡雅的意趣紧密相关。虚与实,绵密相生。

也许这就是李好《朝拜者》系列作品的旨归?而这显然是他作品的智慧显现,它们比他聪明得多。它们有着很强的带入感,迫使我思考生存、肉身和灵魂、生与死的意义及可能,它的"迫使"使我的思维变得更清晰,同时又更为茫然。

生活的那一刻的场景,假如它没有被李好记录下来,它就永远不被记录。生活无法复制,但艺术作品可以记录和复制,这就是意义。但李好将这一刻以他掌握熟练的科技手法来进行艺术加工,我们看到的自然呈现的是一种不同的、无法想象的超自然的神迹。

众生喧哗的《朝拜者》们,真正的多声部的复调感。

看看那些面孔吧,如刀刻出一般的布满皱纹的面孔,这些被风沙打磨过的、烈日暴晒过的、时光雕刻过的面孔,每一张都是一部经书。

众声起伏之中,从天堂传来一个声音:

> 只有一个人爱你那朝圣者的灵魂,
> 爱你衰老了的脸上痛苦的皱纹。

> (威廉·巴特勒·叶芝《当你老了》)

净瓶常注甘露水

"生活即佛法,一念一枝花。"

这句话在马明博的文集《愿力的奇迹》中,演化成了"有愿望就有力量,有佛法就有办法"。

今年三月,我去普陀山,一切因有心愿。在等候渡船时,见一比丘尼,穿着一袭灰袍,拖着一个手推车,车上装着一个大蛇皮袋。她话多,我有点儿烦她;她身上有股味儿,我与她保持距离。她是独行,我也是一人。她拖着一个沉重的手推车,我时不时帮她搭个手。

来自吉林敦化一个无名的小寺庙的她,50多岁了。30岁左右出家,因为丈夫死了。那时,她没有劳动力,还得养育儿子。她告诉我,儿子现在已经大学毕业了,准备结婚,想让她还俗。我不知道这么多年,出家的她是怎么养育孩子的,我内心有一些瞧不起她,因为她的不真诚向佛的动机。

她几乎走遍了几大佛教名山,峨眉山、普陀山、九华山、五台山,一路化缘,住车站,吃最简单的吃食,生病了就熬过去。从普陀回去后,她就想好好歇歇,累了。这一辈的愿望就是遍访名山,这么多年下来,她做到了。

她的语言很家常,感受不到任何经书上的条理和哲思。她告诉我,她没什么文化,没读过书,现在认识的这些字也是出家后学的。慢慢地,我感觉到了一些亲近,我甚至会在上台阶时搀扶她一下。

有意思的是,她在普陀并没有三步一叩拜五步一行礼,只是把行李放在大门外,双手合十,慢慢地踱着,嘴里念念有词。

中午,我想请她吃饭,她用北方人特有的说话腔调,大咧咧地说:得了得了,用不着。她时不时地咳嗽,可以听出她身体的虚弱。我买了两个面包两瓶水,两个人坐在台阶上吃了起来。

她告诉我,她的师父与敦化正觉寺的住持佛性法师比,实在是默默无名,可师父教会了她许多东西,她就信服师父。师父教她六祖坛经的时候说,六祖惠能并没有教人要念阿弥陀佛,也没有教人家要整天拜佛。只要心正及行正,嘴巴不乱说话、多结善缘,心保持在直心,不是歪曲、扭曲的心,不是老是想到要害别人,自己没有想到要取得什么回馈,这就是佛法。

那一刻,我明白了什么,那是一种简单的,我却没有意识到的生活道理,是一种禅。但我知道,这不是开悟,就如同我身边的她一直在说:"我呀,笨,这一辈子都不会开悟的。"

从码头乘车回宁波,她坐在我右手边那排位子上,从行李袋里取出一件灰斗篷套在身上,仍然不停地和身边的人聊着天,但那些人都不愿和她搭话。我手里攥着 200 元钱,已经汗湿了,想给她,但一直没有拿出来。中途,我下车,她对我说:"心里不要有太多东西,压着不舒服。祝福你!"

站在路边,我眼泪止不住流,来接我的朋友奇怪地看着我。从那一刻起,她,一个比丘尼,扎根在我的心里。我此行的目的就在这无意之中达到了,我的愿望因一个偶遇的人而具象了。自认不会开悟的她,启蒙了我,心大了事情就小了,心小了事情就大了。"掬水月在手,落花香满衣。"

就如明博在《愿力的奇迹》中写道:"佛说:擦肩而过、看过你一眼的陌生人，在过去世，曾与你相处 500 年。"

九华山、地藏道场，中国佛教名山之一，明博与她的缘分到了。在他的文集《愿力的奇迹》中，他借景抒情，言物壮志，形成优美的散文；古今中外、民俗掌故，成为历史的回溯；宗教精义、所思所感，凝聚成深沉的哲思。这三者的融合，使得这本书有了不同一般的意义。仁者见仁，智者见智，各取所需。

明博与九华山的相遇，从内在到外在重塑了他，使他在个体的愿力下，与"九华山"有了一次完美的交融。我们可以看出，明博在写这本书时是没有功利心的，在浅显轻灵的文字中，接收了地藏道场之精气融合生活之智慧，生发出了自己的感受，内含智慧的光芒。

"有愿望就有力量，有佛法就有办法"，封面的这句话是此书的精华所在。人的一生，是由愿行引导方向，尘世人没有切实去深入了解，愿心的力量的不可思议。修行多年，听闻佛法、研读佛法以及在打坐和日常生活中修行佛法，明博是获得智慧开悟之人，以他独具的能力——文学方式传递佛法，更是他的愿力所在。

此时的《愿力的奇迹》诚如彼时那位比丘尼，给予我启蒙："在痛苦面前，微小的勇气，胜过丰富的学识；微小的勇气，来自愿力。"

明博为我厘清了混沌，此举仍为往净瓶中注入甘露水，饴养他人，于是乎，小愿转而为大愿了。

月白如纸

　　和诗人张慧谋去采访画家陈金章老师，老师签赠我们他的画册，其中一幅作品触动了我。

　　《月夜归渔》不是陈金章老师的代表作，但意境与他的性格极切合，画面宁静、清和。"但见月光如水，水光映月，放舟中流，如游空际。"打鱼人辛苦了一天，在这样一个满世清白的月夜，轻松地划着桨，听着沙沙的水声，嗅着月胧之下的草木的清香，听着此起彼伏的虫儿的懒懒的叫声，微凉的风迎面而来。他不由得放慢了节奏，暂时不去考虑老人妻儿在等他回家，随意地享受这如水的夜晚。画面之外，我们仍然能从金章老师的画题中感受到弥漫开来的家的温暖，感受那拘谨之后的舒张。

　　金章老师用淡墨构成了这幅画画面的氤氲，生发出一种怡然自在的感觉。

　　映在水中的那一轮圆月，若隐若现，仿佛应和着秋风吹拂水面的律动。以淡墨细细勾勒出来的密密匝匝枝叶，似远还近，远了船儿就小，近了船儿自然就在眼前。这是一种夜色下与高山大川的浓重相应的恬静淡墨，重了一分都要不得。兴许就是为了不破坏这静，金章老师的款识、钤印都显出低入尘埃之谦逊，在一个小小的、不起眼的地方悄然待着，唯恐影响了整个画面的清雅和简白之意境。这仿若印证了他几十年的淡定冲和一种了然的静虚之态。

与慧谋兄、陈金章老师交谈，突然发现，他们两人的气场如此之接近，那如水的从容影响着身边的你，让人放缓语速，心静下来，这一切，都在不知不觉之中。我想，这种巧不会巧在他们都是同乡吧。

看着这幅画作，印象中的那首诗《月白如纸》浮现出来，仿若是这画的延展及画外之场景。随之，我的心沉了下去。这是慧谋兄的诗作。

今夜，月白如纸
虫鸣中的草丛一片沉寂
我坐在乡间老屋檐下
身边陪着母亲
无风。邻村狗吠。渔火隐退
母亲满头白发，比月色还白

母亲起身步入家门
转身的刹那，她单薄的背影
再也驮不动一片凝霜的月光
她瘦小，驼背，向下
直到有一天，母亲将必然
低于泥土，低过草尖，低出我的视野

今夜，不再用笔写诗
字粒列队走过：香茅，谷子，草垛
南瓜花，风灯，网具，残船
父亲随白鹭归来，飘落在纸上

那么轻盈,满纸都是父亲身上的青草味

我在低处,纸片齐眉,清风吹卷了纸角

满纸皆白,月光很薄

一张白纸太轻了,载不动一笔一画的乡愁

故乡遍地都是字粒,闪闪发光

我喜欢这首诗,当初喜欢的是那种缱绻的亲情、乡情,喜欢那种意境和情绪。而今,这幅画俨然成了这首诗的场景的前奏,引来这无数的诗情。

诗中,母亲背影的沉重与月光的轻形成强烈的对比,故去的父亲随白鹭归来,飘落在诗人面前的纸上,那种无法估量的怀念无法用笔来书写。"重"与"轻"是这首诗的诗眼。

我去过慧谋兄的家乡,见过他年迈的母亲,感受过他对母亲、对家乡电城深深的爱。他将所有的爱与思念化成一种具体的形象,将基置于一种特定的意境之中,南方,海边,渔村,渔火,白鹭……轻吟、浅述,安抚、平复。他的诗歌"文犹质,质犹文",不虚无,无掩饰,透出一股文人雅士之清简之气。

确实,金章老师的画有着古典宋风,慧谋兄的诗有着集优雅楚韵。他们共同的艺术之源来自于对中国古典文学的修养,这对作家和画家来说是必需之质。诗中的归宿感与家的感觉与金章老师的画意是相通的,正是所谓"诗情画意",相得益彰。

文人雅士也不是不接地气的凌空高蹈,正如这幅画所关注的夜归的渔夫,这道理诗所体现的人文关怀,都是真实生活的场景呈现。他们踏踏实实地生活在这一片南方的土地上。

月夜、月色，感怀、感伤。但舒朗的一天一定会像开始于菩提的骨蕾，它为之绽放的理由是为了一个喜欢的清晨。只有当脚落在大地上时，心跳才会充满力量。

如光影常在

"要有光，就有了光。"

这句话解读丰富，同样也适用于我眼前的这幅摄影作品。作品没有名字。它完全可以不要名字。吸引我的是画面中照射在领头羊们身上的光，这就是一幅用光绘制而成的油画。摄影的英文说法是"photography"（光画），据说最初玩摄影的那一拨人都是画家。

这幅摄于北疆的照片来自于书法家李鹏程的镜头。从画面来看，他使用了中焦距广角镜头，将不远处山脚下行进中的两列羊、为背景的绚彩树木拍摄了下来，并将主体羊群拉近。这幅照片构图大气工整，暗部细节处理得比较到位，锐度、色彩过渡把握得不错。大色块的黄色土地、远处树木程度不同的绿色、灰白或褐色羊群形成了鲜明对比，视觉效果不同凡响。大面积的暖色渲染，给人以温暖祥和的感受，这样的景致能捕捉到已经是成功了。整体构图的弧形、纵深的效果，也是运用了西方美术中的一些画法技巧，斜线增强了画面的动感，背景与两队羊群自然形成的三分法构图，营造出辽阔广大的视觉张力，更为平衡与协调。

两列从容地走着的羊群之间的那一块暗部，恰到好处地将过度的协调进行了"破坏"，这反而令画面更加完美，画面顶端与底端的暗度的加深，衬托出了近处羊儿们背上洒满的阳光。远处羊群走过掠起的尘烟,在光的作用下熠熠发光。羊群中走着几只白羊,树木中几点鲜红和嫩绿,就像油画作品中那加进去的些许跳跃的颜色,起到了"提亮"画面的作用。场景如此鲜活、灵动。夕阳无限好,伴我把家还。

"岁月静好,现世安稳。生活如草生堤堰,叶生树梢,自然便好。"李鹏程说,拍完这组照片,他放下相机,看着两列羊儿缓缓走向远方,然后合并成为一列,看着牧羊人骑着马,跟着羊群,悠然地走着。这种对平静生活的真实感受,不仅仅体现于眼前的场景,也在李鹏程的内心发酵。摄影,有时是人与景致宿命般的相遇。得之,为幸。他说,那一刻,他深深地明白了大地包容万事万物,每一个生命的存在都有合理性。人们理应要尊重世俗生活,在缓慢地时光流逝中,感受每个平淡生命的喜悦和沉重。

大地与天空使艺术家的生命保持着原始力量和激情,摄影正是一种大地上的行动。所有的艺术都有诗意的核心在里面,如果一个摄影家的内心深处没有一个诗性的灵魂,那么他永远看不清楚世界。

美国艺术评论家苏珊桑塔格在她那本著名的《论摄影》里面说过这样的话:"照片没有好坏之分,只有你喜欢不喜欢。"拍出来的是风景,愉悦的是自己的心情。照片和文字一样,不必篇篇要紧扣主旋律,要有高深的思想和宏大的叙事主题,只要有个人的观点在其中,只要自己喜欢就好。

欣赏一幅摄影作品,犹如"品香",前调是香水最先透露的信息,直击鼻腔,如新乐章里陡然拔起的高音般惹人注目,但它不是一瓶香水真正的味道;中调感觉随着头香的消失而渐渐漫散,这才是香水的主体与精华；尾调的余香就如摄影师拍完照片后凝视着景物的变化、光的变化一样，这种香是安静的，却极具力量，绕梁三日而不休。摄影师的拍摄过程前调是激情、是冲动，中调是思想的创造，尾调是情怀。这一切融于"决定性瞬间"，这影像、这香氛，如同有生命力的文字，在可视的存在之外，蕴藏着另一重天地，充盈着作者纷繁复杂的思绪，然后沉淀后成香。

生活是比生存更高层面的状态，也是人生的乐观态度。摄影家李鹏程用镜头旁观着天地间真实的生活，他认为这很有趣。有趣才有诗意，眼界就是远方。唯如此，我们的生活才可以不苟且。

"生活不只是苟且，还有诗和远方。"不论这个句子在语法上是不是有问题，但它击中了许多人内心那还时不时闪烁着理想之光、浪漫情怀的小角落。苟且的生活，强烈地侮辱着我们的智慧，于是，我们向往诗和远方，诗可以不是成行的诗句，只是一种淡淡的诗意也好，而远方就在那里。对于李鹏程来说，诗和远方就归结成了这一队朝着家、朝着光走的轨迹。

所有的光凝成的影像都是时间的结点，这一瞬间过去，另一个瞬间开始。

在广州过北方年

腊月二十四,爸妈就盯着我说:"腊月二十四,掸尘扫房子,今天你别出门了,一家人打扫卫生。"我边出门边冲着他们说:"一会儿钟点工来做,你们别干了,闪着了腰给我添麻烦。"

爸妈跟着我在广州已经过了好几个春节,他们因为北方寒冷早早地来到广州,过了年后北方稍暖就回去。可我妈老跟人说,南方人不过年。在广州,即使是吃了油角、逛了花街(花市)、看了舞狮,我爸妈觉得南方还是没有过一个正经年。

在北方老家,我家的过年习惯是从腊月二十几就开始准备,即使大人们都在上班,但过年的习俗基本一样没落下,打扫房子、贴春联、贴福字、包饺子、放鞭炮、守岁。小的时候,我和哥哥都乐颠颠地帮着妈妈做这儿做那儿的,期盼着表现好有新衣穿、有压岁钱。现在这些仪式是能省就省了,年三十和年初一"交子"时要吃饺子这个习惯是一直没有改变。虽然每个除夕,大家还是会团团圆圆地聚在一起包饺子,还是会在个别饺子里包上一枚硬币,但准备停当后,大家出门去餐馆吃年夜饭。早些年吧,爸妈对于出门吃年夜饭这事儿颇有看法,觉得年夜饭不在家吃那还是过年吗?!可他们年纪大了,孩子们工作也不轻闲,也就不给孩子们提要求了。

老两口在广州过年，慢慢也入乡随俗了。到了腊月二十五六就催促我陪着逛超市，买上几样广式年货，油角、蛋散、糖环、煎堆、红瓜子等，还学着街坊大妈的样儿，在市场边边上端回两盆盆栽的生菜、葱和芹菜，广州人重意头，说给年轻人来上这个，来年就勤勤力力，就会生生猛猛，干劲冲天。我妈还会叫上我爸去扛回齐齐整整的两根大红甘蔗，系上红丝带，然后放在家里大门后，这意味来年的生活似这甘蔗一样红火、节节高。

　　我先生是南方人，每年除夕前会从满街的"橘林"中搬回大大小小的几盆放在公司和家里，妈妈着手在枝上挂上几个红包，里边放上硬币，这谁都明白，就是大吉大利。

　　我妈以为油角是油炸饺子，依据她对饺子的永恒感情，也买了一袋回来，一尝完全不是那么回事，可她还是说，这玩意儿挺好玩的，买上几包回家送亲戚朋友。广州人过年要炸油角，油角的形状像"荷包"，就是钱包，还取"起镬"意头，是为求来年的日子也像那只油镬似的油油润润、富富足足。油角的馅是甜的，还拌以椰丝、炒花生、芝麻等，包在饺子皮里。与包饺子不同的是油角不用褶边而是锁边，对折黏合后，用指甲沿边一路轻捏成麻绳状。

　　腊月二十九，我爸就急着上市场买蔬菜，为除夕包饺子、初一素食做好准备。他说，一到除夕市场的菜价那个贵呀。我笑话他说："大过年的，让人赚些钱呗。还是北方好哈，可以囤不少菜。"惹来他们一番责怪，说我不会过日子。

　　除夕之夜，吃年饭、守岁和逛花市是老广州辞旧迎新的三件大事。可我爸妈说，除夕的花市人太多，还要看春节晚会，还是提前一天年二十九去逛花市吧，轻松，不挤。

一年一度的迎春花市,是广州的一大民俗。早在明清时期,芳村的花卉种植已十分兴盛。清乾隆《番禺县志》(1774)刻本记有:"粤中有四市,花市在广州之南,有花地卖花者数十家……"花地观音庙是花卉集散地,称花圩,花圩因午夜开市、天光散市,习称天光圩。于是形成了广州人春节期间夜晚必"行花街"的一大民俗,只是发展到了现在,白天也一样可以"行花街"了。每年春节前夕,广州的大街小巷都摆满了鲜花、盆景,各大公园都在举办迎春花展,特别是除夕前三天,在政府组织下,各区都有一条主要街道搭起彩楼、扎起花架,四乡花农纷纷涌来,摆开花市,售花赏花,人潮涌动,繁花似锦,一直闹到初一凌晨,方才散去。

现在的花市多了许多内容,售卖的不仅仅是花卉,还有许多工艺品、全国各地甚至海外的食品,酸酸甜甜、麻麻辣辣、热热乎乎、凉凉爽爽。小孩子们骑在爸爸脖子上,一手举着糖葫芦,一手捏着画着脸谱的气球的线儿;一家几口推着轮椅上的老人,走在路边,眼睛一致朝向各式各样的摊位,他们停下,老人要买一枝金灿灿、果实累累的"子孙满堂";许多大学生组成团队,满场吆喝,他们想趁着花市这几天好好地赚上一笔钱。

除夕这天下午开始,妈妈先要把家里的一些药品清除扔掉,这样来年就不再生病,接着她开始剁肉拌饺子馅儿,她说机器绞的肉不香;爸爸负责和面,两人一块儿包饺子备用,我先生负责采购,儿子贴对联,我收拾屋子。傍晚,去餐馆吃年夜饭前,妈妈催着我们洗澡换衣放进洗衣机里清洗,初一就不用干活儿了。我妈过年时还有两习惯:初一不动利器、不扫地,过年期间不能说责骂人的话,但她这习惯我们常常做不好。

央视的春晚老两口一定要看的,就是再犯困也要等到近十二点时煮饺子,俟大家吃了饺子后,老人才觉得这年过得让人舒心。这么多年,我们只要不出门旅游都会顺应父母这些颇有仪式感的习惯来做。

其实,不论是在南方还是在北方,不论过年的风俗有何不同,对我来说,只要与父母在一起,就是真正过了一个好年。

安溪人

"凯伦,我要去安溪了。"

"去干啥?"

"喝茶!"

"喝茶,跑那么远干啥,来东莞!"

去安溪前,我打了通电话给在东莞办企业的战友凯伦,他是安溪人,说了好几年和他一起去安溪,都没能成行。

我知道并熟悉"安溪"这个地名,是我 16 岁参军入伍后。我被分配到了江西庐山的部队疗养院,班长小吴是安溪人,比我早两年入伍,她说话的腔调是软柔软柔的福建普通话。我那时不太合群,习惯一个人看书、学英语。同科室的理疗师陶霖也爱读书,我们常会有一些交流。有一天去陶霖宿舍还书,遇到了我们这些新兵人见人怕的安溪兵凯伦。

说起这个凯伦,还真有故事,我们新兵分配刚到庐山上,排队去大食堂晚餐,走到门口,就听到旁边别墅里传来大吼的北方话,以及轻轻慢慢的"福普",似乎是什么纷争,吴班长对着我们队伍说,不要停下。后来我知道,是安溪兵凯伦不听领导的话,所以给关禁闭了。越来越多的各种说法纷杂在一起, 他在我们这些小兵蛋子的眼中成了"黑社会"。但和凯伦同年兵的吴班长对他很好,一直说凯伦是好人。

凯伦长得实在是不好看,个子不高,还有些驼背,特别是那一对小眼睛,加之他不苟言笑,让我心生畏惧。那天,我在陶霖宿舍门口进也不是退也不是,陶霖对着我说:进来进来,别被他的丑吓着。凯伦笑出了声。那时凯伦18岁。

我们在一起相处大约只有三四次,没有想到的是,如此不出众的他,读过很多的书,对社会、对人情世故,甚至对文学都有自己独到的见解,我和陶霖都很欣赏他。可以说,他开阔了初入社会的我的视野,对我今后事业的发展有过提示。那时,我们互相取外号,凯伦的声音粗哑,是"唐老鸭",陶霖皮肤那个黑呀,他自己说是古巴人,于是他成了"黑乎乎",新兵的我一上山胖了快10斤,他俩说我是胖女孩,于是我成了"胖乎乎"。然后,他就不见了。

他不见后的某一天,我与吴班长聊天时提起他,我说他不像是个坏人呀。班长说:"当然是好人,他是为了帮助一个同年兵,得罪了领导。"

离开部队多年,我与陶霖保持偶尔的联系,也一直寻找凯伦,几十年过去,没有任何消息。突然有一天,一个福建南平的战友打来电话,给了我一个电话号码,说是陈凯伦的。那时我正在东莞出差。我有点儿紧张,有一点儿担心凯伦还是那么直冲冲地对我说话,会没有面子,我没有立即与他联系。我把号码输入完毕,居然是东莞的手机号码。一个小时后,我们见面了,他冲着我说:"你还是那么胖啊!胖女人。"

那年他离开部队后,回了安溪,做了很多份工作,也想重新考学,但最终都没有做成。结婚后,他来到了东莞,与人合作创办了一家织带厂,很辛苦很拼,也很有成绩。很快他就自己独立开办了一家工厂,订单越来越多,与不少大国际品牌合作,前几年,在越南又开办了分厂,他要两边跑。我问他为啥不和其他安溪人一样做茶商,他说安溪人在全国各地都有,都是做茶业,这一行不好做也没有挑战,来钱不快。

他说我胖,可如今他的体重是当年那个他的两倍,我说他才是"胖乎乎",沙发都坐塌了,眼睛也成了条缝,满脸横肉。他得意地说,胖有什么不好,又没有毛病,啥指标都正常,就是因为天天喝茶呀。凯伦媳妇说,他泡茶是满杯茶叶,苦得不行,也只有他喝得下去;又不运动,胖得难看。凯伦怼了过去:"你爱运动,可是没有我身体好啊,乌龟不动活千年,是不是?"

凯伦对着我家先生卖弄他的茶叶有多好、十年养肝、二十年养心、三十年养寿,就是说铁观音。喝上好茶不容易,你要经常来我这里。你知道制茶有多少道工序吗?采摘、晒青、晾青、摇青、炒青、包揉、解块、松散、烘干、挑选、储存,很不容易,要珍惜。"

凯伦家三个兄弟两个姊妹,他和大哥在广东,姐妹出嫁了。每年过年回家,他和大哥都会给在家的兄弟姊妹每家一笔钱,另外给村里捐一笔钱,用于改善老年人的生活,建一些便民设施,"好人就是我这样的。"他得意地说。

他的二哥一家在老家陪老母亲,种茶,他们自家的茶只供自家喝,每年采茶季,70多岁的老母亲亲自采茶,也参与制茶。凯伦说:"不让她去也要去,还被蛇咬过,烦人。"我却理解老人家,她手中的这些茶会出现在广东的两个儿子的杯中,她的心思也在其中。凯伦办公室里的两个大冰柜里全是茶,是新鲜的铁观音,分成了小包。每年新茶一到,他就给我打一个电话:"来东莞,喝茶!"

我很喜欢安溪的女人，比如我这次相识的安溪文联主席林筱聆，她与我的班长小吴长得很像，说话腔调也一样。实际上，安溪人讲话就是这样，不论男人女人，说话都是节奏徐徐，语调和缓，斯斯文文，也许这就是安溪的气质吧。

说说我的班长小吴，她退伍后去了泉州，在一家企业工作，在那里结婚成了家，有了一个女儿。她与丈夫的父母兄弟住在一起，一个大家庭，她是长嫂。凯伦曾说，她是大家庭里的"定海神针"。她退伍后我们也没有见过面，最近的相逢也是在凯伦东莞的家中。凯伦和吴班长说着安溪话，我一句也听不懂，他笑着说，我们还是不说安溪话了，免得她以为我们在说她坏话。

吴班长现在在一家国企从事党务工作，说起话很有条理，很严谨，她说起凯伦当年如果不是"拔刀相助"，为了帮助战友而影响了自己的事业，也许今天他会发展得更好。他豪爽正直豁达，敢拼敢闯，他对人是"爱你就爱得要死，恨你就恨得要命"。这是不是安溪人的性格特质呢？

我们一众作家到了安溪，品了几天的茶。随筱聆去拜访一位铁观音世家魏荫家族的掌门人魏月德。

当然，见到"真神"之前，我们要去游览他家的茶园，欣赏一株充满传奇色彩的茶叶母树。茶园与别家的也无差别，除了大。但茶树是不一样的，小小一棵，甚不起眼，可有三百多岁，枝干却只有拇指那么粗细，它的传说充满了神奇，因为魏荫，它成就了"铁观音"的来处——"魏说"。

清雍正三年前后，安溪西坪尧阳松岩村（又名松林头村），有个茶农叫魏荫，勤于种茶，又信奉观音，每天早晚一定在观音佛前敬奉一杯清茶，几十年如一日，从未间断。有一天晚上，他睡熟了，蒙眬中梦见自己扛着锄头走出家门，来到一条溪涧旁边，在石缝中发现一棵茶树，枝壮叶茂，芬芳诱人，跟自己所见过的茶树不同……第二天早晨，他顺着昨夜梦中的道路寻找，果然在观音仑打石坑的石隙间，找到梦中的茶树。仔细观看，只见叶形椭圆，叶肉肥厚，魏荫十分高兴，遂将茶树移植在家中的一口破铁鼎里，悉心培育，因这茶是观音托梦而得，故取名"铁观音"。

与其他的传说相比，我还是愿意相信这一个说法。

茶园深处有人家，人家自在逍遥中。魏荫的九世孙魏月德，一个笑中透露出精明的中等身材男人，话不多但很到位，肯定是见人无数，啥咖位的都有。"来了这么多作家，那我亲自泡茶，先喝普通的，再喝我的独家秘藏。"

酷暑，读着魏先生有关茶叶制作、茶文化专著，听他侃侃而谈"魏说"，喝着一小杯一小杯的热茶，大汗，透爽。所谓独家秘藏，就是不轻易拿出来的、十八道工艺手工制作的、价值18万元的魏家铁观音。

一圈人看着这一小包团卷在一起的茶叶，置入盖碗，冲泡出清澈的茶色，浸入肺腑，神清气爽，聊着徐贵祥是否再能写就一部《历史的天空》的安溪篇，魏微为她的本家写出一篇《魏月德与他的铁观音》，魏月德听着，笑着，安静着。

站在魏家宽敞的大场坪上，放眼望去，都是坡地茶园，空气中飘落着隐隐植物的清香。傍晚，天空似要下雨，天空出现特别的靛蓝，何立伟兄用他时刻不离手的单反，为我们拍下了天人合一之佳照。今晚的每一位作家，心中都会有自己的"铁观音"，有着精细的制作工艺，有着快速的茶香溢出，也或者有着深厚的蕴藏。

我不知道,凯伦、吴班长、林筱聆、魏月德是否可以算作安溪人的代表,可我知道,因为有了他们,以及他们的先辈,才有了安溪人的精神气质、性格特征,也正是有了历代安溪人才有了安溪文化的形成、积淀与传承。安溪人,行走在时空中,平静生活或者成就伟业;安溪茶,永远是伴随他们的那一缕缕安溪的魂爽。

"凯伦,喝茶,还是要去安溪,地道。"
"当然!"

梦想是一颗幸福的子弹

很多事情需要重新打量、不断打量，比如生命、爱情，比如事业、功绩，比如人生的意义，比如身边的爱人，比如大海，比如高原。

每次乘坐高铁，我愿意坐在窗边，看着飞速而去的河流、树木，以及远处的群山。时光就这样紧随而去，像一颗离膛的子弹，但思绪自由飘浮。每一次的旅程，相同的状态，不同的思索。岁月如居，时节如流，我早已过了刻意抓住什么的年纪。

几十年来，遇到一些让人感慨的人和事时，在感恩或者腹诽的同时，我会深深呼出一口气，悄悄地唱一句"再回首，云遮断归途"，它成为我舒解气郁的一种很好的方式，内里的感情丰富，说明过程也有过艰辛，好在，不再回头，这一切过去了，前途仍然充满梦想。就这样，到了现在。

是的，文字、音乐等艺术作品会让人将过去、现在、将来贯通一体，赋予无尽的寓意。我常常会想起二十世纪八十年代后期听到的一批歌曲，它们对我的影响极大，且都是有力量的好作品，尤其是苏芮的《再回首》让我深感触动。第一次听到，苏芮浑厚的嗓音、轻松自如的唱法、歌曲的动感节奏，让我特别振奋，从此，我迷上了苏芮。这首歌里所蕴含的温情哲学和人文关怀如今听来依然是绵绵醇厚。

30多年前的苏芮是那么完美，一开口就余音绕梁，她是一个发光体,而她与歌迷之间的距离,就像一个哲人,远到即使用想象都无法衡量。苏芮给人的感觉是不断变化着的,有时是因为她自己的变化,有时则是因为听者的变化,此时再听,仿佛是时间重溯,感慨万千。

二十世纪八十年代到九十年代初的歌坛让人怀念。一九八六年年底,我离开家,到了部队,在一座大山里服役。那时的我,是从一个被保护得很好的环境到了一个全新的空间,就如同从一个负氧的池塘被扔到了干旱的沙漠。懵懂,对世事无知得很,不擅长待人处事,于是,就有了许多大大小小的教训,青春期嘛,感觉很受伤害(现在回首再看,那都不算什么!)。于是,我有意无意地与周边保持距离。环境的清冷与青春期的孤寂,我几乎所有的时间都填充于音乐与阅读。让战友们羡慕的是我有一个"walkman",天天揣着、拿着,耳机塞在耳朵里,买了好几盒卡带,不断地反复地听,并随着音乐摇摆,谁也不借,现在想来也着实是拉仇恨。罗大佑、郑智化、苏芮、张雨生、姜育恒、齐秦……(接踵而至的是大陆的崔健、唐朝、黑豹、超载……)多少无可替代的名字,那时候的歌坛还是充满了人文气质的。

在陈乐融的词作里,可以看到,那时台湾乐坛罗大佑式的文人音乐还在驻守,但一种更为民间、更为世俗化的音乐或是人生态度已开始兴起,有意替代那种历史的积淀与沉思,"才知道平平淡淡从从容容才是真"正是对二十世纪八十年代末、九十年代初台湾年青一代的生活最精炼的浓缩。而在当时,正是人们开始厌倦那些教条主义仁义道德的起始时期,像这样带着一些疲惫和落寞而唱出的人性之声不仅让人的神经轻松,更像是初春的暖风一样让人惬意与迷醉,而当时正渴望复苏的我也正是在这首歌曲里仰面而倒的一位。因为我喜欢那种节奏的余韵被风吹得扬起的感觉、琴键触压下激出的串串音符,苏芮似乎不经意地缓缓述说人生道理、音乐轻轻弹跳附和的,试想,一个自视清高的17岁女孩,遇到一个崇拜的、喜欢的人,轻轻说着人生的道理,让迷茫中的我仿佛找到了前行的方向,那我被它灌醉就理所当然了。时空、音乐,让慢慢长大的我明白,在这个世界上,不是所有合理的美好的事物,都能按照自己的愿望存在或实现,但仍然要仰望星空。如今重听苏芮的专辑,想起过往,还多少有点激动。孤立的时候不会让人变得脆弱,甚至可以使人的精神更强大。

喜欢苏芮有力量的声音,她唱着"再回首,恍然如梦/再回首,我心依旧/只有那无尽的长路伴着我",让我能够走出黑暗,虽然跌跌撞撞,屡屡付出代价,可这有什么呢? 生活从来都不容易,但那些"不容易"们充斥于心,就挤走了"容易"们,日子好坏都在我们一念之间,有时忘记不是为了宽恕别人,而真的是为了解脱自己。生活永远都是当下这一刻,无论多少不开心的事,请都放在昨天。其实,不再回首,不执着于已经发生的事情,不需要为离开的人伤神,更不为你看不上的人费神。

当年的战友们,都已经年过半百,生活有如意、有不如意,都是各自的生活,别人无法左右。我们一起走过了青春期,而后我们分散各处,如今进入更年期,我从不慨叹过往,只展望美好。

我曾经认真地研究过丰子恺老先生的文字和艺术作品,他说过:人间的事,只要生机不灭,即使重遭天灾人祸,暂被阻抑,终有抬头的日子。从读到的那一天起,这句话就成为我的人生原则。

一朵花的凋零,荒芜不了整个春天,但它曾美化过春天。小小的我们,在大自然中虽然渺小,但也曾经给这世界留下了一些什么。那些美好的梦想,不论实现与否,它曾经让我们幸福过。一方面,抽离自我,我们再回首,伤痛与迷惑不再,泪眼不再,但我记住了你的祝福,它们在寒夜温暖过我;另一方面,回归自我,我心依旧,平平淡淡、从从容容,我走我的路。

其实,就开头的话想想对立面,人生不打量也没有问题,"跟着感觉走,紧抓着梦的手,脚步越来越轻,越来越快活",何不是一种美好的生活方式。如果说梦想是一颗幸福的子弹,那就让它飞着……

灵山拾英

祥符早课

我到达无锡灵山时，是晚上。安顿好后，我与几位好友去瞻仰大佛。

朦胧的月夜。此时为白露之后，秋分之前，气温仍高。夏虫间歇地鸣叫，即使是在这夜间，却愈发宁静。四人，安静地行走着，偶尔交流几句，谈谈虫子，再谈谈文学，如与家人一起。我们讲着对佛教的理解，还讲着种种神迹……

祥符禅寺前的广场，我们面向静默的禅寺，小灵山（唐朝称马迹山，最高的山峰为秦履峰）、大佛，以剪影的形式出现，着实透出宁静、祥和之感。眼前这根高耸的柱子是阿育王柱，黑陶兄说眼前这根阿育王柱比至今完整无缺的印度吠舍离的阿育王石柱还要高，雕刻还要精美。

有历史的寺庙，一定有故事，始建于唐贞观年间的祥符禅寺也如此。史上说，马迹山里人杭恽官至右将军，解甲归田荣归故里。他笃信佛教，在京城长安为官时，与高僧玄奘交往颇深。玄奘法师自天竺取经归来，拜访久未见面的杭恽，见秦履峰南麓地形酷似西天之灵鹫，即呼为小灵山，并建议在此建弘法禅院，他亲自选定绝佳的位置，正是杭恽的自家山地。禅院建好后，玄奘定名为"灵山寺"，并题匾额,在此传法与弟子窥基,尔后窥基于此开法,为慈恩宗第一世。

宋大中祥符二年(1009)真宗赵恒重修禅寺,改称"祥符禅院",宣和四年(1122)改"祥符禅寺"。

听着黑陶兄讲灵山故事,清风徐徐来。

第二天一早,不到6时,赶往禅寺,我想听听寺院早课。

远远地,阵阵唱颂声音传来,走到禅寺广场,停着了脚步,我看见了什么?灵山大佛的胸中佛,是的,真的是胸中佛。我定住脚步,哦,是视觉错位,坐落在禅院中的佛与禅院后、山峰前的大佛重叠在一起了,禅寺的佛身正好完整地包容在灵山大佛的胸中。

经过天王殿时,我看见了供奉的真是笑呵呵的未来佛弥勒,和我们一向所见弥勒佛不太一样,昨晚看资料,说这是依据五代时期的布袋和尚塑造而成,好亲民啊。

我朝着声音来处疾走。这是我此生第一次,在阳光升起时,身处寺院,吟听梵音梵乐。我站立在大雄宝殿前,静下心,听着众僧唱颂的经文。据说早课是众僧于每日清晨(约在寅丑之间,凌晨3点到6点)齐集大殿,念诵《楞严咒》《大悲咒》《心经》。

我没有听懂,但我又听懂了。我侧过身,看见阳光慢慢照在大雄宝殿前的佛身上,站着、听着、看着……

走出禅寺山门,我才发现,来时我急急走过的是居中的"大觉桥",那我离开时,就走东边的"慈恩桥"吧。走过石桥,我看到了笑呵呵的"百子戏弥勒",在弥勒硕大的身躯上,塑有整整一百个嬉戏耍闹的小顽童,有的在拔河,有的在拿小树枝捅弥勒的肚脐,更有调皮的竟然在弥勒身上撒尿,这应该是体现弥勒的宽容大度吧,我不禁笑了。右边是"天下第一掌",是按照灵山大佛右手复制的铜质手掌,掌心有千福轮。

有两位工作人员正在清扫，做准备工作，其中一位笑着对我说："这么早就来了啊，来上头炷香啊？"我说是来听早课，他说："好啊好啊，有心有福。来摸摸佛手，增福添寿。"

阿育王柱真的是雕刻精美，它由整根花岗岩手工雕刻而成，顶端的四只狮子面向东、南、西、北，象征着要把佛教弘扬到四面八方。站在柱下，我再次面向祥符禅寺，阳光普照，弥勒在笑，手掌静立，两佛相容。

这是佛界，更是人间啊！

五树六花

在灵山，祥符禅寺山门前的莲花，院子里的白兰花树、菩提树，让我们谈论起了佛教的"五树六花"。所谓"五树六花"，是佛经规定寺院里必须种植的五种树、六种花，五树是菩提树、高榕、贝叶棕、槟榔和糖棕；六花是荷花、文殊兰、黄姜花、鸡蛋花、缅桂花和地涌金莲。这些植物因独特的形态被赋予了深厚的佛教内涵，关于它们的传说也流传了千年。

菩提树、榕树、槟榔、糖棕、荷花、文殊兰、黄姜花、鸡蛋花、缅桂花，对于来自于广州的我来说，可熟悉了。我和余亮兄展开了热烈讨论，这五树六花几乎都是很南方的地方才有的种类，只有少几种在北方可以生长，其中最著名的是荷花，也就是莲花。所以这种说法一定是出自于热带或者亚热带，而且缅桂花是云南地区对白兰花的称呼，不是有一首歌《缅桂花开十里香》，就是云南彝族曲调。

我好好地学习，证实了我的说法，"五树六花"，来自于傣族的说法,而且还有好几种说法,有的说法里还出现了无忧花,还有铁力木,木槿(广东人称大红花),还有刺桐花……

不必确认到底哪几种才是真正的佛前花与树,只要美好的事物,都可以礼佛。心中有信仰,会让人变美,信仰的高洁、纯粹会让人发现更多的美。

生活于西双版纳地区的傣族信仰南传上座部佛教(佛教无大小,所以不再称为小乘佛教了),热带地区植物品种无数,所以,人们将好看的、寓意美好的花与树礼佛。佛经有记载,佛祖释迦牟尼一生的几个关键时刻都与植物关联在一起;他降生于他的外婆家花园里的一株无忧花树下,成佛于一株菩提树下,圆寂于两株娑罗树下,也就是杪椤树,这样佛教便与植物结下了不解之缘。

我观瞻了不少寺庙,早注意到了许多寺庙的大道上刻有一步一莲花,但我基本上是不"步步生莲",而是挨着边儿走,也许是心生的敬意吧。相传佛祖释迦牟尼出生时,立刻在地上走了七步,步步生莲。因此,莲生来就有了佛性,所以世间百花中,"莲"是唯一能花、果、种子并存的植物,莲花的花死而根不死,来年又复生。在禅宗中,它象征释迦牟尼"法身、报身、应身"三身同驻。于是莲花成为礼仪花卉,人们礼佛时,手捧莲花,满怀虔诚。

佛曰:一花一世界,一木一浮生,一草一天堂,一叶一如来,一沙一极乐,一方一净土,一笑一尘缘,一念一清静。所谓的地老天荒,就在一草一木间。

但,人有信仰,心花如莲花。

精舍抄经

抄经需要的是心静，否则，临摹出来的字是轻浮的，无根的。

在灵山，我住在灵山精舍。屋子不大，设施简单而齐全，干净很重要，竹窗帘外是日式枯山水，环绕的是密密的树林。设计师很有心，在有限的空间里，将枯山水的精髓充分发挥了出来。在日本镰仓时代末期，与禅宗相应的以追求自然意义和佛教意义的写意园林发展固定为枯山水形式。

我想静心在几户共用的枯山水小院里坐坐，但有蚊虫，赶紧回了房间。桌面有一册用于手抄的《心经》。

以前也是抄过经的，但似乎总是不在状态，今晚，我想试试，能否顺利抄写下这二百六十个字。《般若波罗蜜多心经》，般若：智慧；波罗蜜多：去彼岸。二百六十个字，就把人的世界观、生命观、人生观和价值观依次揭示出来，不足一页的文字，把真实与虚空说了个透彻。

"观自在菩萨行深般若波罗蜜多时，照见五蕴皆空，度一切苦厄"，菩萨是觉悟了的，所以他知道彼岸的景象，也达到了智慧的彼岸，所以能在这种智慧的状态中观自在，照见我们所不知道的情景。那我们是不是能在"智慧"的状态中来解读"彼岸"？我以为，彼岸就在我们心里。

我常常深呼吸后来读"心无挂碍"，多读几遍，心里会舒服很多，真的，你可以试试。我甚至想把这几个字写在我的书桌边上，时时提醒我，心无挂碍。一年复一年，半百了，才明白可以如何做到并努力做到心无挂碍。人们常常用一种不所知的心识去看世事，拘泥于纷繁的事物中，如深陷泥淖，于是心生贪嗔痴，找不到自我，于是，生出是非、恐惧与恶念。随着日子的繁复,诱惑越来越深重,歧路越来越庞杂,心必定越来越浮躁,但想不到放下的办法,或者不愿意放下,以至于最终无法放下。

抄经,是不是让人逐字逐句读写,平复烦乱的心绪,给在茫茫然中上下求索的人们指一条路?

放下秀丽软笔,双手举起我手抄的《心经》,虽然不少与原字旁逸侧出,但好在不离根本。

灵山精舍,是想提供给都市人一个修身养性的场所吧,我很受益。对精舍的另一种解读更合我心,《管子·内业》中写道:"定心在中,耳目聪明,四枝坚固,可以为精舍。"唐代尹知章注:"心者,精之所舍。"我说:"守住心,守住根本。"

灵山一日一夜,让智慧与彼岸越来越具象。就如我刚刚与失母、失婚,事业失败的一个朋友说:"守护好自己,天,是塌不下来的。"

灵山那一晚,正好是我的生日,如此好的机缘,让我在灵山大佛脚下,静心抄好了一页《心经》,折叠好,我将它带回了家。

心在,就什么都会顺的,相信我。

拈花湾,喫茶去

我怎么这么喜欢"拈花湾"这三个字呢,我琢磨琢磨,对,直觉告诉我,这是一个手势,女性的、佛性的,世间的,淡然的……

二〇〇九年,第二届世界佛教论坛开幕式在灵山梵宫举办,来自 53 个国家和地区的 2000 多人参加了论坛,与会人员住宿分散,不利于会议的整体安排,二〇一二年,灵山成为论坛的永久性会址。为了建设和梵宫配套的生活设施,于是在灵山后竺山湖边耿湾开发建设了"拈花湾禅意小镇"，可以容纳 3000 人入住和自由活动，今后有什么大型会议在梵宫乘车只要 5 分钟。

小镇仿古建筑，一幢幢米色、白色建筑覆盖着青色大坡顶，门窗和柱子多由木头制成，处处点缀着小桥流水和园林小景，还有几处戏台子。白天可以看看禅乐馆、百花堂、妙音台、拈花堂、拈花塔，逛逛工艺品小店，累了可以歇下来吃喝点儿啥，晚上可以拍摄纷繁灯光艺术之下的小镇细节，还可以去看拈花湖上的 3D 水幕电影。

现在"世外桃源"这个词已经泛滥，我不喜欢，但说这里是"世间圣境"，世俗生活与禅意交融，乃生活之精髓，我感觉这个词很合适，这与我对祥符禅寺的感觉是一致的。最合适人心的、最贴合民意的就是最有价值的，来自于民心民意的最神圣。

胥山大禅堂、鹿鸣谷、禅心谷、银杏谷、竹溪谷、云门谷、香月花街、优游渔港，每个人在这里都可以找到自己中意的禅意生活方式。

香月花街上的一家小店，很小很小，一个身穿粉色禅服的姑娘笑脸相迎，但保持着不近不远的待客之态，让我感觉很舒适。

我一眼相中了一只建盏，这是一只黑釉油滴束口型盏，最可人的是所有没滴纹汇集的盏底钳着一朵银莲花，精致得让人不忍注水，怕打扰它。可一旦注入了水，它就鲜活了，充满灵气。

姑娘将盏包装好，双手递给我，我一眼看到"喫茶去"三个字。

我怎么这么喜欢"喫茶去"这三个字呢，很早我就喜欢了，赵州从谂禅师"喫茶去"的典故，看似玩笑，但多读几遍，就会明白内在。

禅的修证，在于体验和实证。语言的表达无法与体验相比。参禅和吃茶一样，冷暖、苦甜，禅的滋味，别人说出来的，终究不是自己的体悟。千言万语，不如"喫茶去"。

赵朴初老先生曾说:"禅是一面镜子,它可以照明人的心境;禅是一盏灯,它可以指引人的心路。禅不完全是生活,但禅里有生活,生活中有禅。"

拈花湾,喫茶去,生活即为禅,禅即为生活。

这是一种境界。

给淏儿的信

亲爱的儿子：

这么多年一直想给你写封信，但因为我们日常沟通基本顺畅，有话就说，似乎就没有写信的必要了。但你回国的这一年多来，我虽然有不少话想要对你说，但似乎交谈不那么顺畅了。于是，今天，在你不日就赴南京读研之时，我还是动笔了。

昨晚，失眠一晚，脑子里全是这么多年来的有关你的细节。儿子，你很棒，提前一年结束留学生活，你已不再是那个在爸爸妈妈全心庇护下的小孩了。你不会饿着、冻着，从物质存在上，我们就对你放心了。虽然你认为我的想法很幼稚，但我还是把这话再说一次。

你这二十年，爸爸妈妈一直照拂着，加上你自己的优良品性，所以，没有经历过大风大雨，甚至可以说，因为优秀的你和我们的"双打"配合得不错，小风小雨你也没有经历几场。对吗？还有，你感受得到，父亲母亲凭依家庭状况，在你的用度上一向是大方的，让你不论生活在哪里都从容。从容，很重要，在物质上，更在精神层面。

这么多年，我们在精神上经历了什么？

之所以从你读小学时就考虑等你长大要送你出国学习，一是见见不同的世界，经历一些不一样的文化和生活，长长见识；二是，让你锻炼锻炼,因为你的眼疾,妈妈对你保护有加,因此担心你自我精神成长的能力弱化,生活自理能力不强。

说实话,你在美国读书的头两年我很累,很煎熬,我一边面对变换工作单位后的适应期、爷爷的生病住院,一边面对随时随地你的"召唤",但我承担、接受下来了,并一路以来,与你沟通解决问题,因为你是我的儿子,因为我爱你。第三年,你自己将自己安排好了,我很欣慰。

最近,娱乐圈有几件事情发生,我知道你不关心,但我还是举例说明。我发现,这几个事件中的几个孩子都有一样的生活背景,生活在只有妈妈的单亲家庭,那是不是可以做一个总结,因为单纯的妈妈(女性)的教育,让这些孩子从小心性的成长没有沿着一个"正常"的轨道行进,自我与自卑、独立与依附,让他们矛盾得很;同时因为过度呵护而缺乏社会性,导致了他们与人相处时出现各种问题。这些事件应该会给为人父母者很多的启示,年少时不做好自觉、自主教育,长大后就要接受被动教育,那是教训。

总之,儿子,你就是我的骄傲,但我的这个"骄傲"也是一个大活人,也是吃五谷成长的,优点我都说了,品性好、三观正。但我要说"但是"了。

我知道,你个性强,不能说你啥缺点错误,但我即使冒着你制造的"枪林弹雨"我也得说,否则,今后你就必定要被社会上的人说。

你极擅长找借口,你为你的懒、为你的不自律、为你的浪费时间找了诸多借口,搪塞我同时安慰你自己。你说,我从不课外补习、不做耗时耗力的作业,也考上了好大学。我可以说这是依凭你的少年的灵气、小聪明做到的吗?

以前我常会给你发一些你说是"鸡汤文"的小文章，你说你才不看直接删除。我曾经讲了我的人生经历给你听，试图告诉你一个道理，人的成长是要"吃苦"的，时间叠加成了人生的经验，无数的成败造就了所有的人，他们之中有造福社会的伟人，也有祸害社会的囚犯。这是相辅相成，相互推进的。躺平很自在，游戏很舒爽，小视频让人愉悦，但我可以保证，这些会浪费时间的东西是那些富几代所不齿的。何况我们这些普通家庭的孩子，当然能凭依它们创造价值那又是另外一回事。

　　你说，吃苦是"自虐"，我是不认同的。这正是因为你还没有"吃苦头"。"吃苦"与"吃苦头"，一字之差，含义不同。舍得花时间、精力做有意义的事情，并坚持下去，就一定有收获，这是真理。依靠小聪明做事情，坚持不了多久，也得不到认同。我以为，30岁以前可以靠灵气，50岁以前靠才气，之后就是靠底气了。

　　你可以说，不需要认同，那就如同不要有人的社会性，我说的有道理吗？甚至，我跳出对你的惯性思维，感觉你是不是自我了，想怎样就怎样，这是不可能的也不应该的。当别人在为你付出时，你却认为理所当然，这是很恐怖的，儿子。这个世界上，没有理所当然的事情，只有相互的、合作的。

　　儿子，我们来回忆回忆，也是我做一个检讨，如果我当时狠狠心咬咬牙，也许你今天就成了一个钢琴家、作家，或者乒乓球运动员，但都没戏，是因为你懒怠我纵容，至今，我后悔。不是说成名成家就是成功，但在心性的培养、性格的培养、习惯的培养上做好了，就是成功的。如果坚持了，你也就不会成为你的声乐老师称你的"天下第一懒"，懒，这一个字，会毁了你的一生。我现在说，不管你爱不爱听，都不晚。

第二自然是说"自我"，自我与自信，也是一字之差，意思有极大的差异。人一定要有自信，但不能盲目，要有底气，底气就是自信的基础。自我，是个性，要有，但一旦与他人关系、集体利益、社会影响结合在一起，就一定要控制，不要伤到别人。学养深厚的大家，都是温和、宽厚、从容、淡定的，他们不争不抢，为他人着想。为何？他们有足够自我的资本呀，这就是时间融合知识变成了修养、文化与品性，融进了骨血中，这才是值得敬重的。你爱看 NBA，是不是越自我的球员，争议越多？当然，也许对他们来说有争议就有了更大的市场和价值。

"自我"，还有一个方面要注意，目前我虽然没有发现你有这样的问题，但你很快要进入集体生活，给你一个提醒。研究生阶段，与本科生不一样了，也许不少同学是有多年的社会经历，有着丰富的社会经验，这值得我们学习和借鉴。但同时，每一个人都有不一样的个性，说话方式、生活习惯不一样，这些都是可以包容，进而接受的。不要轻视、歧视。这么多年来，我感觉你没有真正意义上的朋友，你是人为制造了"洁癖"，与他人保持距离，还是不擅长与人交往？你可以好好琢磨琢磨。人是要有朋友的。你也知道我的朋友很多，而且朋友之间互帮互助，为何？真诚待人，即使被人欺骗也要真诚待人，不是所有的人都是"恶"的。

要禁得起批评，儿子，不要玻璃心，要有强大的心灵，要有弹性，即使面对批评、指责，甚至诬陷也不动怒，要分辨善意与恶意，有价值与无价值。这个世道，有各种形式的批评。从上往下的(领导、导师)、平级的(同学、同事)，善意的、妒忌的，有误解、故意的，没有关系,听后做一个对照判断,有则改之,无则加勉。即使是恶意的,内心坚定,不怕、不理会,时间会说明一切。儿子,时间真是个好东西,它会带来一切也会消弭一切。我是有教训的,很深刻,不希望你也有这样的教训。但是,要保护好自己,对于恶毒的人和事,不要客气,理性还击并可以借助法律工具。

也要禁得起挫折,挫折不是失败,失败也不会打垮人,况且你还年轻,还有一定的时间给你试错。儿子,人活着,就要频繁经历各种成功和失败,哪一个人不是这么过来的? 但失败也要有尊严。千万不要自怨自艾,你是男子汉。儿子,你对人生充满了美好的想象,这是一件大好事,但我给你一个小小的提醒。也许很快就会开始恋爱,珍惜感情、爱护对方,但恋爱不是一成不变的,人也不是一成不变的,当你面对失恋,不要颓废、不要自闭、不要有报复心理,找一找自己的不是和问题,然后,调整心态,迎接另一段恋情。男人女人都是这么成长、成熟起来的,一恋即婚的有,不多,正常。你的人生,有了正确的"挫折"意识,还有什么能让你担心、害怕的? 记住,天是塌不下来的。

我们都是普通人,没有富人的烦恼,也没有贫困之忧,但我们不能无节制、大手大脚。这么多年,你有一个好习惯,不追求名牌,不奢侈,是一个让我们省心省力的孩子。但同时,我们要有情怀,要有悯人之心,你今后也许会成为一个作家、评论家,"悲悯"是文学的主题之一,对人的悲悯、对物的悲悯。前几天,我与一个画家交谈,他说:我们这一代人是有理想有情怀的,当我发现我的艺术理想无法救国,那就朝下朝细,做力所能及的事情,最基本的是要先安顿好自己。是的,先安顿好自己,身体和心灵。

你要会爱。爱自己、爱亲人、朋友,与人和谐相处,包括你不喜欢的人、你的敌人（其实，你不在意那些恶意或者你不喜欢的人的言行，如何会有敌人？）。爱他人是最大的爱自己。

要有同理心。

要对别人给予的帮助表示感谢，要有礼貌、有笑容，即使面对生活状况、学习成绩不如你的人。每一个人都有优点，他们有的也许你没有。

要积极地帮助别人，要有集体意识。

要远离冲突，远离伤害，包括语言的、肢体的，保护好自己，生命重于一切。身体是一切之本，有了好的身体就啥都有存在价值。读研，必然要花大量的时间在阅读写作上，要注意有生活规律，不要熬夜、不要熬夜、不要熬夜。打球、运动，饮食有讲究。

爱护你的心灵，做人堂堂正正，善良、干净、充实、不鬼祟。有审美要求，深入研究你喜欢的世界和细节，并乐于分享。

儿子，我和爸爸非常爱你，虽然我们不说你是我们的精神支柱，但这是事实存在。你已经成了一个男子汉，更加要有"独立"的意识，要有"责任"意识，要有"担当"。几年后，也许你就会成为父亲，有自己的小家庭。爸爸妈妈也日渐老去，开始出现诸多毛病，我还有几年要面对工作的烦恼。当你需要，我们会在你身边，但不影响你的生活。

我相信你，没问题。

妈妈

2022 年 8 月 27 日　鸿影轩

后记｜那些故事是超人间的

散文于我而言，是同行者，是伴侣，是倾听者。

散文于我而言，她独立、个性、血肉丰盈。

几十年相依相伴，我越来越明晰，作为一种高品质、重修养的文体，散文有大小、轻重、高低的特质。她是紧致与疏朗的，她可明暗，有骨血、气度。她有着丰富的个性魅力：深邃、沉实、锋利、可爱、柔软、激荡、宁静、飞翔、踟蹰、爽直、顿挫……她有关文本高浓度的真诚、情感、智慧和性感。

散文也是多变的，她有着各种可能性，如水一般，可涓涓、可淙淙、可汤汤，她甚至野性放肆，不确定走向。

于我而言，散文越来越应是从容、淡定、得体的，她散发的是丝丝缕缕的真诚气息，如山野之花草，沁人心脾。

散文也是我的应许之地，犹如宋之"偏角山水"。这方地里，我与万物应合，将来自于自然、人文的种种小心地护于其中。

"那些故事是超人间的"，这是一位诗人的诗句，也是我内心所想。

张　鸿

2023 年 7 月 11 日于广州